未《ミ》来《レ》の恋人たちへ

CONTENTS

プロローグ 0 ―― ロマンスこそ必要

ミレ《未来》は目を開いた。

漆黒のような暗闇の中、しっかりと閉まった遮光カーテンの隙間から入る微かな光が、天井を真っ二つに遮っていた。

見慣れた天井だが、ここはスホ《守護》の家だ。

ミレの〝自分だけの部屋〟は、ここから六キロほど離れたところにある。土日をスホの家で過ごすようになってから、もうかなり経っていた。

そういえば、昨日はカフェインを摂りすぎた。最近仕事のストレスもあったし、昨日は昼寝もたくさんした。この頃気温も上がってきてるから、暑くて寝苦しかったのもあるし……。

だから突然目が覚めたんだ。

何の前触れもなく真っ暗な午前三時に目覚めた理由を、あと数十個はあげられた。

だがミレはしばらく考えるのをやめて、じっと天井を凝視した。

光によって二つに分けられた天井が、まるで何かを暗示しているように見えたからだ。

宗教的な啓示を待ち焦がれていた信徒のように、ミレは今こそパズルのピースが揃ったと感じた。

また繰り返されるとわかっている、よく知る苦しさが脳裏をよぎった。だが苦痛だからといって、この悟りから目を背けるわけにはいかない。絶対にできない。それがすべての預言者の運命にも思えた。

「ううん……」

すぐ隣からスホの寝息が聞こえた。彼の甘い唾液のにおい、汗のにおいが生々しかった。

夕食が早かったのでお腹が空いてきて、嗅覚が敏感になっているようだ。

ミレはそれが愉快ではなく、そのせいか、その日の午後のことを思い出していた。

✦

もう一年と一ヶ月。

決して短くない期間、ミレはスホと恋愛をしてきた。

二人とも今年で三十四歳になる。

韓国の自称〝常識人〟たちが、全方位から干渉してくるのにちょうどいい条件だ。

数時間前、二人はミレの高校の同級生、ボラの結婚式に出席していた。

北漢山《プッカンサン》の裾野にあるギャラリーで開かれた、ささやかなスモールウエディングだった。

公共交通機関で行けないようなところで一日中ガーデンウエディングだなんて、普段なら変わっていて面倒だなと感じそうなものだが、珍しくＰＭ２・５のない春日和だったので、ミレはピクニックに出かけるような楽しい気分で参加した。

高校時代から十年付き合ったカップルの結婚式なので、思い出話があふれた。

まるでハリウッドのハイティーンロマンス映画の、完璧なエンディングを見ているようだった。

美しく幸せな、ほとんど〝結婚のイデア〟に近いその姿を見ながら、ミレは思った。

やっぱり私、結婚願望がないみたい。

✦

そしてスホは全く正反対のことを考えていたことが、ほどなく明らかになる。

スホはほどほどにいい人だったし、何よりミレにとってはなかなかの〝次善策〟だった。

実はミレは、ロマンスにおいて〝最善〟を手にしたことはない。

いつだって、〝次善〟と〝次善〟のせめぎ合いだった。

なぜスホはミレの次善だったのか。

それは皮肉にも、スホがいわゆる〝いい人〟だったからだ。

✦

では、ミレにとって最善とは何なのか。

ミレが求める愛は、それぞれの立場、特に自分自身を守れるものでなければならなかった。誰かに所有されるのも、誰かを所有するのも嫌だった。

高校生のときに初めてできた彼氏が、照れくさそうに渡してきた手紙。そこに強い筆圧で書かれた「君は俺のものだよ!」という言葉を見たときには、ちょっと鳥肌が立った。ゆっくり考えるまでもなく、ただ生理的な反応みたいに、気持ちが一気に冷めた。

その後は結局自然消滅したのだが、数年後に思い返してみると、彼の気持ちもわかる気がした。生まれて初めてできた彼女に、世界一ロマンチックな言葉を贈りたいと思ったんだろう。

だからメディアや文化を通して刷り込まれた言葉を、ただ機械みたいに書き写したのだ。大好きだと伝えたくて、それを表現する最上級の表現として「君は俺のものだよ」を選んだ。そういう言葉こそが男らしいものだと思っていたはずだ。彼女が言われたい言葉だと信じて疑わなかったのかもしれない。

しかし彼の意図が何だったにせよ、申し訳ないが（実はそんなに申し訳ないとも思っていないが）ミレはその言葉が嫌だった。

それこそがロマンチックな言葉の真髄だと世界中の人が叫んだとしても、ミレはその言葉が嫌いだった。どうしようもないことだ。

✦

二十代の頃の恋愛はずっと、そのこととの闘いだった。

お互いに好意を持って、ロマンチックなやりとりを経たのちに恋人に発展するといつも、そういう言葉が立て続けに押し寄せてきた。

ときには、言われて嫌な気持ちになる表現があっても（主に「一生僕だけを見て」、「君じゃなきゃだめだ」、「一生一緒にいよう」などの言葉）相手の気持ちと雰囲気を壊したくなくて、我慢したこともあった。そうやって始まった恋愛はいつの間にか、メディアで見せられてきた、社会が決めた〝彼氏の役割〟、〝彼女の役割〟を遂行するロールプレイと変わらなくなった。

ある意味当然のことだ。最も個人的で内密であるべき愛という感情を表現する最初の告白から、全てが、社会が教えてくれるシナリオ通りだったのだから。

多くの人が、愛は本能的なものであり、自分の心から湧き上がるままそれを自然に表現し、遂行していると思っている。

だがミレの考えは違った。学校で国語、数学、英語を習うのと同じように、人はメディアで恋愛と愛について学ぶ。意識すらできないほど非常に些細なことまで、全てが学習したものなのだ。何がロマンチックで、何が真実の愛かを決める基準は、自分の内側ではなく、外側にある。

血気盛んだった二十代の頃の彼氏たちは、やたらと結婚の話をしてきた。幸いというべきか、現実的な基盤が整っていなかったため、その計画が実現することはなかったが、ミレはそういう話が出るたびにヒヤリとさせられた。

もちろん、ある人たちが言うように「世の中はずいぶん変わって」、以前よりは多様な結婚のかたちが存在する。だがミレは、長い時間をかけて形成された〝結婚〟というものの一般的な属性を完全に無視できるところにまでは至っていないと思っていた。特に女性ならなおさら、守りに入るしかない。だから自分自身を守ることが何よりも大事なミレにとって、結婚は一度も考えたことのない選択肢だった。

そのため、お互いの感情と信頼が深まると決まって出てくるこの〝結婚〟の話が、ミレにとっては本当にいまいましかった。すべてが台無しになる気分だった。自分たちが今この瞬間、お互いのことが好きで、楽で、一緒に過ごす時間が楽しいという事実が、なぜそれとはかけ離れたものに思える〝結婚〟という結論に飛んでしまうのだろう。ミレとしてはそれがむしろ理解に苦しむものだった。

だがミレが「結婚願望がない」と言うと、多くの彼氏ががっかりしたような、悲しそうな表情を浮かべた。はじめはその反応が理解できなかったミレだが、のちにその理由がわかった。「それほど好きではない」と受け取られていたのだ。

ミレの中では、誰かをとても好きなことと、その人との結婚を望まないことは両立し得た。ただし、世の中の人はそう考えない。〝一般的な恋愛の常識〟としてはあり得ないことだ。「こんな彼女とは……もう別れた方がいいでしょうか？」というような相談を、すぐにでも掲示板に書き込むような非常事態にほかならなかった。

そのため、ミレがいくら「好きだ」と言ったとしても、それ相応の時間をかけ、行動で見せたとしても、「結婚を望まない」というその一言でミレの愛は〝その程度〟のものになってしまうのだった。

だからミレには、〝結婚の約束〟以外に愛を表現できる別の尺度が切実に必要だった。相当の時間と労力を費やして、それを相手に一生懸命説明してみたこともある。愛が深まり、関係がひときわ盛り上がっているときなら、理解したふりをして首を縦に振る人もいた。だが、少しでも関係がゆらいだり、周りの干渉が激しくなったりしようものなら、再びミレの愛は疑われるのだった。長い間「社会的に合意されてきた」基準こそが、最も簡単で、最もわかりやすい。社会の中の個人として、それを無視することは難しかった。

✦

三十代になると、新しい世界が待っていた。

三十代の男性たちは、二十代の男性たちとは違って、〝ロマンチックな愛の攻勢〟をかけてきたり、生涯を、未来を約束してきたりすることはなかった。でなければ最初から〝結婚前提〟の交際を求めてくるか。両極端だった。

すでに周囲の〝堅実な〟友人たちは結婚をして、子どもも一人、二人ともうけ始める頃だった。ミレは相変わらず恋愛だけを求めていたので、〝結婚前提〟派を除いた、三十代の男性たちとの恋愛を続けていた。

だが、また別の問題が出てきた。

彼らは恋愛の相手として、誠実ではなかったのだ。

ミレには程度の差こそあれ、自分と同じく、結婚願望はないもののロマンスは求めている女友達が多くいた。そしてそういう友達と集まると、みんな似たような経験談を並べるのだった。これはミレにとっては、とても興味深い現象だった。

「愛してる」という言葉を、ミレは感情の表現として使っていた。しかし経験から、それは一部の男性にとっては「結婚して生涯をともにし、子どもを産んで共白髪まで添い遂げたい」という意味になることを知った。

「結婚する気がない」という言葉も似たようなものだ。ミレと友人たちはこの言葉を、文字通り「結婚というものをする気がない」という意味でのみ使っていた。だが一部の男性にとってはその言葉は「それほど好きではなく、この関係は自分にとってそこまで重要ではない」という意味だったのだ。

さらに、その一部の男性たちは、「(自分に)結婚する気がない」ことを承知の上で自分との関係を続けることに同意する女性は、ぞんざいに、雑に扱ってもいい存在だと勝手に結論づけているようだった。だから気分次第で態度を変え、嘘を並べ、二股をかけて、最低限の誠意を見せようとする相手の体と心を搾取した。

　彼らがその言葉の本当の意味を、遅まきながら確認させてくれるときの侮辱感は相当なものだったし、消耗した感情と時間が惜しくて腹が立った。なによりその恋愛は、ミレにとって最も重要な価値観である〝自分自身を守れるもの〟には思えなかった。場合によっては本当に危険なものになり得た。デートDVとデジタル性暴力が横行し、安全離別《アンジョンイビョル》*1を心配しなければならない現実では。

　ミレは初めて、二十代の頃「結婚はしたくない」という自分の言葉に疑いの目を向け、証拠として「恋愛相談のプロたち」のアドバイスを並べ立ててきた元カレたちを再評価することになった。一方では（こんなふうにしか考えられないのは残念だが）その元カレたちがこの心理を、とてもよくわかっていたことに気がついた。

＊1：交際相手からストーキング・脅迫・暴行・殺害などの危害を加えられることなく安全に関係を解消することを意味する韓国語。

✦

この時期の経験でミレにとって興味深かったのは、多くの男性たちが依然として〝愛〟と〝結婚〟を同じコンテクスト上に置いていたことだ。

自ら〝愛〟していると信じるときは〝結婚〟を望み、〝結婚〟を望まないと言うときには〝愛〟していないかのような態度を見せることだった。

ミレ自身をはじめ、結婚願望のない状態でロマンスのジャングルを彷徨う女性たちは〝愛〟と〝結婚〟を完全に分けて考えることによく慣れていた。慣れるどころか、それはすでにひとつ前の時代、ひとつ前のページのことと言っていいほどだった。

だが自分の経験を振り返ってみると、ほとんどの男性たちは相変わらずその前のページに留まったままだった。

理由はおそらく〝結婚〟という制度が未だに男性にとっては〝ロマンス〟の結末として充分に受け入れられるものだからだろうと、ミレは思っていた。現実の結婚という制度を厳密に見ていくと、多くの女性にとってそうではないのに。どうして〝愛〟していると言いながらそれがわからないんだろう？　改めて不思議だった。

とにかくその事実を深刻に受け止めている異性愛者の女性たちは、結局深く悩まざるをえず、具体的な細かい点にいたるまで、自分たちが望み、必要とするロマンスのかたちを、自ら探すほかなかった。その結果多くの女性達が、これは望み、これは望まないという、自分だけの長いリストを持つようになる。

だがそのリストを持っているからといって、実際に選べる選択肢は多くない。ただの〝ロマンス〟という名前で、結婚までがセットのフルパッケージを受け入れた後に、最大限の努力をしてみるか、でなければ最初からまるごと拒否してしまうか。二つに一つだ。

奇異なほどに根気強い少数だけが、ミレのようにその両方を拒否しながら、果てしない苦悩と彷徨を重ねていた。たびたび失敗して、苦しみ、もがくとわかっていながら。

一人ではできない〝恋愛〟というものの特性上、そのリストを手にしたまま相手を求めて外に出たところで、結局は〝結婚〟を基準に根幹ができている男性たちの〝ロマンス言語〟を使用することになる確率が圧倒的に高かった。

ショット追加、ホイップクリームはエスプレッソに変更して少なめに、ミルクの代わりにソイミルクを……。そんなふうに具体的にカスタマイズしたコーヒーを求めてカフェへ行ったはいいものの、選べるメニューは一つだけだった、という状況に直面した気分だ。これが嫌なの？　なら飲まないで我慢すれば？　世界中の人から、そうやって責め立てられているみたいだった。

オールオアナッシングだなんて。

クレジットカード一つとっても希望の特典を選べる時代に、あんまりなのでは。

何か方法はないのだろうか？　二つのうちの一つを嫌々選ぶしかないのか。もうあきらめるのも、妥協するのも嫌だ。

小さい頃から特に負けず嫌いで、冒険心の強い性格がわざわいしているのだろうか。ミレは時々考えた。

✦

ここで再び、スホがミレの〝次善〟だった話に戻るとしよう。

このすべての経験と考えをもとに、約二年前、ミレは決心した。結婚を約束しようとする男性から感じる重荷と、結婚を約束しないと宣言する男性から感じる厚かましさのうち、どちらかを選べと言われたら、〝いっそのこと〟前者を選ぼうと。嫌いなものの横にもっと嫌いなものがあるだけにすぎないかもしれないが、当然の選択だった。なぜなら、後者は明確に有害で、何よりも安全を脅かすからだ。

なかでも話が通じて、自分の具体的なニーズを丁寧に説明したとき理解してくれそうな人ならなお良いと、ミレは妥協点を作った。

スホとの出会いは、ある読書サークルだった。

初めて会った日、スホは知的好奇心が旺盛で、オープンな考え方をするタイプだと自己紹介した。みんなで本の話をしながら交流するうちに、二人は自然と親しくなり、ミレは徐々にスホが〝前者〟に該当する人だと感じるようになった。

そして何回か二人で会ってみて、もしかしたらスホなら、話が通じるかもしれないと思った。思いやりと誠意があり、それを表現してくれそうだったし、「結婚!!!!」を叫ぶよりは、自分自身の品位の方を気にする人だと思ったからだ。

だが、結局は時間の問題だったことが明らかになった。

スホもまた男性なので、「結婚!!!!」を叫ぶのはミレに対する誠意の現れにほかならなかった。だからそれは自分の品位をそこなうものではなく、むしろ高めるものだったのだ。「妻一筋の優しくて家庭的な男」は、スホと似たようなタイプの男性たちが最も描きやすい、中年の理想像だった。

それが今日の結婚式での驚くべき意見の相違だけではなく、最近の言い争いともいえない言い争い、ケンカともいえないケンカ、確執ともいえない確執（実はすべて言い争いであり、ケンカであり、確執だったが）として現れた真実だった。

スホは言ってみれば穏健派だった。

だからああ言ったり（「今すぐってわけじゃないんだから」）、こう言ったり（「だけどもういい歳だろ、特にミレは……」）

今日はとうとうこう言った。

「本当にわからないんだけど、ミレは非婚[*2]とかそういうのの影響受けてるの？　女超《ヨチョ》[*3]コミュニティとかもよく見てるんだろ？」

正直言って、「非婚とかそういうの」の影響も受けている。（私たちは社会の一員だから）いわゆる「女超コミュニティ」とよばれるサイトも見る。（女子たちのユーモアがどれだけ面白いか！）だがすでにその前から、全宇宙が女の子に向けてピンクのプリンセスグッズを絨毯爆撃するこの世界で、ある種の神秘的な作用により運良くその影響を避けることのできたミレは、ただ自分らしさを、自分を守ることを最も重要視しており、誰かの〝妻〟になった自分の姿を想像したことがなかった。

「だから、いったいどうしてなんだよ？」

三ヶ国語を駆使し、韓国最高峰の名門大学を出て、国内屈指の大企業の社員として働く、明らかに平均以上の知能を持つスホにも、これだけはどうしても理解できないらしかった。

にもかかわらず、いくつかの欲望の衝突と経験を総動員して判断した結果、ミレは一年と一ヶ月という期間、スホと付き合うことを自ら選択してきた。だが残りの人生はどうか。ミレとしては、スホだからというわけではなく、誰かと添い遂げることを考えたときに思い浮かぶのは「一緒にあれもしたいしこれもしたいし〜」という、ともにする数十年の歳月への期待ではなく、わかりきった、同じような日々を流れるままに過ごし、死を待つ姿だけだった。すると、うっと息が詰まった。まるで、棺《ひつぎ》の中に閉じ込められてしまったかのように。

その棺《ひつぎ》の中で、今みたいに永遠に、一人の人の唾液と汗のにおいをかぎ続けるんだ。

✦

＊2：結婚をあえて選択しないという韓国社会のムーブメント。
＊3：女性ユーザーが圧倒的多数を占めること。

だが結局、スホと別れたとしても、少しの哀悼期間を経たのちに、ミレは新しい人を探すだろう。

どれだけ多くの試行錯誤をまた経験しないといけないのか。スホくらいの人に会うのだって簡単ではないとわかっているのに。それを考えると、再び苦しさが押し寄せてきた。

誰かにこう聞かれたことがある。

「自分も苦しいならさ。敢えて〝次善〟を選んで妥協するって、そこまでして〝恋愛〟する必要ってあるの？」

ミレは適当にこう答えた。

「ほんとだよね！　私も辛いよ」

✦　✦

この問いに対して、万人に適用できる答えはないとミレは思う。

ただ、到底すべてを把握することも、うまく説明することもできないけれど、実は説明する義務も必要もないいくつかの理由によって、ミレという個人にはロマンスが必要だった。もちろんロマンスがないからといって、すぐに日常に支障をきたしたり、特に不幸になったりするわけではない。それでもある時の方が良かったし、楽しかった。それがミレの生まれつきの性格と環境をもとにして、いままでの経験から出した結論だった。私にはロマンスが必要。そのことについて、勝手に価値判断をくだすことは誰にもできない。

その上、もう少し繊細な文脈で、ミレは自分にぴったり合うかたち、つまり〝最善〟をまだ見つけられないから迷走中なのだということがよくわかっていた。だからミレはかなり前から、その事実について自分を責めないことに決めていた。このすべてが、絶対にミレのせいではないから。

だが依然としてその〝最善〟をどうやって見つけられるかはわからないままだ。

現実的に可能なのかも疑問だった。

それがミレのロマンスに長いこともたらされていた、悲劇だ。

✦

「くぇん」

隣でスホが奇妙な声を出した。

三ヶ月前、いや半年前だったらかわいいと思ったかもしれないが、今はとても無理だ。ミレは偶然見つけた天井の光の筋がもたらしてくれた啓示と悟りを、改めて心に深く刻んだ。また、その時がきたのだ。

とりとめのないことを考えた末、結論にたどり着いたものの、さほどすっきりしない気分でミレは再び目を閉じた。だがすぐには眠れなかった。

1——いろいろな幻想、の中の君

三ヶ月後、スホと別れて再びフリーになったミレは、ソウル市麻浦《マポ》区のとあるビルの二階ラウンジにいた。

ミレの職業はフリーデザイナーだ。といってもデザインだけでなく、マーケティングや営業を同時に行うのも仕事のうちだったけれど。

どこかにタイトに所属するよりは、もう少し幅広く身動きできるほうが楽だと感じるのは恋愛に限った話ではない。ミレのライフスタイル全体に一貫する流れだった。大学を卒業した直後、少しの間は会社員をしていたものの、結局フリーランスになった。

今の仕事は、大学の教養科目の授業で知り合った、ミレとは全く違う専攻のちょっと変わった先輩が始めたスタートアップ企業のサポートだ。先輩のビジネスのコンテンツは代替食品、簡易食品。ダイエット食品、ヴィーガン食品などをすべて含めて、ドリンクタイプからランチボックスタイプまで、多様な形態で提供するというのが先輩のビジョンだった。

先輩とは長い間、トークアプリのプロフィールで近況を確認し合う程度の間柄だった。だがスホと別れて、抱えていた仕事も一段落した頃に突然、最近どうしているのかと、今もデザインの仕事をしているなら会って話がしたいと連絡がきたのだ。


とても久しぶりだったが、先輩は相変わらずの顔で唐突に切り出した。


「ミレも一人暮らしだよね？」

「うん」

「あんたも料理しないでしょ？　正直、できないよね？」

「うん。自炊はほとんどしない」

「だと、よくいろいろ言われない？　一人で適当に済ませてちゃだめだよ～とか」

「すごい言われる」

「ごはんに汁物、おかずまで作ってズラッと並べるのだけが、ちゃんとした食事なの？そんなの誰が決めた？」

「ほんとそれ。そう言ってる人たちはどうせみんな、お母さんに作ってもらってるに決まってるよ」

「人それぞれ条件に合わせて、規則正しく、栄養さえしっかりとれれば問題ないと思わない？」

「たしかに」

「だから、起業しようと思うんだ。これ絶対、うちらにピッタリだよ。手伝ってくれるでしょ？」

言ってしまえば、そうやって始まったのだ。

✦

先輩のささやかなスタートアップオフィスは、麻浦区のシェアオフィスにあった。シェアオフィスというのは比較的最近になって登場した概念で、察するに先輩のような若くて血気盛んな起業家たちが雨後の筍のように現れるとともに出てきた、連携事業とも言えるもののようだ。

昔から、起業には場所が必要で、事務所を借りるには年単位の不動産契約と、それに必要なまとまったお金、そしてその場所に必要な設備や物品を揃えるための付帯費用だけでなく、それらを管理するための労力とコストも発生する。

だがシェアオフィスというものが登場したことで、小さな部屋をひとつ借りるだけで、大金も新しい備品も、そして管理のための負担も、ゼロに等しいまでに減らせるようになった。部屋の広さに対して、少し高めに設定されていると思われる家賃さえ毎月支払えば済むのだ。

ミレは普段から、市のシェアサイクルをよく利用する方だった。経済や経営のことはよくわからないけれど（それはミレの雇用主となった先輩の専門分野だった）、ユーザーとして〝必要なときに、必要なだけ〟使えるこの〝共有経済〟という概念が、ミレはとても気に入っていた。自転車を〝所有〟するのと違って紛失や故障の心配をしなくていいし、いつでも近いところに返せばいいので、邪魔になることもないからだ。

シェアオフィスもまた、その意味でとても合理的に思えた。先輩がどう思っているかはわからないが、手を広げ過ぎることなく、気軽に始められるのが大きなメリットだとミレは感じていた。

そしてもうひとつのメリットと言えるのは、オフィスを〝共有〟している人たちのほとんどが、ミレや先輩と同年代だということだ。

実質、このオフィスに出勤して座っているのはほとんどミレだけだった。先輩は食品を実際に開発し製造する工場や研究室を飛び回ってサンプル作りに奔走していた。その間ミレはオフィスで、初ローンチを控えた製品の商品名、パッケージ、そしてそのすべてを含めたブランディングを考えなければならなかった。はじめは「こんなに大事な仕事を全部私一人で？」と思ったけれど、あとになってみればスタートアップというのは本来そういうものらしいとわかった。

一人で働くこと自体はミレにとって慣れっこだったけれど、仕事というものはいつもそうであるように、なんだか手持ち無沙汰で息が詰まることがある。そういうときにふと、ガラス張りのオフィスから外を眺めたり、ラウンジに出たりすると、隣、その隣、そのまた隣の、ささやかなスタートアップ企業の人たちが、何やらひっそりと一生懸命やっている姿が見えて、それが良かった。いつも一緒に食事をし、すぐ隣で同じ仕事をしているというわけではないけれど、ゆるく同じ空間にいる距離感で、適度な緊張感を与えてくれるのが良かった。

ほかにも、このシェアオフィスというビジネスもスタートアップのひとつというだけのことはある洗練されたインテリアに、アプリひとつでメンバーシップ決済から会議室の予約まですべてできてしまう、便利なシステム。そして……。

「ミレさん、おはようございます」

この支店でマネージャーを務める、シウォンの笑顔。

「ああ、おはようございます……」

爽《さわ》やか

ラウンジや廊下でシウォンに会うと、彼はいつもミレに礼儀正しく挨拶してくれた。マネージャーとしてのマナーだとわかっていても、ミレはそのたびにうれしくなって、それが顔に出ないように、逆に表情を固くしなければならなかった。

シウォンは刈り上げのいがぐり頭で、細い金縁の眼鏡をしていた。小さな顔にはっきりした目鼻立ちが際立っていた。ほどよく端正で清潔感のある服装も好感が持てた。低い声に落ち着いた話し方、そして決定的なのはミレが大好きな、関節の太い大きな手！　どうしてここまで完璧なのか。

だからいつだったか、先輩にこう言ったことがある。

「先輩、このシェアオフィスのマネージャー……イケメンだよね？」

「ね。すごい好印象。あれ？　ミレとお似合いなんじゃない？」

「もう、おじさんみたいなこと言わないでよ」

「うれしいくせに！」

「喜ばせようとして言ってくれてるだけでしょ！　それにあのビジュアルなら、もう相手がいるって」

「うーん、たしかに……」

そうだ。だれが見ても「うーん、たしかに……」だった。

いい人というのはめったにいないものだが、特に外見がいい人が日常に、身近にいるというのはなかなかないことだった。

シウォンはひと目でわかるイケメンでさらに背も高く、よく見ると肩幅も広かった。明らかに、ものすごく美人でセンスがよく個性的な、しかも職業までカッコいい、そんな恋人がいそうな雰囲気だった。違うかもしれないけれど、今までの経験を振り返ると、多くの場合そういうものだった。

もちろんミレは、深刻にその事実を気にしているわけではなかった。しかもシウォンが有害な人ではないかどうかも、ミレに自分自身を守らせてくれる恋人候補になり得るかどうかも、まだ全くわからない。そもそも今の段階でそういうことを気にするのがばからし

＊4：韓国語の「直（チッ）接カメラ（ケム）で撮った動画」を略してできた言葉で、特定のメンバーにフォーカスしたアイドルのパフォーマンス映像のこと。ファンカム、推しカメラなどとも呼ばれる。もともとはファンが撮ったものを指したが、最近は音楽番組が公式動画として公開することも多い。

く思えるほど、シウォンはミレにとって現実的な人ではなかった。偶然見た〝チッケム〟[*4]の中のアイドルではなく、身近な現実世界のイケメンだけれど、かといって距離感までそれほど近いわけではない。だから、結果的にはチッケムの中のイケメンと変わりなかった。

だからむしろ深く考えずに、日常のささやかな楽しみくらいにしておけばいいのだ。

✦

ところが、そんなミレの気持ちを揺るがす出来事が発生した。

愛用中のシェアオフィスのアプリで、シウォンからメッセージがきたのだ。


「モドゥエ《みんなの》オフィス」オープン二周年を記念して、異業種交流会《ネットワーキングパーティー》を開催します！

入居企業の社員の方なら、どなたでもご参加いただけます。参加費無料で、軽食とアルコールをおかわり自由で提供します（……なんたらかんたら）

その瞬間、ミレの頭に突如新たな可能性が浮かんだ。

これはもしかして、見ているだけだったチッケムの中の存在と距離を縮めるチャンスなのでは？

そういうところに行ったら、シャンパングラスを片手に、いろいろな人と笑い合い、話をして仲良くなるものだ。考えてみたらたしかにチャンスかもしれない。

だが同時にミレは、次の事実も考慮しなければならなかった。

1. 本当にシウォンとの距離が縮まることを願っているのか？
2. 距離が縮まったとして、果たしてそれはいいことなのか？
3. そのパーティーでは他の利用者とも親しくなる可能性があるが、それは大丈夫か？

✦

まず一つめ。

ここ数ヶ月、ミレはシウォンを思うと気分が良くなったし、「仲良くなりたい」「デートしてみたい」「もっとたくさん知りたい」とよく思っていた。だがそれは皮肉にも、実現する可能性がほとんどないからこそ、勝手に思っていられることだった。

実際に会話して、彼について知ることになれば、がっかりするかもしれない。おそらく高い確率でそうなるはずだ。

例えば、シウォンの美しい顔の裏側には、インターネットの異常なコミュニティで活動し、性搾取映像をダウンロードする犯罪者という一面が潜んでいるかもしれない。まあ、まずこれは最悪の場合だ。

そこまではいかなかったとしても、ミレが大嫌いなＴＶ番組のファンかもしれないし、ミレには全く笑えない冗談で笑う人かもしれない。これは経験上それなりに確率が高い。もしもそうだとわかったら、シウォンと偶然会って挨拶を交わすのは、間違いなく今のような楽しみではなくなってしまうだろう。

これほど外見が好みの人は現実で見つけるのも大変なのだから、今の距離感を保ちながら〝推しの摂取〟という密かな楽しみを保つのが賢明なのではないか。


二つめ。

確率は低いが、万が一シウォンとミレの気が合ったとすれば、まあそれはいいことだろう。気が早すぎるのは承知の上で、いい方向に関係が発展すると仮定してみよう。二人はたとえ〝同じ会社〟ではないとは言え、ゆるく同じ空間で働く仲だ。それは大丈夫だろうか。

ミレがこれまで〝学内恋愛〟や〝職場恋愛〟が大嫌いだった理由は、自分の生活と恋人との時間を区分しにくいためだ。もちろん周りの人たちの無礼と干渉というおまけまでついてくる。

うまくいっている状況でさえ、想像すると気兼ねするのに……ましてやこういうことだってありうる。いい感じになったものの、結局何もないまま終わったら？　告白してフラれたら？　付き合って別れたら？

先輩のビジネスはローンチもまだだから、これからというときだった。そしてこのオフィスは、起業には最適だった。ミレとしても、家から自転車で十五分あれば通えるところで、周囲の美味しいお店もたくさん開拓済みだったので、これほどの環境は他にない。

それなのに、毎日同じ職場で働く支店のマネージャーと気まずい関係になれば、困ったことになるのは明らかだった。

三つめ。

ミレが今この勤務環境に満足している大きな理由は、毎日同じメンバーに会うにもかかわらず、彼らと距離感を保てるという絶妙なバランスのためだった。

すでにこのオフィスに出勤するようになって約三ヶ月になる。隣、その隣、そのまた隣のオフィスの人たちの顔とファッション、特徴はだいたい一致させることができるようになっていた。

例えば、隣のオフィスの素敵なフレーズの入ったパーカーをよく着ている女性は、いつも同じ時間に歯磨きをしに行くこと。その隣のオフィスの男性はみんな、いまだに大学と学科の名前の入ったスタジャンを着ていて、ドーナツをよく買ってくるのと、ラウンジでの彼女との電話はなかなか鳥肌モノなことなど。

おそらく彼らもまた、ミレがいつもエコバッグを持っていて、スニーカーが好きで、サラダをよくテイクアウトして食べていることを、おおかた知っているはずだ。もっと観察力があれば、同じデザインで色違いの靴を二足持っていること、エコバッグについている小さなマスコットが時々変わることも。

だがそれにもかかわらず、彼らは互いに挨拶を交わしたり、声をかけたりする必要がないのだ！

ミレにとってはそれが、本当に一番いいところだった。

それなのにもしも、交流会で話をして顔見知りになってしまったら、そのときも今のように挨拶をせずに過ごせるだろうか。残業しているとき、隣のオフィスに交流会で話した人も残っていたら、自分が先に帰るとき、挨拶するべきかどうか悩む状況にならないと断言できるだろうか。

何ひとつ、簡単には結論が出せなかった。


ミレはひとまず、先輩に電話してみた。

「あ、あたしはその日ダメなんだ。サンプルを見に行かないと」

先輩の返事は簡単明瞭だった。

おかげで、右も左もわからないまま、先輩に無理やり連れて来られたフリをするという
ミレの目論見は失敗に終わった。

「そっか。わかった」

「ミレは行くの？　行ってみたら。オフィスの人と交流してきたらいいよ」

「うん、まあ、考えてみる」

そう答えたものの、ミレはしばらくそれについては忘れることにした。

今はよくわからないから、忘れて過ごしているうちに自然と決心がつくだろうと思った。

もっと正直に言えば、それほど気がかりなことが多いのだから、行かない方が気楽だと
いうことはわかっていた。ただ漠然と残念な気持ちがあって、結論を先延ばしにしている
のだ。けれど、まあとりあえずそれにも気づいていないふりをすることにした。

✦

そして交流会当日、ミレは結局そこにいた。

それは誰が何と言おうと、二日前の朝の出来事のせいだった。

その日までに仕上げなければならない作業があり、前日家で遅くまで仕事をして、仮眠もとれなかったうえ、来そうで来そうで、だけどなかなか来ない生理が果てしなく気になっていた。まあそんな気だるい状態で、オフィスへと向かう階段を上っていた。

ところが、降りてきたシウォンと出くわしたのだ。彼はミレを見るとにっこりと笑った。まるで初夏の日差しみたいな笑顔で。

「あ、ミレさん、交流会の申し込みがまだみたいですけど、来られないんですか？　来たらいいのに」

ミレは思わずごくりと唾を飲んだ。たった今まで肩に千鈞の重みがのしかかっていたのに、突然こんなに爽快な気分になるなんて。

言ってしまえば、そういうわけだった。

✦

交流会は、普段ラウンジとして利用される広い空間で行われた。軽めのフィンガーフードにハウスワイン、生ビールが（ほとんど）無制限で提供された。よく見てみると、このあたりで美味しいと評判のレストランの名前が見えた。やはり若者たちのスタートアップは、こういうところが細やかだ。

先輩がいないので一人だったけれど、もともとミレは一人で何かをすることに抵抗を感じる性格ではなかった。初対面の人とも自然に交流できたし、話題も豊富だった。

ところがこの日はいつになく緊張していた。やはりシウォンのことを意識しすぎているようだ。

司会として前に立っているシウォンと目が合って、彼が笑いかけてくれたと確信してしまったとき、ミレは思った。

ああ、終わった。

ダメだ。緊張をほぐさなきゃ。

ミレは少しお酒のペースを上げ始めた。

「本日はモドゥエオフィスの交流会にお集まりいただき、ありがとうございます」

その日の交流会には、それなりの式次第があった。

まず、各自簡単な自己紹介からはじめて、モドゥエオフィスがこれまでどうやって、どれだけ成長してきたのか、本社から来たCEOがプレゼンをした。

隣、そのまた隣のオフィスでどんなビジネスをしているかわかったのは、それなりに有益なTMI[*5]だったが、CEOのプレゼンはどこか退屈で寒いものだった。ミレにはどうでもいい内容だったのもある。ただ、司会のシウォンが可愛く頷きながら聞いている姿が見られることだけは良かった。

それ以降、クイズやら何やら、主催者側で準備したイベントが順序通りに進み、（それなりにいい景品もあり、かなり盛り上がっていたが、それとは対照的にやる気を失ったミレはただ見ているだけだった）自然とお互いに交流をする時間になった。

ミレはそれとなく、シウォンの方をちらりと見た。だが彼は本社から来たCEOと社員たちの相手をするのに余念がないようだった。

はー、こうなるとは。

シウォンと親しくなりすぎて、がっかりしたり、気まずくなったりすることばかり心配していた自分自身が馬鹿みたいだった。この交流会の目的についても改めて考えさせられた。ああ、つまり利用者同士で交流しろってことだったのか。本当に交流したい人は他にいたため、その邪心のせいで、状況を客観的に把握できていなかった。ミレとしては正直、拍子抜けだった。

よーし、もうこうなったら……思いっきり飲んで、ミニサンドイッチを好きなだけ食べてやる！

未練なく新しい目標を設定したミレは、清々しい気持ちでシウォンに背を向けた。するとそのとき、ちょうど横にいた人が挨拶をしてきた。

「あっ、どうも！」

隣のオフィスの、規則正しい歯磨きの習慣を持つ女性、スルギ《知恵》だった。心からうれしい気持ちになって、ミレは明るく笑った。

✦

＊5：Too Much Informationの略で、もともとは「必要以上の情報」という意味だが、韓国では「重要ではないが知っておいてもいいような、ちょっとした情報」といった意味で使用されることが多い。

「わー、これすごい！　ほんとに振動するんですね！」

お酒が回っていたのに加え、初対面の人の前での緊張もあって、ミレの声はツートーンほど高くなっていた。スルギのビジネスは、女性向け健康管理アプリの運営だった。テンションが上がったミレは、スルギの前ですぐにアプリをダウンロードして会員登録した。

よく聞いてみると、管理してくれる健康というのは、主に性と関連するものだった。アプリのメイン機能は生理周期を入力して管理することだが、生殖器とセックスに関する多様な情報がアップロードされていて、なんとバイブレーター〔原注：女性向け性具〕の体験機能までついていた。こんな素晴らしいものがあるなんて！

ミレはスマホのにぶい振動を感じながらくすくすと笑い、スルギと親友になったかのように盛り上がった。はじめはネットフリックスのオススメのドラマや、近くの美味しいお店の情報など、たわいもないことを話していたが、お互いに話が通じるとわかってくると、少しずつセンシティブな話題へと進んでいった。

例えば、共有空間を使う人たちの悪口。

始めたのはスルギだった。

「特にむこうのオフィスの人たちが、会議室のマナーが悪いんですよ。においの強いものは食べちゃいけないことになってるのに、換気もちゃんとしないし……」

「あ、わかります」

「あとラウンジに来る人で、キーボードの音がすごく大きい人がいるでしょ？　あんなうるさいメカニカルキーボードなんて家で使えばいいのに、共用空間で使ったら迷惑だってわからないのか……」

「ああ、私も気になってました」

「それに……趣味趣向は尊重するけど、みんながいるところでオタクっぽい際どいアニメとか見る人ってちょっと……自分の社会的な名誉とかはどうでもいいのかな？」

「私も思いました！　かなりギリギリのレベルですよね……」

スルギの辛辣な評価が溢れた。今まで話せる人がいなかったというように、全部ぶちまけてスッキリした表情だった。

まもなく一抹の理性を取り戻したスルギが、共犯という感じで「次はそっちの番」とばかりに目配せした。ミレの方も同じくらいぶちまけてこそ、スルギも安全だと感じられるし、結果的にこの場が和気藹々《わきあいあい》とまとまると思われた。それが普通の大人同士の、社会のマナーだから。ミレも何か言おうと、それまでオフィスで感じてきた小さなイライラの原因を再確認しようとした。

その瞬間、シウォンとその横の本社の社員たちが目に入ってきた。

ああ、そうだった。すぐそこにあった、今日のイライラ。

すっかり酔いが回っていたミレは、即興で口を開いた。

「正直、こういう集まりって私はちょっと引いちゃいます。わざわざ（両手の人差し指と中指を折り曲げながら）ネットワーキングパーティー！　なんて、やる必要あります？　ドン引き。結局親睦目的の、ただの飲み会でしょ」

「ああ、ですよね」

「韓国のスタートアップがシリコンバレー気取っちゃって、イタいなって。モドゥエオフィスはそういうのがちょっとね」

「ああ……」

「カッコつけすぎなんですよ。さっきのプレゼンだって、正直私たち利用者にとってはどうでもいいじゃないですか。パーティーとか言って、わざわざ人集める必要があるのかっていう。ただの、ＣＥＯのプレゼン練習だったんじゃないですか？　あとで投資者たちの前で発表するために、リハーサルしただけでしょ。タダ酒とミニサンドイッチで釣るなんてケチなことして……。まあ仕方ないから、聞いてるフリしてましたけどね」

そのとき、後ろからふっと現れた誰かが、低い声で言った。

「あー、そうでしたか……。次のイベントの際には参考にしますね」

シウォンだった！

ミレはそのときになってようやく、向かい側に立っていたスルギの顔が少し前から引きつりはじめた理由を把握した。おかげで少しは酔いが覚めたかと思ったが、そんなことはなかった。酔った頭でも恥ずかしさとばつの悪さを感じながら、シウォンの表情を読もうとしたが、特に変化はないようだった。シウォンが事務的な声で言った。

「あの、時間になったので、公式にはお開きにしようと思うんですが……」

「ああ、はいはい。私はそろそろ帰ります。ミレさん、また来週！」

シウォンが言い終わりもしないうちに、親友スルギはそうやって先に消えてしまった。スルギのその不自然な行動によって、ミレは自分のしたことが失態であることを明確に思い知らされ、そのままシウォンと二人とり残されてしまった。

「はい、そ……それじゃ、今日はありがとうございました」

ミレはシウォンの顔をまともに見ることもできないまま、丁寧さを最大値まで引き上げて挨拶した。

それまでのミレはシウォンと静かに挨拶を交わすだけの、礼儀正しく大人しい人だったのに、このままだと、実はお酒の力を借りて毒を吐く人だった、という汚名を着せられてしまう。だが現在の状況から言ってそれは事実であり、ミレができることは何もなかった。

「蓋を開けてみたらがっかり」が、シウォンではなく自分の方になるとは……。

ミレは酔ってぼんやりした頭で、自分を責めながら体を縮こまらせてラウンジを素早く見回した。バッグをどこに置いたっけ。さっき座ってた席、どこだったかな……。

ところが後ろから、意外な声が聞こえてきた。

「用意したお酒がまだけっこう余ってるんです。よかったらミレさんも、もう少し飲んでいきませんか？」

ミレは一瞬自分の耳を疑った。もしかして、なにかの罠かと思い振り返ったが、シウォンの顔はいつものように優しかった。二度とシウォンに挨拶をしてもらえなくなっても仕方ないと、一人気持ちの整理まで済ませていたというのに、本当に？

「も、もちろん！」

ミレはぎこちなく言って、シウォンに向かってにっこり笑った。

酔いが少し（だいぶ）回っていたけれど、（だからこそよけいに）とても断れない提案だった。

その代わり、ミレは決心した。今からはもう飲むのはやめて、丁寧かつ慎重な態度で、さっきの軽率な言葉を挽回できるくらいの良い印象を与えてみせると。そして自分の話をするよりも聞き役に徹して、彼についてもっと知ろうと。

やれる。まずは水を一杯。

そのときになってようやくミレは、バッグがオフィスにあるという事実を思い出した。

✦

「もー、合う相手がほんとにいないんですよ……」

「男がみんなそうってわけじゃないけど」

「愛って何なのか、みんなちゃんと考えてるんですかね。恋愛のまねごとしてるだけでしょ」

「愛し合ってる二人がどうして結婚しなきゃいけないのか、まともに考えてみたこともないくせに」

「そんなわかりきった恋愛はもう楽しくも何ともないし、したくないし、それでもどうしても寂しいときがあるんですよ……私がおかしいのかな……」

私、どうしてこんな話してるんだろ？

ミレはその日何度目かわからない「ああ、終わった」を心のなかでつぶやきながらも、休むことなく動き続ける自分の口を止めることができなかった。

シウォンの話を静かに聞こうというミレの固い決心は、結局泡と消えてしまった。

その綺麗な顔を目の前にしているとなんだか落ち着かないわ、注いでくれるお酒は断りづらいわ、酔った勢いでお酒に強いと虚勢を張ってしまうわで、ちびちびと飲み続けるしかなかった。そりゃあ当然の結果だ。こうなるための「あと一杯」、だったなんて……。いつ前にもミレは〝いい雰囲気〟になった人の前で失態をやらかすことがよくあった。いつも先走って、デートではタブーな話を、気づいたときにはしてしまっていた。

古典的には宗教や政治の話、最近では何といっても〝ジェンダー・イシュー〟。盛り上がってくるといつも、ミレはすぐに饒舌になってしまう。世の中の万事に興味があり、ほとんどのことにはっきりした意見を持っていて、人前でそれを言うことに躊躇せず、しかも議論を楽しむ性格だからだろうと、自分を慰めている。

一度話をはじめたミレは、誰にも止められない。自分自身さえも。ただ〝いい雰囲気〟の壮絶な終焉へとまっしぐらに突っ走るだけだった。

もちろんどうしようもないことだとわかっている。長い目で見れば、結局そうなるしかない関係なのだ。だけど何と言っても恋愛というものは、結果より過程なのに！　こんなことを繰り返すたび、ミレは毎回、小説の結末を先に開いてしまったみたいな気分になった。誰よりもそれを望んでいない、自分自身の手で。

いろいろと手遅れだとしても、今からでもやめなくては。

「まあ、私はそんな感じなんですよ……。シウォンさんみたいな人にはわからないかもしれないけど……」

あやうくミレは「やだもう、私ったら困ったものですね。こんな余計な話してどうするんだか」といった無駄口を一言、二言、三言とさらに付け加えるところだった。このあたりでやめておけただけでも、この大きな不幸のうちの唯一の幸いだ。今度こそ、そろそろ帰り支度をするときが来たようだ。

「いいえ、僕もミレさんほどではないけど、すごくわかりますよ」

続くシウォンの言葉を聞いて、ミレは思いがけず戸惑った。酔っ払って、幻聴を聞いてる？ もしかして夢？ 私がヒロインの、ドラマみたいな夢？ もしそうなら、このまま覚めないで……。だけどこういうことはいつも、主人公じゃない人が考えるものだ。

「もちろん僕も、最初からそういう考えだったわけではなくて。数年前に、似たようなことを言ってた人がいたんです。ミレさんもだったとは……面白いですね」

「あ、本当ですか？」

ミレは耳をそばだてつつ、頭をフル回転させ始めた。

その人って……誰？ 誰なの？ 元恋人？ 友達？ もしかして、今の恋人……？

「話を聞いてるとたしかに、僕らが当然だと思っている恋愛の常識って、どこかで刷り込まれてきたものがほとんどだと思います。男としては特に、『女性にはこう接するべき』、『女性はこういうのが好き』というのをたくさん教わってきた気がするし……。一度そうやって学習してしまうと、それを疑うことってなかなかしないですよね。特に恋愛中は、疑問を持つほうが難しい」

「そうなんです！　その瞬間、ちゃんと好きじゃないことになってしまうんですよね。『みんなこれが良いって言うのにだめなの？　じゃあ、その程度の気持ちなんじゃないの？』って。恋愛では、好きな気持ちが足りない方が、いつも悪者になるから」

「はい。そういえば僕も考えることがあります。本当に自分にとって大事なものとは何か、僕が望んでいるものとは何なのか」

「そうなんだ……いいですね、すごく」

何のことはない相槌を打っただけなのに、ミレはなぜか勝手に変な気分になった。

「それまではせいぜい理想のタイプについて考える程度だったんですが、自分がどんな関係を望んでるのか、そのとき初めてちゃんと考えた気がします。例えば、昔から漠然と結婚願望がないなとは思ってたんですが、どうしてなのかとか、それなら自分は何を望んでるのか、とかそんなことをね」

え、何？　ほんとに私が主人公のドラマなの？

こんなに複雑でデリケートな内容を、こんなに見た目がタイプな人と、共感しながらスムーズに会話してるなんて！　これがほんとに夢じゃないって？　ミレは心臓がバクバクした。

「それでシウォンさんは……結論に達したんですか？」

「ええ……とりあえずは」

「その、実際、この問題で一番わからなくてもどかしいのは、悩みを通じて自分が何を望むかわかったところで、それが現実に叶うかってことだと思うんです。恋愛って一人でするものじゃないでしょ」

しばらく雰囲気に合わせて落ち着いていたミレの声のトーンが、再び上がってきた。邪な心は置いておいても——本当に半生にわたって気になっている、もどかしい問題だったからだ。胸の奥から焦れったい思いが込み上げてくる。これがシウォンに対する渇望なのか、長い間気になってきた疑問が少しは解けそうなことへの期待なのか、自分でもよくわからなかった。ここまで焦らしておいて答えてくれないなら、キスでもしてもらわないと。本当に……。

平気な顔の裏で暴走していると、シウォンが答えた。

「そうです。そこがポイントですよね。本当に望んでいると思っても、実際にやってみないとわからないし」

「ほんとですよ。だから……」

「あの、ミレさん、僕どうですか？」

「はい？」

「実は僕、ミレさんが気になってます。見れば見るほど知りたくなる人というか」

「ほ、本当ですか？」

「はい。もし良かったら……手、握ってみてもいいですか？」

チッケムの中の男性が、実は自分を見ていたと言っている。ミレは顔が赤く火照ってきた。そりゃあもう、手だけなんておっしゃらずに。もし翡翠の健康マットでも売りつけるおつもりなら、一枚買いますから……。

ミレがうっとりしながら手を伸ばしかけた瞬間、シウォンが言った。

「あ、ただその前にひとつだけ。僕、オープン・リレーションシップの関係にある恋人が一人います」

「え……？」

えっと、これ、健康マットの方がマシだったのでは？

喜んで出て来ようとしていたミレの手がすっと引っ込んだ。

真っ先に込み上げてきた感情は戸惑いと、どうしようもない不快感だった。

まったく、今日は何て一日なの。「終わった」、「本当におしまい」、「完全に詰んだ」、「終わった_fiinal」、「終わった_おしまい_確定_最終」……こんな感じ？

「さっき話したこと、どんな関係が自分にとっていいのか、合っているか……。たくさん悩んで対話した末に、僕たちはオープン・リレーションシップにすることにしたんです。といっても恋人が先に提案してくれて、僕が同意したんですけどね」

「はあ……」

「二人ともお互いを独占せず、関係をオープンにしておくという意味だと思ってもらえれば。向こうも今日は他の人と会ってます」

「え、本当ですか？　ああ……」

まあ、話は最後まで聞いてみよう。

恋人は恋人でも、〝オープン・リレーションシップ〟の〝恋人〟というのが重要だ。

〝オープン・リレーションシップ〟は私たちが思い浮かべる恋愛、つまり一対一で交際し、互いを完全に独占する恋愛ではなく、互いを独占せず、他の人と関係を持つことも許容する〝非独占恋愛〟を意味する。

つまり恋人がいるといっても二人の関係が〝オープン〟である以上、シウォンが他の人と新しい関係を結ぶこと自体は、不道徳なことではなくなる。

そこには一人の〝所有者〟が現れると全ての関係の可能性が閉ざされる〝売約済の男〟といった概念はないからだ。それよりはむしろ……理論的には、同時に共有することのできる何かに近い。自分が少し使って、必要な時は他の人も使う……シェアサイクル……みたいなもの？　チッケムの中のイケメンは、実はシェアサイクルだったの？

「決して軽い気持ちで言ってるわけではなくて、ミレさんの悩みがとてもよくわかるので……。真剣に話してます。もしかしたら、オープン・リレーションシップが、ミレさんの悩みの答えになるかもしれません」

「ああ……はい、あ……ありがとうございます」

ミレは自分が何を言っているのかもわからないまま答えた。

もちろんミレも、オープン・リレーションシップについては聞いたことがある。いつも次善だけが許されるロマンスの悩みと渇きが、まるで人生の課題のようにつきまとっていたため、この分野のトレンド（?）には人一倍敏感だったからだ。これと類似するもののうち、最も有名なのが〝ポリアモリー〟、つまり〝多者間恋愛〟だろう。映画『妻が結婚した』[*6]に出てくるような。これらはどちらも〝なじみのない西洋の文化〟なので、まだ国内で正確に分類され、定義をまとめたものや活用例を見つけるのが難しいことは事実だ。だが、少しの検索と、数回の翻訳サイトの使用を通してミレは、真剣な恋愛関係を複数人と結ぶという概念がよりはっきりした〝ポリアモリー〟に対し、〝オープン・リレーションシップ〟はもう少しゆるく、独占恋愛ではない全てのものを称する包括的な概念に近いと理解していた。

独占しない恋愛、お互いに自分らしさを守れる関係という点が気になったし、好奇心がわいた。いつか機会があったら自分でもやってみたいと思っていたけれど、現実では〝浮気者のよくある言い訳　俺はポリアモリーなんだ.txt〟のような事例が多すぎたし、〝蓄妾《ちくしょう》制〟*7の弊害が未だに残る韓国の地では……とてもじゃないけれど快くは……やってみる気になれなかった。それに、いざやってみたとしても、人間というものの特性上、嫉妬もするし、苦しいことだらけだろう。だからミレはオープン・リレーションシップについては、『多者間恋愛スタイル――イデア編』の領域にだけ置いておき、敢えて取り出すことはせずにいた。まあ噂によると、ヨーロッパ、特にベルリンなんかの〝ヒップな〟ところではみ

*6：ソン・イエジン主演の映画。韓国でベストセラーとなった小説（邦訳：『もうひとり夫が欲しい』パク・ヒョンウク著・蓮池薫訳）が原作で、平凡な会社員の男性ドックンが、ポリアモリーのヒロイン、イナに恋をするラブコメディ。
*7：妾を囲うこと。

んなやっていると言うけれど……。それをシウォンが、本当にやってるって⁉

だんだん意識がはっきりしてきた。あんなに飲んだのに、それほどインパクト充分な話だった。

「ミレさんはどう思いますか？」

「ああ……どうかな……。私も理論的にはオープン・リレーションシップって、かなり理想的だとは思いますけど……」

「けど……？」

「その……問題は……現実でそれが本当に可能なのか……。お互いにそれだけ信頼関係を築けるのかってことだから……」

語尾を切らずに濁しながら、ミレは考えていた。シウォンの言葉をどう受け止めるべきか？

大きく二つの可能性がある。
1．よくある〝浮気者の言い訳〟別バージョン。
2．本当にオープン・リレーションシップを実践している、恋愛実験者。

1番の場合、振り返ることなく、今後は積極的に避けるようにする意向があった。では、もし2番ならどうか。本当に2番なら……？

「気になるなら、僕と……やってみませんか？」

「はいい？」

逆に、別の意味の「やろう」だったらここまで驚かなかっただろう。

「オープン・リレーションシップをやってみよう」なんて生まれて初めての提案に、一体どう反応すればいいのか。ああ、もうよくわからないから、とりあえず別の意味の方に持っていってみる？　再び暴走しそうになるのを必死で抑えながら、ミレは考えた。

ファクト：シウォンは関係が進展する前に「オープン・リレーションシップの関係にある恋人がいる」と正直にオープンしてくれた。

それならこれは、不純な意図のあるニセものではなく、本当のオープン・リレーションシップだと信じてもいいのではないだろうか？　シウォンの素敵な肩と綺麗な笑顔、甘い声のことを考えると、やってみたい気もするけど。本当に、本当にいいのだろうか？

「つまり……恋人の方もシウォンさんと同じ考えってことですよね？」

「はい」

「シウォンさんだけじゃなくて？」

「はい」

「いやー、うそでしょ。ほんとに？　ほんとの……本当に？」

「本当ですって。ほんとの、本当」

シウォンがにこっと、口角を上げて魅力的な笑顔を見せた。ミレは胸がドキッとした。もう三時間も、ビールにワインにとあれこれ混ぜて飲んでいるのだ。正気を保つのもそろそろ限界だった。もう何でもいいから、あの美しい唇にキスして、噛んで、吸って、そのまま眠りたい……。

「いやだけど、向こうの話も聞いてみないと……。もうわかんない、信じられない……」

ミレは眠りに落ちるのも気づかないまま、テーブルの上に突っ伏した。

2――なぜ私はあなたを共有するのか

数日後。

ミレは「モドゥエオフィス《みんなの》」麻浦《マポ》支店近くの、あるカフェにいた。

向かい側にはシウォンが座っている。ミレが先にカフェに着いて、仕事を終えたシウォンがすぐにやってきた。二人の間には若干の緊張感が漂っている。ミレがぎこちなくジェスチャーをしながら言った。

「えっと、私たち、先に注文してましょうか？」

「あ、もうすぐ着くそうなんですが……」

「あ、はい。じゃあ待ちましょう」

落ち着こうと頑張ったが、ミレはしきりに入り口へと向かう視線をどうすることもできなかった。

素敵な、綺麗な人たちが出入りし続けていた。そのたびに「もしかしてこの人？　いや、あの人かな？」と一人、気を揉みながらシウォンの様子をうかがい、違うとわかり安心していると、また別の錚々《そうそう》たる候補たちが入ってきた。ミレの心は、早くその人に会ってみたいという好奇心と、すぐにこの場から立ち去って、ずっと知らないままでいたいという衝動の間を行ったり来たりしていた。この瞬間が抱いている無限の可能性のせいで、ミレはおかしくなりそうだった。

そんな気持ちを知ってか知らずか、ずっと落ち着いた顔でスマホをチラチラと見ているだけだったシウォンが顔を上げて言った。

「あの……実は僕も、こういうのって初めてで。思ったより緊張しますね」

そのときになって初めてミレは、シウォンの顔をまともに見た。この状況が与える緊張感に圧倒されるあまり、目の前のシウォンの顔を見る余裕もなかったのだ。紅潮したその顔からすると、嘘ではないようだった。

「あ、初めて……なんですか？」

「はい。恋人とこうやって三人で会うのは初めてです。僕は最近、特に新しく付き合った人もいなかったし……」

「そう。しばらく休業状態だったよね。わたしと違って」

そのとき、近くで初めて聞く中低音の声がした。

ミレは顔を上げた。

シウォンの恋人が、そこに立っていた。幾度となく想像してきた姿の通りのようでいて、実はそのどれとも違った姿の。

がちがちに固まった顔で席を立ったミレは、悲壮な声で最初の一言を発した。

「あ、あの、何飲まれますか？」

✦

ことのいきさつはというと。

すっかり飲みすぎた〝異業種交流会《ネットワーキングパーティー》〟の翌日は、幸いなことに土曜日だった。

飛び飛びではあるものの、前日の記憶は少し残っていた。シウォンにジェントルに支えられてタクシーに乗り、驚くべき帰巣本能を発揮して無事に家にたどり着いた。おそらく無事に帰宅したことを知らせるためと思われる、短い通話記憶も残っていた。

これほどの二日酔いはいつ以来だろう。久しぶりに感じる驚異的な眩暈に耐えながら、ミレは記憶を整理してみた。三十代になってからは体力も落ちたし、そこまで飲んだ記憶ないけど……。そう、あの時以来だ。三十歳の誕生日、朝方まで飲んでカラオケに行き、クッパを食べて、再び飲み始めたあの日の……計二十時間に及ぶ……。ううっ。思い出しただけで胸がむかむかしてきた。

ミレはふらつく頭を枕に埋めたまま、じっとベッドに横になっていた。するとと突然、とても落ち着いて穏やかな気持ちになってきた。まだワンルームの賃貸だけれど、古いマットレスだけど、それでも自分で稼いだお金で借りた小さな部屋があるということが、改めて感慨深かった。大人になった気分ってこういうことなのかな……。ああ、喉乾いた……。起きて水が飲みたい……。ちょっとだけ体を起こして冷蔵庫まで……。

そうやって夢うつつのままつぶやいているうちに、ミレはそのまま二度寝してしまった。再び目を開けたのは、太陽が中天に昇り、再び傾き始めた頃だった。ようやく体を起こしてトイレに行き、水を飲み、インスタントラーメンを作ってズルズルと吸入したあと（つまり、生理的なニーズを全て処理したあと）ミレはポータルサイトの検索ボックスに〝オープン・リレーションシップ〟と入力してみた。

昨夜の記憶が全て飛んだとしても、シウォンとのあの会話だけは忘れようがない。

「オープン・リレーションシップが、ミレさんが悩んでることの答えになるかもしれません……」

きゃー……。

「気になるなら僕と……やってみませんか？」

きゃーーー！

シウォンの声、眼差し、表情……その全てが本当に「きゃーーー」だった。すごく良いのに、妙に鳥肌が立つというか。

あの瞬間を再び思い出すと、ミレは急に気になり始めた。

昨日の夜、シウォンは酔っていたのだろうか？

いや、運営側としてイベントを進行していたから、シウォンはミレに「もう一杯」を勧めてからようやくゆっくりと飲み始めていた。話し方も、声も（ミレの記憶によれば）とてもはっきりしていた。結論として、それほど酔っているようには見えなかった。

とすれば、シラフで自分がオープン・リレーションシップをしているということを告白し、ミレにも勧めたことになるが……。一体どうしてそんなこと？　私が「あ～あの人オープン・リレーションシップとかやってるらしいですよ～」なんて噂でも流したらどうするつもりなの？　まったく、怖いもの知らずにもほどがある。私がそういう人じゃなかったからよかったものの。運が良かったとしか。人を見る目はあるみたいね……。

そのとき、ブーッ、とミレの携帯電話が震えた。

「ゆっくり休めました？　二日酔いは大丈夫ですか？」

シウォンだった！

事実として、（オープンでもクローズドでも関係なく、会話でも体でも関係なく！）〝お酒で急展開した関係〟における最も重要な次のステップは、何と言っても次の日の連絡だ。次の日お互いに連絡がなかったら？　そのときは一度きりの関係だと思うのが、いろいろと気楽だった。

だが、シウォンから先に連絡が来たのだ！

どうしよう？　すぐに開く？　開かない？　開いたら、何て返す？　もしかして、知らないうちにもう始まってたの？　オープン・リレーションシップ？

ミレがどうしていいか悩んでいる間に、メッセージがもう一通届いた。

「今日の午前に恋人とも話したんですけど、一緒に会おうと言ってます。いつにしましょう？」

何て？？　ミレの髪の毛が逆立った。

昨日の夜に突然、それも泥酔中にいきなり始まってしまったこの〝オープン・リレーションシップ・フロー〟に、ミレはとてもついていけなかった。どこから話せばいいんだろう？　約三十分間、スマホのキーボードと格闘した結果、ミレは結局シウォンに電話をかけた。

✦

二、三回のコール音の後、心の準備もまだのうちに、シウォンが電話に出る。

ミレ　「（緊張して）もしもし？」
シウォン　「（笑いをこらえたような声で）もしもし、ミレさん」
ミレ　「（何か言わなくてはと思って）二日酔いは大……丈夫ですか？」
シウォン　「僕は大丈夫ですよ。ミレさんは？　いま起きたんですか？　声がかすれてるけど」
ミレ　「ええ、まあ……。いっぱい寝たからもう平気です」
シウォン　「ならよかったです。二日酔い解消ドリンクを渡すんだった」
ミレ　「あ……家にあります。三十代の飲酒生活には必需品ですから」
シウォン　「（くすっと笑って）よかった。飲んでから寝たんですか？」

ミレ　「毎回忘れるからずっと家にあるんですよ」
シウォン「（また笑って）今からでも飲んで」
ミレ　「はーい……。あ、あの……（躊躇いながら）」
シウォン「はい？」
ミレ　「私が……シウォンさんの恋人と……一緒に会おうって言ったんですか？」
シウォン「はい、昨日言いましたよね、ミレさんが。実際に会って聞いてみないと信じられないって」
ミレ　「ああ……（そう言われて少し思い出した気もする）」

ミレの回想

ミレ　「（怒りのこもった声で）シウォンさんがいくら甘い声で言ったってだめです!!　恋人の方が私の前に現れて、自分の口から話してくれるまでは信じられません!!　オープン・リレーションシップは浮気者の言い訳、不動のナンバーワンなんだから!!」

恥ずかしさで顔を覆ったミレは、これが電話でよかったと思う。
シウォンは話を続ける。

シウォン「それで話をしたら、恋人もぜひ会いたいそうです。気になるって言ってました。ミレさんがどんな人なのか。あ、もちろん負担に思わなくて大丈夫です……。ミレさんが望むなら、会えるってことをお知らせしたくて」

ミレ「ああ、はい……」

シウォン「（慎重に）まあ、必ずしも僕との……関係を発展させないとしても、オープン・リレーションシップというものに興味があるのであれば、一度話をしてみるのもいいと思うんです。とにかく自分を持ってる人だし……。何より経験者だから。ミレさんもそういう……悩みがあるんですよね？」

ミレ「（少しがっかりしたが、それを悟られないように）ああ、はい……。悩み相談みたいな感じで？」

シウォン「はい、僕はもちろん……ミレさんともっと親しくなりたいのは事実ですけど……。僕の気持ちだけを押し付けるわけにはいきませんから」

ミレはごくりと唾を飲み込む。スマホを耳に当てたまま、しばらく何も言えない。

✦

シウォンの言葉はたしかに魅力的だった。けれどミレは依然として怖かった。オープン・リレーションシップという未知の領域が、自分が負うかもしれない傷が、その過程で経験するかもしれない苦痛が。

けれど、同時に好奇心も掻き立てられていた。シウォンに対してだけではない。自分が今回のことを通してどう感じるのか、この関係を通してどこまでいけるのか……。いま、ここを逃したら永遠に知り得ないことを、経験してみたかった。

誰かにとっては不快なだけの過程かもしれないが、そういうことはミレにとって何の問題でもなかった。その代わり、このことによって傷つく人がいてはならないと思っていた。もしも本当にそれさえ可能なら……。やはり妙な根気と冒険心は生まれつきのようだ。

結局他の誰でもない自分自身だけが、ミレをこの瞬間のカフェに連れてくることができたのだ。

✦

男一人に、女二人。

構図だけ見れば、とても典型的なメロドラマ――マクチャンドラマ[*8]のような状況だった。怒鳴り合い、髪をつかみ合い、何の罪もないキムチまで動員してビンタをし、とりあえず大声で喚き立てておかないといけないような状況。だがここの雰囲気は全く違っていた。

シウォンがコーヒーの注文に行っている間、ミレは彼の恋人と向かい合って座っていた。ヘアスタイルは同じくらいの長さのボブだったが、ミレよりも大きめにカールがかかっていた。大きなイヤリングをした、化粧っ気のない顔。左腕の内側には小さなタトゥーがあって、かわいいスマイルマークだった。自分より四、五歳は若く見えると、ミレは思った。小さな色白の顔の中心を通る、高い鼻筋が素敵だった。単純にその言葉だけでは表現する

*8：不倫や三角関係、嫁姑関係などの愛憎劇が非常に極端かつ刺激的に描かれ、現実にはあり得ないようなとんでもない展開になるドラマのこと。２０１４年放送のマクチャンドラマ『みんなキムチ』では、キムチでビンタをするシーンが話題になった。マクチャンは韓国語で「どん詰まり」の意味。

ことのできない個性ある顔立ちだったが、綺麗だった。ちらりと見ただけで誰もが気付かざるを得ない魅力が、自然にあふれ出ている人だった。思った通りだ。けれどそれに対して、悔しいとか妬ましいというよりは、妙なことに胸が高鳴った。

「ソリ《音》っていいます。お会いできてうれしいです」

そして、低いけれどよく通る声。

「ああ、はい。私もです……」

ミレは控えめにそう言うと、ソリの目を見た。

ソリが、生き生きした表情でにっこり笑った。好奇心と好感が垣間見える眼差しだった。

「コーヒーが来ました」

ようやく一言目の挨拶をしているときに、シウォンが戻ってきた。

「あ、もう挨拶した？」

「来るのが早すぎ」

「あ、たしかに。もっとゆっくり来ればよかったかな？」

シウォンとソリ、二人の親密な空気感がミレにも伝わってきた。

恋人と話すときはあんな顔するんだ。シウォンのプライベートな顔が新鮮だった。

「あ、そうだ。これを最初に言わないと。わたしがハン・シウォンさんの恋人で、オープン・リレーションシップはわたしたち合意のもとにやってるので、嘘かもって心配する必要はないですから」

「ああ、はい……」

「もちろんこれはまだ第一関門だから、これから関係をスタートするかどうかは全てミレさん次第です」

「はあ。で、ですよね……」

「ところで、わたしたちがオープン・リレーションシップを始めてから、もう二年半以上になるんですけどね。考えてみたら、こういう席って初めてなんです……。ミレさん、カッコいい」

「え？　私がですか？」

予想もしなかった言葉に、ミレは顔を赤らめた。

「あ、もちろん今までわたしもシウォンも、他の人とも付き合ってきましたけど、相手の恋人に実際に会って、自分の目で見て確認したいって言われたのは初めてなんです」

あ、つまりこの関係でシウォンさんが初めて付き合う〝他の人〟が私ってわけではないんだ……。

その言葉に一瞬がっかりしかけたミレは、すぐに気を取り直した。恋人にまで会ってるっていうのに、そんなこと気にしてどうするの。少なくとも〝他の人〟の中では一番になりたいとでも思ってたわけ？　本当に、人間の心って都合がいいものだ。

私の中にもどうしようもない〝お決まり《クリシェ》〟があるみたいだ……。ミレが内心葛藤しているうちにも、ソリが言葉を続けた。

「これまでに付き合った人たちの気持ちを全部知ることはできないけど、みんな、知らないふりして無視したい気持ちも大きかったと思います。いざ直面したら、苦しいってわかってるから」

「でなければ、僕とこの関係自体を真摯に考えていなかったか。オープンだと言うと、その時点からただ軽く付き合うだけ、ちょっと楽しむだけだと思われているように感じることが多かったです」

シウォンが横で付け加えた。

ああ、そうなんだ。オープン・リレーションシップを提案された人と同じくらい、すでにその関係にある人にも悩みがあるんだ！　それは考えてもみなかった。たしかに、「オープン・リレーションシップ中だ」と打ち明けた瞬間、ミレ自身もそうだったようにまずは警戒したり、真摯に受け止めない人の確率がとても高いだろうと思えた。

今度はミレが言った。

「あの、それじゃもしかして……シウォンさんは私がオープン・リレーションシップというものを真摯に受け止めそうな人だから……それで私と付き合いたいと言ってくれたんじゃ……ないですか?」

〝オープン・リレーションシップ〟という形式のインパクトのせいで二の次になっていたが、いずれにせよシウォンは今、ミレと恋愛関係を結びたいという意思を見せている。これはとても驚くべきことだ。こんなにカッコよくて、何より片思いしていると思っていた人が、自分と積極的に関係を結びたがっているなんて。

そのことが、その衝撃が大きすぎたあまり、彼らの特殊な状況を考慮して、疑いを持たずにはいられなくなったのだ。すでにオープン・リレーションシップをしているシウォンにとっては、いくら魅力的な相手でも、その前提を受け入れられない限り、恋愛対象にはなり得ないだろうから。

ミレとしてはとても悲壮な覚悟でした質問だったが、シウォンはふいに、例のあの美しい笑顔を見せた。そして可笑しそうにこう言った。

「うーん、この前話したとき、本当に話がよく通じそうだなと思って、より惹かれたのは事実です。でも、ただ挨拶しているだけのときから僕はミレさんが好きでしたよ。僕の状況が少し特殊だとはいえ、好きでもない人と付き合うほど困ってはいませんから!」

「ほらね、やっぱり勇気あるよ、ミレさんって」

ソリも隣で一緒に笑った。

その雰囲気に巻き込まれてついミレも笑ってしまったが、こんなふうに笑っていいのかわからなかった。

「わたしたちは今までオープン・リレーションシップをしていると話してきましたけど、もしもシウォンかわたしが新しく付き合う人と真剣な交際に発展したら、自然にポリアモリーの関係に変わっていくと思ってます。その部分はそうやって開かれているので……。ミレさんも決心する前に参考にすると良いと思います。決まってることは何もないから」

「あ、ああ――はい……」

突然の専門用語のオンパレードで、一瞬読み込みに時間がかかったが、ミレはとっさに頷いた。その表情を読んだシウォンが、横から付け加えた。

「ひょっとしてミレさんとの関係が、どこまでも付随的で軽いものに限定されるように考えてしまうのではと思って……。そうではないという意味で」

「あ、ああ！　はい、どういうことか理解できました」

ミレの立場からすれば生じうる心配や不安を、前もって取り除こうとしてくれる二人の配慮を、遅まきながら理解した。実際は決心よりは、好奇心のほうが大きかったけれど、だから自分の望みや得るべきものが何なのか、まだミレ自身も明確にわかっていなかったけれど、それでも少し安心できた。おかげで緊張が和らいだミレは、ソリの顔を見つめてふとこう言った。

「だけど本当に……ソリさんは平気なんですか？」

「何がですか？」

「だって自分の恋人が、他の人のことが好きだって言ってるんですよね。目の前で……」

考えてみたら、ここへ来るのに勇気が必要だったのは、自分だけではないかもしれないと思ったのだ。すると目の前のソリが急に気の毒に思えてきたのだが、当の本人は目を丸くして言った。

「もちろん平気ですよ！　シウォンがミレさんを好きだからって、わたしのことが好きじゃなくなったわけじゃないし。わたしたちの関係は変わらないのに、平気じゃない理由なんて何もないでしょ？　それがオープン・リレーションシップをするってことの意味なんだから」

「あ……」

「はー、ミレさん、これって本当にすごく良いと思いません？」

「……はい？」

気の毒に思うなんて、見当違いも甚だしかった。

ミレは改めて自分の立場を思い知った。

どうしようもない、この界隈のニュービー〔原注：ある分野に未熟な初心者〕。

「誤解してる人が多いんだけど――オープン・リレーションシップって、他の人と付き合いたくてするものじゃないんです。今の相手と、長く付き合うためのものなんですよ」

「あー……そ……そうなんですか？」

文章は間違いなく頭の中に入ってきたのに、意味が正確に認識されなかった。

頭をガツンと殴られたような気分で、ミレは思わず拍子抜けした顔をした。ソリは可愛い、という表情でミレを見ると、説明を始めた。

「友達は一人じゃないでしょう。Aのことも好きだし、Bのことも好きだし、それぞれとの友情がだんだん積み重なって、それぞれに対する〝好き〟があって。それが自然ですよね。家族もお母さん、お父さん、お姉ちゃん、妹、みんな好きだし。もちろん人間という種の特性上、『ママとパパどっちが好き？』みたいな質問をしたりもするけど、それって片方だけしか好きになれないという意味ではないですよね」

「そ、そうですね……」

「ミレさんもそういう経験ないですか？　たぶんみんなあるはず。『他に好きな人ができた』。この言葉が出た瞬間、終わりですよね。別れようって意味。破局の一番よくある理由」

　たしかにそうだった。ミレの頭の中を、今までの恋愛遍歴と、過去の恋人たちの顔が次々と通り過ぎた。

「もちろん今の恋人が嫌いになった状態で他の人を好きになったのなら、別れるべきでしょう。でもそうじゃなくて、今の恋人も好きで、新しい人も好きになるのだってあり得ることですよね。正直、誰でもそういう経験ってあるでしょ。そのときにどうするかなんです」

「だ、だから普通は恋人がいたら……他の人に行くのはどんなことをしてでも止めないとって思いますよね。避けたり、距離を置いたり……」

　会話をしているうちに、いつの間にかミレが普段はそれほど同意していないはずの「一般論」を代弁する役割になっていた。それでも、ソリの答えが聞きたかった。あまりにも深く根付いている社会通念から、ミレ自身も完全に自由にはなれていないから。一般論にも同意できないけれど、かといってソリと全く同じ世界に飛び込むこともできない状態で、ずっと保留にしてきたミレは、もうどちらでもいいから説得されたいと本気で思った。

　ソリが「プッ」と笑って言った。

「だけど、それも可笑しな話ですよね。気持ちって、手足のついた、この世に一人だけの妖精みたいなものですか？　止めるって何でしょう。それにどこかに行ってしまったからって、ここからいなくなるの？　誰かがそう決めたんでしょうか？　友達は何人も同時に好きになれるのに。芸能人だって、映画だって、同時に複数を好きになれるでしょ。それに正直、止めようと思って止められるものですか？『好きになっちゃダメ！』って言われた瞬間、もっと好きになってしまうのが人なんですよ」

「うーん、それでも頑張って……」

「それに！」

どうにかして〝がんばって〟ごまかしてみようとしたがうまくいかなかった。

ソリが続けた。

「誰かを好きな気持ちがどんどん大きくなるのに、思いっきり好きになりたいのに、今の恋人との義理のせいでそれを無理して諦めたら、お互い幸せになるための恋愛なのに、恋人のせいで幸せになれないことになる」

「うーん、それはちょっと自分勝手なんじゃ……？」

「『自分はよそ見をするけど、相手には自分だけを見ていてほしい』と言ったら自分勝手だけど、恋人にも同じようにその自由を与えるものなんですよ」

「あー、でも自分が他の人を好きになったら、恋人は幸せでいられないかもしれないですよね……？」

「それは二人の関係をどう定義するかの問題でしょうね。『お互い相手だけを好きでいないといけない。絶対に他の人を好きになってはいけない』とよく言うように、関係を閉じてしまえば、その瞬間から裏切りになるし幸せじゃなくなるだろうけど、わたしとシウォンみたいに関係を開けば……そのときは、新しい感情と新しい愛にときめく、恋人の幸せそうな姿を見て、自分も喜びを感じることができます」

「そうです、本当にそれはあります」

黙って聞いていたシウォンが言葉を挟んだ。

けれどミレとしては正直、信じがたい話だった。

「まあ、言葉で聞けばそうかもしれないとも思いますけど、本当なんですか？」

「はい。友達が大好きな人と付き合って幸せそうだったらうれしいですよね。妹とか、お姉さんのそういう姿を見たら、うれしくなるでしょう」

「それ、完全に同じって言えるんでしょうか……？」

「違いは何ですか？　恋人とはセックスをするから？」

ソリが唐突に切り込んできた。頑張って平静を装おうとミレは目をパチクリさせ、シウォンは気まずそうに咳払いをした。

「セックスではないんです。決定的な違いは、独占するかしないか。同じように愛していても、友達や家族と違って、どうして恋人は絶対に独占すべきと考えるんでしょうか？」

「あー……」

たしかに……どうしてだろ？　誰もその理由を教えてくれたことはない気がする。

それだけが……真実の愛だから？　独占できなければ、自分が必要なときに恋人がそばにいてくれないかもしれないから？　それとも……他で性感染症を移されるかもしれないし、私にそういう有形・無形の被害を与えるかもしれないから？

「一夫一妻制という異性愛結婚制度を通して、二人の大人の経済共同体を作って、子供を産み育てるのが正常な家族だという概念が、国家としては一番安定するし、人口も維持できて、税金も徴収できる素晴らしいシステムだから」

「わお」

「だからそれが最も理想的なかたちのロマンスだと、社会文化的にも教育するんですよ。自然な人間の本能なんかじゃないと思います。社会の必要のために合意されたものに近いでしょうね」

「はあ……」

この出し抜けの知的な美しさは一体どういうことか。ミレの驚いた顔を見て、ソリがにっこり笑った。

「わたしだけの考えじゃなくて、すでに多くの人が、ずっと前から言ってることです。とにかく、何が問題か？　いずれにせよ今だって、その独占というものがきちんと守られていないってことです。もし守られているのなら、ネットの掲示板に書き込まれているたくさんの恋愛相談はどこから来るんでしょう？　不倫ドラマがどうしてあんなにたくさんあるんでしょう」

「ですよね……」

ああ、これだけは〝天下無敵の一般論者〟でも到底反論できない話だった。

「結局みんな守れないんですよ。それなら、いっそ正直になろうってことなんです。騙すのも、騙されるのも、本当にひどいことじゃないですか」

ソリの声には、初めて疲労と幻滅があらわれていた。きっとソリも、そういう経験をしてきているのだろう。

「オープン・リレーションシップだからといって、最初から他の人を求めているわけではないんです。他のカップルと同じように、二人だけで普通に過ごすことも多い。でも人間だから、生きていれば他の人が気になることもあるし……。僕がミレさんを見つけたようにね。そういうとき、お互い騙し合って、卑怯なことをしたくないんです。それこそが裏切りであって、本当に関係を終わらせてしまうことになるから……」

シウォンが付け加えた。

ミレはその言葉をゆっくりと噛み締めてみた。

「その代わり、恋人に他に好きな人ができたというのが、もう自分を好きではなくなったという意味ではないという、相応の確かな信頼がないといけません。恋人同士の信頼というのは、付き合うことが決定した瞬間に完成するものではないんです。努力し続けて、話し合い続けて、終わりのないアップデートを繰り返していくものです。オープンではない関係にも必要なことだと思います。そういう努力もしないうちに、自分以外の人を好きにならないから、ただそれだけが本当に自分を愛している証拠だ、というのは正直……怠惰なだけだと思います」

ミレは衝撃を受けた。

ソリが話してくれたことは意外だったし、美しかったし、長い間自分が願っていた何かに近いと感じた。あまりにも辛いことだというのが赤裸々に見えたし、にも関わらずその辛い道のりを歩んでいる人たちが目の前にいて、全てが驚きだった。

「だからわたしは、他の独占恋愛関係のカップルがわたしとシウォンより愛情深いとは思わないんです。むしろ逆です。いまシウォンは簡単に言えばわたしの恋人ですけど……。みんなの言う、そういう単純な恋人ではないんです。最高の友達であり、ある意味家族のようでもあり……」

ソリがシウォンと見つめ合い、お互いにそっと腕を撫で合った。

それを見たミレの心の中では、よく知る感情たちが新しい方法で複雑に混じり合った。ソリが続けた。

「これはわたしたちが本当に……各自を守って、この関係を守って、何より幸せになろうと、不断の努力を続けてきた結果出来上がった……この世でたった一つだけの関係なんです。まあわたしたちも完璧ではないけど……努力してます、ずっと」

たった一つだけの関係……。

そうなんだ。ミレは頷いた。

彼らは自分たちのロマンス言語を一から作ったのだ。愛は所有であり独占であり、そのゴールが結婚であるという安易な脚本を拒否するためには、結局その方法しかなかったのだろう。

各自の長いリストを持って出会い、うんざりするほど難しい調律を一つずつ行っていったはずだ。

これこそがものすごい業績であり、おそらく想像を絶する努力が必要だったと推測でき

た。それほどまでに二人は信頼し合い、深く愛し合っている。

「相手を独占して所有することだけが愛だっていう、その考えがそろそろ変わってもいいものなのに。そんな愛は多くの苦痛を伴うって、正直もうみんなわかってるのに、気付かないフリをしてるんだと思います」

「本当にそうですね……」

ミレは本心から答えた。

「まあ、その関係にもメリットはあるでしょうね。単純でわかりやすいこと。でも、それだけじゃないかな？」

シウォンがミレを見つめた。

何というか、得意げにも見えるような表情だった。「僕の恋人、本当にカッコいいでしょう？」という感じの。

ミレは初めて、何の疑いもなく笑えた。この場の結論として、こんな感想が出てくるとは思わなかったけれど、同意せざるを得なかった。ミレは完全に心を奪われていた。ソリに、ソリが聞かせてくれた話に、そんなソリと美しい関係を作った張本人であるシウォンに、彼らが実験している新しい関係に。自分でもその経験をしてみたいという気持ちが強く湧いてきたが、同時に迷いもあった。

今まで次善を、そうと知りながら選択してきたのは、自分自身にとってもそれが楽だったからかもしれないと思ったからだ。ミレ自身も、結局少しは怠惰だったのだ。

ミレはたまに、自分がロマンスに魅入られていて、中毒になっているのではないかと考えることがあった。でもこの二人とは比べものにならなかった。彼らこそが本当にロマンスに魅入られた人たちだった。人生は甘くないし、エネルギーは限られている。しかし彼らは〝最善のロマンス〟のためにその限られたうちの、ものすごいエネルギーを注いでいた。私には、その準備が本当にできているだろうか？　そのエネルギーが私にもあるのかな？

対話をすればするほど、オープン・リレーションシップそれ自体の倫理や道徳の問題ではないと思った。むしろどれほど自分のロマンスに〝最善〟を追求できるかの問題だ。

「ソリさん、それにシウォンさんは、一体いままでどんな恋愛をしてきたんですか？　初めからオープン・リレーションシップをしてきたわけじゃないでしょうし……」

独り言のようにつぶやいたミレの言葉に、ソリとシウォンが反応するように顔を見合わせて笑った。

また、ミレとソリの目が合った。ソリが「言わなくてもわかるでしょ？」と囁いてくるようだった。

「初めからではなかったけど、〝初めて〟はありましたよ。わたしにもシウォンにも」

「そう。難しかったし、不器用でした」

「まあ、誰にでも〝初めて〟はあるものだから。自分にぴったり合う瞬間があるはずです。急がなくていいんですよ、ミレさん」

ミレはかすかに頷いた。

そしてこの瞬間が自分の「初めて」になるかもしれないと、ゆっくり考え始めていた。

3——大丈夫？　愛か⁇

「いや〜すごいカップル。自分たちが世界一カッコよくてクールだと思ってる人たちっているよね」

「ほんと。わー、ヤバくない？」

数日後、ミレは友人たちと、行きつけのビアホールにいた。

二人とも、読書サークルでできた友達だ。

一人《ひとつ》はユン・ハナ、結婚一年目のＤＩＮＫｓ。もう一人はチョン・ダジョン、多情《たじょう》作家を目指している。

大人になってから友達になった二人だが、それがむしろ気楽だった。三十代の、今のミレの姿しか知らないから。ミレの言動に「昔は違ったじゃん」「前はこうだったのに」と言わず、「こういう子なんだね」と受け入れてくれるのが良かった。

二人はそれぞれ別の理由で、ミレの恋バナにいつも興味津々だった。

ハナは一人の男性と八年付き合って結婚した。事実上、初恋の人と結婚したも同然だ。もちろんいい人だし、結婚を後悔しているわけではなかったが、一度きりの人生、ロマンスも一度きりかと思うと、夜もおちおち寝られないという。

一方のダジョンは、恋愛をもう三年以上していない。だが読む本はラブストーリーばかりだし、志望は恋愛小説家だった。

だから言ってみれば、ミレの恋バナはハナにとっては代理満足《デリマンジョク》*9、ダジョンにとってはちょっとしたリサーチになっているようだ。

ミレの立場からすると、目を輝かせて聞いてくれる友達の反応が面白いのもあって、新しいネタができると、どう話して聞かせようか悩みながら、今日のような飲み会を開催するのだった。

もちろん二人はミレが望んできた〝最善の恋愛〟とそれに及ばない〝次善の恋愛〟についてよく知っていた。スホと別れたときも、同じ読書サークルの仲間なだけに「スホほどの人もなかなかいないけど」と残念さを見せたものの「でも思ったよりは続いたなとは思う」と乾杯を誘ってくれた。

だが今日の反応は、予想よりも激しいものだった。

ハナの露骨な皮肉とダジョンの唐突な〝サムズアップ〟に、ミレは内心戸惑った。

「そ、そうかな？　あの二人はすごく絆が強そうだったし、私は正直羨ましかったけど」

「羨ましいんだ……」

ミレの言葉に、ダジョンが頭の中にメモでもするかのように小さく独り言を言った。

「まあ、そのうちミレみたいに、結婚じゃなくて恋愛だけしたい人がまた現れるって！」

「それはそうかもしれないけど……私が望んでるのは、単純に結婚のない恋愛ってだけで説明できるものじゃないから」

「だからって、彼女持ちの男と付き合うことを望んでたわけでもないでしょ！」

一方のハナはとりわけテンションが高く、一言一言にエクスクラメーションマークがついているようだった。ミレは思わずつぶやくように答えた。

「いや、聞けば聞くほどこのオープン・リレーションシップっていうものが、愛してはいるけど相手を所有しないっていう、その究極みたいに思えたんだよね……」

「ねえ、それは究極の行きすぎ。極端なんだよ！　ここがベルリンだとでも？　あたした

＊9：自分で経験する代わりに、人の経験を見聞きすることで満足することを意味する韓国語。

ちいま、ソウル市西大門区《ソデムン》にいるんだからね～！」

「それでミレは、その恋人がいる人と付き合うつもりなの？」

「まあ、実はまだ悩み中……」

「悩んでるって？　これが悩むことなの⁇」

ハナの声がまた一オクターブ上がった！

バランスをとろうとしたのか、ダジョンがちょっと空気を読んだあと、落ち着いた声で聞いた。

「具体的にどういうところで悩んでるの？」

「うーん、まず見た目がすごいタイプで……」

「でも恋人がいるじゃん」

「しかも話もすごく合う」

「でも恋人がいるって……」

「それにあの人の手……関節は太いんだけど、全体的にはすらっとしててすごく綺麗。ほんと好みなの。十点満点で百点……」

「でも恋人がいるんだってば‼」

ハナがまるでコーラスを入れるように一言ずつ合いの手を入れた。見かねたミレが言った。

「もう、ユン・ハナ！　面白がってるでしょ？」

「違うし！」

「ミレが今言ったのって悩みじゃなくて、全部良いところだよね」

「うん、たしかにね……いや、オープン・リレーションシップについても私は実際、反感よりも好奇心の方が大きかったの。やってみてもいいと思ってたんだけど。でも、もしするとしても、相手と自分が対等な状態を想像してたから……」

「対等な状態って？」

「うん、お互いにフリーな状態で、『はい、今から私たちオープン・リレーションシップを前提に付き合ってみよう！』みたいな？」

「ああ。だけど実際今は向こうに恋人がいるから、対等じゃないって？」

「そう。あんなに強く結びついてる二人の間で……私耐えられるのかな、比べちゃうんじゃないかなって……」

「そういうことだって！　ミレがそこに入ったら、自分に酔ってる二人の間で、ただの遊びで終わるんだよ！　人をバカにするにも程があるっての、まったく……！」

ハナが顔を真っ赤にしながら本気で怒るのを正面から見ているうちに、ミレは思わず

「プッ！」と吹き出してしまった。

ミレの反応をしばらく呆れ顔で見ていたハナも、結局怒り半分、笑い半分のような表情で吹き出した。

「ねえ、笑うとこ？　なんで笑うのよ!!」

「いや……正直に言ってみて。こんなに怒る理由は何？」

「え？　理由？　今この状況でどんな理由が必要……なの!?」

「プッ」

だんだんと自信がなくなっていくハナの言い方に、今度はダジョンが吹き出した。

✦

ビールを一杯ずつおかわりし、好物のナチョスをおつまみに頼むと少しは興奮が収まったのか、ハナが落ち着いて口を開いた。

「あたしには夫がいるでしょ。夫が自分以外の他の人と付き合うってなったら嫌だと思うんだ。まず結婚誓約ってものをしたのに、そんなの裏切りでしょ？　でもその人たちが、えらそうに、それっぽく聞こえる言葉で正当化してるの聞くと、悔しいし、ムカつくんだよ。あたしだってこの結婚ってもののために、犠牲にしたり、諦めたものがあるってのに……」

幸いハナの声のデシベルが普段通りに戻ってきたようだ。ミレが言った。

「そうだよね。だけど、ハナに黙って他の人と会ってきて、『これがオープン・リレーションシップだ』って主張することはできないの。それはただの浮気だよね。これとは全然違うものなんだってば」

「そう、それはわかった」

「だけど？」

「うーん……さっきからしつこく聞くから……。よく考えてみようとしてるとこなんだけど……」

ミレは真剣なハナの顔を見ながらついに考えを終えたように口を開いた。

「そのオープンとかそういうのがこれから先、韓国でも多くなるとしてね。そしたらいつか夫に、関係をオープンにしようって言われる可能性もあるってことでしょ」

「それは、ハナが望まなければ断っていいんだよ。でしょ？　そういうものなんだよね？」

黙って聞くだけだったダジョンが割って入り、ミレに確認の目配せをした。ミレは肯定の意味で小さく頷いた。

「うん、それはそうかもしれないけど……。断ったとしても、一回そういう話が出たら、それからずっと疑うことに……なると思うし」

「ああ、そうかもね……」

「結局オープンにしてもしなくても、問題が起こりそうっていうか。だからその前提があるってこと自体が嫌」

「そっか……だけどオープンにしたい気持ちを持ったからと言って、すぐに浮気と結びつけるのは違うと思う。それは本当に別の問題だと思うから……」

「まあそうかもしれないけど、あたしの立場ではそうだってこと。どうしていきなりオープンにしたいなんて言い出すのって話でしょ。他に気になる人ができたか、気持ちが冷めたか不満があるのか、まあそういうことなんじゃないかって……」

「うーん、そう思ったら、その部分については正直に聞いて、深く話し合うべきなんじゃない？」

ミレが聞いた。するとハナが、呆れたように目を丸くして言った。

「そんなことしたって、どうせ正直に言わないでしょ！　高確率で」

ミレとしてはハナの話がそれなりに理解できる反面、シウォンとソリに会った日に考えたことをどうしても思い出してしまった。やはり完全に所有し合うかたちが一番わかりやすくて、シンプルなのだ。

　対話を深めるというと聞こえはいいけれど、互いにいつも正直に全てを話すとは限らないし、一方では、相手の正直さを全て受け止める自信を持つことも容易いことではない。その効率の良さがあまりにも強力だから、独占的恋愛というものがここまで強固に根を下ろしてるんだな。ミレは改めて実感した。

「それにいくら個人の選択、価値観だって言っても、もしオープンにしようって言われて断ったら、こっちが融通のきかない保守的な人みたいじゃん。そういう気持ちになるのも嫌。オープンにしたくないのは悪いことじゃないでしょ」

「そうだよ。どっちも悪くないよね……」

　ダジョンがまた、メモするようにゆっくりとした話し方で独り言をつぶやいた。

「まったく、ユン・ハナ、いつも恋愛を一回しかできなかったって悔しがってたくせに、嘘だったんだ。オープンにしようって言われたらハナ的には御の字じゃないの？　だって自分も他の人と付き合えるんだよ⁉」

　ミレがわざと冗談っぽくハナを睨みながら言った。今度は恥ずかしさで、ハナの頬が赤くなった。

「いや、ちょっと言ってみただけ……。だってそんなの受け入れられる？　正直自信ない。

人から変に見られるのも嫌だし」

「ハハ、誰によ？」

「あー、もう知らない！　言葉尻つかまえるのはやめて、ほら飲も！」

「久しぶりに頭をフル稼働した」という表情でハナが爽快にジョッキを掲げた。ミレはダジョンと一緒にそれにコン、と自分たちのジョッキをぶつけた。今度はダジョンが口を開いた。

「さっきハナが言った通り、脅威を感じる人が多いだろうなとは思う」

「そうかな？」

「そうだよ……。すごく単純化して、一夫多妻制みたいなものが復活すると解釈したとしたら、能力のある一人の人が何人もの相手を持つことが許されるって感じだよね。そしたら相対的剥奪[*10]を感じるかも……。すでに恋人がいる人も、そうじゃない人も」

「ああ、そうかもね。そういうことが許される瞬間、自分の恋人が他のもっといい人に行っちゃうかもしれないし……。でなければ未来の恋人に出会えないかもしれないから？　一人に一人ずつ割り当てられれば、まだ可能性があるかもしれないのに、ってこと？」

　理解するためにもう一度繰り返しただけなのだが、ダジョンがちょっとビクッとしたのがわかった。ひょっとして言い方がきつかったかなと思い、ミレまで一緒に緊張した。

「うん、まあそういうこと。これって……常に恋人がいる人は考えないことかもしれないけど……」

そういえばダジョンは恋愛をしていない期間がかなりになるということを忘れていた。たしかに、そう考えてしまう人もいるかもしれない……。ミレは少しの間考えにふけっていたかと思うと突然、思いついたように言った。

「あ、だけど逆に考えたらもっといいよね！」

「なにが？」

「みんなが一対一でだけ恋愛をしないといけないなら、すでに恋人がいる人とは付き合えないけど、オープン・リレーションシップならそうじゃないでしょ。魅力ある人をシェアできるんだよ。ほら、シェアサイクルみたいに」

「え、シェアサイクル？」

黙って食べるのに集中していたハナが、あきれたように吹き出しながら言った。

「たしかに、しょうもない家父長的な男と結婚するぐらいなら、カン・ドンウォンの何番

＊10：自分と他人の状況と比較して、実際には失っていないのに、相対的に不満や欠乏の気持ちを抱いてしまうこと。

目かの妻になるほうがマシだって、ネットでそういうのよく言われてるよね」

「え、だけどそれ……本当に平等な共有になるのかな？　すぐ比べちゃうだろうし、自分が二の次みたいに感じたら、もっと辛いと思う……二人とも知ってる通り、わたし自分に自信ないし……」

「それは、そう感じて本当に辛ければ話し合えばいいし、だめなら別れればいいし、また別の人をさがせばいいわけだから……」

ミレが頑張って防御してみたが、ダジョンは考えただけで頭が痛いというように首をブンブン振って言った。

「それにだよ。わかってると思うけど、恋愛ファンタジーの核心は、『何があっても自分だけを愛してくれて、自分だけを見つめてくれる人』、そういうのなんだよ。その観点からは……自分じゃない他の人が好きになったって言われた瞬間、それは愛じゃないの」

「あ……」

ぽかんと口を空けたミレが何か言うより先に、今度はハナが先手を取った。

「だけどそれはあれだわ。どうしてそれが強力なファンタジーになると思う？　現実にはほとんどないからなんじゃない？」

誰からともなく、その瞬間三人は再びジョッキを静かにぶつけた。どこか苦々しくて寂しそうな友人たちの顔を横目でみながら、ミレは考えた。真実の愛については置いておくとしても、これほど正直に、真剣に話し合える友達がいるのは、間違いなく幸せなことだと。

実際今まで接してきた〝オープン・リレーションシップ〟、〝ポリアモリー〟に対する人々の反応は、あまりにも一次元的な即興のものだけだった。正確にこの関係性の細部を理解する意志が見られない。特に、「相互間の事前同意が必須」という部分を外す。故意なのではないかと疑わしくなるほどだ。それにこの関係の何が自分にとって特別に問題になるのか、真剣に考えてみようとすることを嫌がる。どうやらそれについて「考える」こと自体が、正当性を与える感じがするらしい。

結局〝ポリアモリー〟の「ポリ」まで聞いただけで飛び上がり、「恋人がいるのに別の人と？　おかしいんじゃないの？」と激昂しておしまいだ。極端に言えば、膝をポンと叩いたら脚がはね上がるような、生理的な反射と変わりない。何度も画面をスクロールしてやっと読み切ることのできるような当事者の真剣なインタビュー記事につく上位のコメントは、「世も末だ」、「国を滅ぼすＸＸＸども」など、いつも同じようなものの無限ループだ。やはりそれが最も簡単なのだろう。効率面で。

その後三人の話題は、ハナの推しのアイドルの近況や、ダジョンが最近趣味で始めたジョギングへと移っていった。みんななんだかんだ言っても、日常の小さな楽しみを見つけるために一生懸命なんだなと、ミレには可愛らしく思えた。

だがその一方で、「私だって日常を少しでも楽しく生きるために一生懸命なだけなのに」と思うと、ちょっと複雑な気持ちになった。「最近ジョギングを始めました」みたいに、「最近オープン・リレーションシップを始めました」なんて言えないよね、と。ましてや「趣味は恋愛」といえばロマンチックだろうが、「趣味はオープン・リレーションシップ」と言った瞬間、どういうわけかロマンスカテゴリーではなく事件・事故の方みたいではないか。そんななか、ハナがミレの元カレ、スホの近況を話そうとするので、ミレは慌てて手を伸ばし、友達の口を塞がなければならなかった。

✦

「ノーブラだってば、ノーブラ！」

俳優に罪はないが、口をわざと大きく動かして「ノーブラ」と喚く顔がとても憎たらしかった。そこで見るのを止めればよかった。何度も額を押さえつけながら、ミレはささやかな自分の部屋で、動画サービスで配信中の、2008年製作の韓国映画『妻が結婚した』

を視聴していた。

テレビでも何度も放送されているし、前にも見たことがあるのだが、そのときは大して気にならなかった部分が、今はたくさん目についた。たしかに、この作品だけではない。全てとは言わないが、過去に作られた相当数の作品は、いま見返すと〝居心地の悪さ〟を感じることが多かった。特に一部の人たちがアレルギーを起こす〝ポリコレ〟や〝フェミニズム〟の観点から言って。それについてミレは個別の作品や個別のクリエイターに対する評価を下げるよりは、それほど世の中が速く変わっているということであり、みんなでともに前に進んでいるところだと理解する方だった。もちろん、見ているときの苦痛はそれとは別問題だけれど。（どうして同じ職場で働く女性がブラをしているかどうかに興味を持って、大したことでもないのに三万ウォンを賭けてまで騒ぐの？　それに何？　百万個の吸盤？　二百万個の縫い目？はい??）

ミレがその映画をまた見ることになったきっかけは、ダジョンだった。

数日前に一緒にビールを飲みながら〝オープン・リレーションシップ〟と〝ポリアモリー〟について具体的な深い話をしてからというもの、ダジョンもハナもそのことについて、それなりに考え続けているようだった。ハナは、いつもは何でも話せる夫にも、あの日の話だけはできていないと告白し、ダジョンは帰ってから久しぶりに『妻が結婚した』

を見返したと言った。ミレもシウォンの話を聞いてすぐに思い出した作品だったから、当然の思考の流れではあった。結局ダジョンの感想は「スペイン旅行行きたい」だったけれど、いずれにせよ〝ポリアモリー〟という刺激的な題材を扱ったにも関わらず興行的にも成功した作品なので、いま見返してみたら新たに見えてくるものがあるかもよ、という意見をくれた。

言われてみればと思い、ミレも映画を再生してみたのだが、意外にも新たに見えたのは、わずか十数年前まで、メディアでの女性の扱い方がいまとはだいぶ違ったという気づきだけだった。もちろん〝ポリアモリー〟という概念を初めて大衆に紹介したという意味で大きな役割を果たした作品ではあるけれど、事実上完全に対象化されたヒロインが二人分の役割（会社での仕事、家事にセックスまで）を完璧にこなすという前提のもとで限定的に、許される……とまでは言わないが仕方なく「振り回されてあげる」感じで描かれていた。まあ、もちろん何事も最初から上手くいくはずはなく、十数年が過ぎたいまでも偏見が強い題材なだけあって、どうしようもない限界があったに違いないだろうけれど。一方でこの作品以降、十数年の月日が流れる間そのバトンを受け取ってくれる別の〝ポリアモリー〟の代表作が一つも出ていないところを見ると、こうした関係を韓国人がどれだけ嫌うのか、その反感の根深さが改めてよくわかった。

ミレは『妻が結婚した』の主人公イナを見ている間中ずっと、自分が実際に会ったソリの姿と重ねようと努力してみたが、うまくいかなかった。ふと、ソリとの出会いを通して自分が感じた感情の核心、つまりオープン・リレーションシップでより重要なのは〝オープン〟ではなく〝リレーションシップ〟の方だという事実を思い出した。ポリアモリーも同じだろう。〝ポリ〟よりも重要なのは〝アモリー〟、つまり〝愛〟だ。

この作品の中でイナはドックンを本当に愛していただろうか？　なぜ愛したのだろうか？　ミレは映画を見終わって、どうせならと原作の小説まで読み直してみたが、相変わらずよくわからないと思った。考えてみたらこの作品を初めて見た十数年前もそうだった。ただそのときは、それが大事なことだと思わなかったのだ。

それからの数日間、ダジョンは〝ポリアモリー〟や〝オープン・リレーションシップ〟と関連した作品のリストを送ってくれた。ハナはあのときのように声を荒らげることはなかったものの、相変わらずミレの新しいロマンスに憂慮と反対の立場を示し、折を見て探りを入れてきた。

「まさかあれから、オープン・リレーションシップ始めることにしてないよね～？」

そういうメッセージを見るたびに、ミレはあの日のビアホールでの飲み会のときと同じように、「プッ」と吹き出してしまうのだった。口ではああ言いながらも、実は興味津々で面白い話を期待している友達の気持ちが見え見えだったからだ。

それで実際、ソリとの〝三者会議〟以降、シウォンとの関係がどうなったかと言うと……。

✦

「あっ、ミレさん、おはようございます」

驚くことに、まるで何事もなかったかのように、以前と全く同じだった！

酔ってさらした醜態も、あの会話もすべてなかったかのように、シウォンはミレと会うといつも通り爽やかに挨拶してくれる優しいマネージャーの顔をしていた。

おかげで相変わらずどっちつかずのままの立場としては気が楽だったが、「手をにぎってもいいか」と伸ばしてきたあの手と眼差しを思い出すと、あれも全てなかったことになってしまうのではと不安でもあった。

何かのプロジェクトみたいに締め切りもないし、いつまでに立場表明を書いてメールで共有することにしたわけでも、追ってミーティングをすることにしたわけでも当然ない。

いっそそういうものだったなら、いつも通りスピーディーに処理できただろう。ソリの最後の言葉もそうだった。急がなくていいと。充分悩んでみてと。それなら、いつまでも引っ張ってもいいのかな……？　それくらい待ってくれるってこと？

この新しいコンセプトの恋愛に大きな好感と好奇心を持っているのに、すぐに諸手を挙げて「私もオープン・リレーションシップやります」と走っていくにはきまりが悪いこの気持ちを、なかなか拭い去れなかった。その理由は一言では説明できないが、ミレもまた長い間独占的恋愛の関係しか結んでこなかったので、その慣性の力を無視することができないようだ。しかもシウォンにはすでに素敵な恋人のソリがいるから……。ああ、この立場になってみてもう一度考えてみると、たしかに映画の中のドックンが強制的に巻き込まれたのも無理はないという気がしてきた。

そう、私もいっそそうやって巻き込まれたい……。イナのような人に出会って、心も体も完全に恋に落ちたあと、その人から「複数の人を同時に愛したい」と言われたら、苦悩し葛藤しながらも、どうしようもなくオープン・リレーションシップを始めることになるんだ……。

こうやって誰にも強制されていないのにいきなり始めようとするから、まったく……何とも気まずいというか……。過度に冷静すぎる気がして気恥ずかしいというのもある。〝オープン・リレーションシップ〟にしろ〝ポリアモリー〟にしろ、頭とは裏腹に心が惹かれるのはどうしようもないし、激情の渦に巻かれながら始めるべきだったのではないだろうか……。

「ねえ！　ちょっと！　集中してよ！」

おかげで、地方の工場ツアーを終えて久しぶりにオフィスに来た先輩と打ち合わせ中にも、つい上の空になってしまっていた。どうしようもない。ガラス戸の向こうにしょっちゅうシウォンの姿がちらつくというのに。比喩的な表現ではない。実際にちらつくのだ。今日に限ってどうしてこんなに歩き回るの、あの人は！

思わず外をチラ見しているのがバレたのか、勘の鋭い先輩に聞かれた。

「そういえば、この前ってどうだったの？」

「何が」

「この前オフィスのイベントみたいなのやったでしょ。あんたが気になってるマネージャーと、何もなかったの？」

「いや、気になってなんか」

「寝た？」

「ちょっと先輩、頭大丈夫？」

唐突だけれど重みのあるド直球に、ミレは思わず笑い出した。なんだか最近よく笑うようになった気がする。

「何よ、違うならなんでそんなにうれしそうなわけ？」

先輩もつられてニヤニヤした。

気持ちとしてはいますぐ、心の中で渦巻いている〝オープン・リレーションシップ〟についての悩みを打ち明けたかったが、ハナやダジョンと違って先輩はモドゥエオフィスの契約者本人だし、仕事の場でシウォンと会う機会の多い人だということが気にかかった。しかも考えてみたら、先輩とは真剣に腹を割ってプライベートな悩みを話し合ったことは一度もなかった。軽い冗談をぶつけ合う以外は。いつも何かに一生懸命で忙しい人なので、恋愛以外に話すことがいくらでもあったからかもしれない。もともと先輩のそういうところが好きだったのだけれど。

そのおかげか、やはり慣性というものがあるようで、自然と二人の会話は仕事の領域に戻っていった。先輩が言うには、今回の工場で作ったサンプルの出来がなかなか良く、あとはパッケージデザインをまとめて、いくつか細かい部分を調整すれば、すぐに大量発注を受けられるという。本当にビジネスが始動する直前だった。ミレは「先輩、給料はこれからももらえるんだよね？」と冗談を言ったが、ついに数ヶ月間準備してきた仕事がいよいよかたちになろうとしていることに、二人とも今までになく心が浮き立っていた。

久しぶりに景気づけに食事に行き、このビジネスのバラ色の未来を一緒に思いきり描いたあと、シェアサイクルに乗って帰宅しようと、ミレがモドゥエオフィスの前に戻ってきたそのとき――ちょうどそのとき、よりにもよって会社から出てきたシウォンと出くわしてしまった。

「あ、お疲れさまです！　ミレさん、今帰りですか？」

ミレが反応を準備する暇もなく、またシウォンが明るく挨拶をした。あまりに明るすぎて、不自然なほど。

「お、お疲れさまです……」

たったいままで楽しく笑っていたのに、不思議なことに急に冷静になった。シウォンに会えてうれしくないわけではないのに。（どちらかといえばものすごくうれしいに近かった）

シウォンもその微妙なニュアンスに気づいたのか、ちょっと首をかしげてミレに近づいてきた。何でもないという表情を作ったが、ミレは内心とても動揺していた。そしてその刹那の瞬間、「私、どうしてこんな気持ちなんだろう？」と考えようと必死に頑張った。あ、あれだ。ちょっと相手にがっかりして拗ねていて、先に話しかけたくないから、一人でふくれっつらをしているときの、あの気分と似てる。だけどシウォンに私が拗ねることになるとは、思ってもみなかった。拗ねるのも、とても近しい相手に対してしかできないことだから。例えば……恋人とか？

「ミレさん……もしかして僕に話したいことでもあったりしますか？」

ある意味、本心の見えない明るい挨拶よりは、待っていた反応だったかもしれないけれど、ミレは全力で平静を装うことに決めた。だから何でもないふりをして口を開いた。

「え……ないです、特に」

シウォンはミレの顔色をうかがうと、結論を出したように言った。

「……そうなんですね。それじゃ、お気をつけて」

「はい……。あ、あの、ソリさんは……お元気ですか？」

しまった！　ミレは唇を噛んだ。

このままスマートに背を向けるはずが、どうして我慢できなかったの……！

この感情の揺れが伝わったのか、シウォンがなんだかにこっと、笑ったような顔でミレを見つめた。

「はい、元気ですよ。僕ら二人とも。ソリも、ミレさんが元気か気にしてました……」

「あ……」

「もしかして負担に思うといけないと思って。時間が必要だと思うから……。待ってました。これからも待ってますから、気楽に……」

「こんなに……こんなに、じっくり考えてもいいんですか？」

「え？」

「考えれば考えるほど、余計わからなくなってしまって……。私ほんとは……オープン・リレーションシップってもっとこう、ドラマチックなものだと思ってたんです。頭で考えるより感情の……渦の中に……巻き込まれて……」

ミレはできる限り、ここ数日自分が考えていたことを伝えようと努力した。うまくいったかはわからないけど。

「プッ」

ミレが眉間にしわを寄せて深刻な表情をしていると、シウォンが笑い出した。

「……？」

「もちろんじっくり考えないと。一対一の恋愛よりもっと複雑で難しい決定なのに、巻き込まれるように始めてしまったら、後悔することもずっと多くなると思いませんか？」

「ああ……」

ミレはだいたい納得したように頷くと、長く言葉をためた。シウォンは何も言わずに待った。ミレはさらに少しだけ勇気を出した。

「正直……」

「正直？」

「やってみたいけど怖いんです！　私に務まるのか、よくわからなくて……」

シウォンは笑って、一方で申し訳無くもあり、恥ずかしくもあるような表情をした。

「はー、まったく。ただ恋愛を始めようというだけの話なのにすごく……命がけの決断みたいになってしまいましたね。でしょ？」

「ちょっと……そういう感じがなくはないですね」

ミレの口から思わず不満そうな声が出てしまった。

「いままで僕たちがしたことといったら、お互いに好意を持ってることを確認しただけなのに……」

「ですよね……」

言われてみればそのとおりだ。初めてシウォンとモドゥエオフィスで長く話したあの日から、二週間近く経っていた。状況が違えば、やることとやって一通り済ませ、すでに一度別れていてもおかしくないほどの時間だ。まあ、少し極端な場合の話だけれど。これほど落ち着いて段階を一つずつ踏んでいく関係なんて。オープン・リレーションシップって、もっと乱雑な、そういうものじゃなかったの？　ねえ？

「だけど僕の状況を説明せずにもっと進展させてしまったら、それは反則だから、仕方なかったんですよ」

シウォンの言葉にミレは大きく頷いた。それはそのとおりだったから。

「オープンかどうかがまずは一番大事です。でもそれ自体についてミレさんがある程度悩み終えたら……僕という人が、ミレさんとどれだけ合うか、どれだけお互い好きになれるかのほうが大事なことじゃないでしょうか？　まずそれをちょっと試してみるのはどうですか？　あまり負担に思わず。合わなければ、いつでもやめてもらっていいです」

シウォンが恐る恐る手を出した。

そう。これほどの説得力で、いっそ私に翡翠の健康マットを売ってくれてたら……もう十枚は買ってるだろうに……。

また寒い冗談に逃げたくなる気持ちを、ミレは必死に繋ぎ止めた。

そして目の前の真剣な、こんなときでもイケメンなシウォンの顔を見つめた。

自分とは縁がないと思っていたシェアオフィスというところに通ううちに、会うたびに微妙な憧れの気持ちを抱かせてくれた人。想像もできなかった好意を見せてくれた人。と、ここまでは間違いなくロマンス映画のワンシーンなのだが、いきなりオープン・リレーションシップの恋人がいると告白してきて、ジャンルをごっちゃにしてきた人。それでも依然としてときめかせてくれる人。話が通じる人、もっと知りたい人、信じられる人、信じたい人……。

「やっぱりもう少し、時間が必要ですかね？」

シウォンが優しい声で言いながら、ミレの方へ伸ばしていた手をそっと引こうとするかのように、指を折りたたんだ。その動きが目に入った瞬間、ミレは考えるより先に、反射的にその手をぎゅっとつかんでいた。

しばらく驚いたように大きく見開かれたシウォンの目が、綺麗な三日月を描いて笑った。ミレも一緒に笑いながら、何も言わずにシウォンの笑顔を見つめた。

最善を望みながらも、次善の恋愛を繰り返してきた自分のこれまでを思った。

こんなふうに美しくて、私の恋愛の悩みを理解してくれる人に出会ったら、そのときこそ最善の恋愛ができるだろうと思ってたのに。考えてもみなかった条件が一つついていたばかりに、今回もまた結局、次善の恋愛になってしまうのだろうか？

だけど文字通り、考えてもみなかった条件だから。このやり方では、まだ一度もやってみたことはないから。

まさにその理由で、いままでのどんな恋愛よりも、最善に進化する可能性の高い次善かもしれないと、そう考えてみることにした。

好きな人と手をつないでいると、やっぱりポジティブな気持ちになりやすいものだ。

「やってみます、この恋愛」

ついにミレが言った。前にも違う場所で、違う人の前で、何度となく繰り返してきた言葉。でもこの一言は、いままでとはちがって、もしかしたらミレの世界をすっかり変えてしまうものかもしれない。

目と目を合わせてシウォンと向き合うミレの心臓は、いつにも増して速く弾んでいた。

4——私が恋愛をやめられない（約）十の理由

そして翌朝ミレは——シウォンの部屋で目を覚ました……といった急展開を想像しなかったわけではないが——おなじみの、自分の小さなベッドで目を覚ました。

本当にオープン・リレーションシップというものを始めてしまったのだろうか？　という甘い罪悪感と混乱に陥る間もない、いつも通りの朝だった。

でも、昨日はちょっと違った。シウォンとひとしきり歩きながら、たくさん話をしたからだ。

なぜ私たちは、人と近しくなることを望むのだろうか。

一人でも十分、満足に過ごせる日常の中でも、ときどき何か物足りないと感じる理由は何だろう。

時折考えてみるのだが、答えが得られることはあまりなかった。理由は何であれ、どうやってこの感情をなだめて生きていけるかということのほうがむしろ、早急かつ重要な問題だった。

けれど昨日みたいに、誰かと心地よい時間を過ごし、心を通わせるときには、その理由がはっきりとわかる気がした。

幸せという単語の意味するところは、大げさな人生の目標点などではなく、せいぜい一時的な快感だ、という言葉がある。好きな人と手を繋いで歩き、わかり合えた時間、まるで一瞬だったみたいに過ぎてしまった数時間にミレが感じたのは、間違いなく幸せだった。

ミレは自分に好意を持つシウォンの、自分を見る目と言葉から、自分のいいところを新たに見つけたし、よりドラマチックに演出することで、まったく知らなかった姿が確実に自分のものになった。これが、他人と出会い関係を結びはじめたとき、もっとも面白いと感じる部分でもあった。

数十年の間〝自分〟という存在を毎日のように励まし、慰めながら生きていくなかで、いつでも自分を愛し、大切にすることは意外に難しい。もちろん中には容易くできる人もいるだろうが、ミレは違った。そういうとき、誰かからの愛情と視線で、ミレは自分が好きになれた。俗に〝いちばん綺麗なとき〟と言われる時期の一部の女性たちのように、その感覚が病みつきになっていたこともあった気がする。

もうその時期は過ぎて、自分がかなりの間それにのめり込んでいたことに気がついたわけだけれど、依然としてミレはその瞬間が楽しかった。ただ、前と変わったことがあるとすれば、相手が発見する〝新しい姿〟が、自分自身にもとからあったものなのか、彼らの欲望から出てくるものなのかが明確にわかるようになり、区別できるようになったということだ。

とても幼稚なものから——「髪を伸ばしたら、もっと綺麗になると思う」「眼鏡を外したらもっと可愛いのに」、もっとひどいものは——「本当に愛想が好い」「いいお母さんになりそう」「公務員か先生になったら良さそう」まで。外見から行動、ましてや未来の姿までも彼らは勝手に「見つけ」、迷いなく口にしてきた。

とにかく、好きな相手が言うことだから。それを真剣に聞こうとしたこともある。自分のスタイルじゃないけど、髪を伸ばしてみようか、目は痛いけどコンタクトをしてみようか……。でもそういう時期はもう過ぎた。むしろそういうことを言われた瞬間、百年の恋も冷めてしまうはず。

そういう面において、暗くなった通りを歩きながら交わしたシウォンとの会話はとても心地よかった。

あの夜、シウォンはミレの……真剣なところが好きだと言った。天然でマイペースといつも言われてきたミレには、なかなか新鮮な言葉だった。ひょっとすると、一般的に男性が性的に魅力を感じる女性の描写によく使う形容詞ではないからかもしれない。その逆ならともかく。

✦

オフィスの前で偶然会って会話をして、ミレがシウォンの手を思わずぎゅっと握ってしまったあと。ついに恋愛が正式にスタートしたことを記念して、二人は会社の近くの公園まで歩きながら、もう少し話をすることにした。ちょうど涼しくて気持ちのいい、年に数日もない散歩日和だった。この恋愛を、つまり私たちの恋愛を、天気までお祝いしてくれていると信じたくなるのは、恋に落ちた人が陥りがちな非理性的思考パターンだと、わかっていてもやめられなかった。

二人ともお互いの第一印象を覚えていた。

ミレが初めてオフィスにやってきた日のこと。入り口の指紋認識を登録するために、先輩がマネージャーに会えとアポイントをとってくれた。それで決められた時間に来たはいいけれど、やはり新しい仕事を、新しい空間で始めなければならないミレとしては、全てに戸惑いを感じた。

生まれて初めて利用するシェアオフィスなので何だかよくわからないし、何より空間のコンセプトやシステムが何もかも最先端すぎて、その一部になってこなれたフリをするのは、ミレにとってはいつだって居心地の悪いことだった。だからどうしても少し緊張した状態で座っていたのだが、そのときちょうど現れたのがシウォンだった。

ミレとしてはやっぱり、という感じだった。「こういう人がこういうところで、こういう仕事をしてるんだな」と、すぐに納得がいったというか。シウォンのミニマルでカジュアルな服装、押し付けがましくない程度に親切な態度、速くて正確な仕事ぶり、そのすべてがモドゥエオフィスの目指す何かを全部かき集めて人間にしたみたいだった……と話すと、シウォンは「ハハハ」と珍しく大きな声で笑った！

実は自分もモドゥエオフィスで働き始めてから二週間しか経っておらず、新規登録の案内を一人で担当するのは初めてだったので、ものすごく緊張していたというのだ。当時のミレには想像もできないことだった。手慣れていて熟達していて、月間優秀社員みたいに見えたのに！

「僕は逆で。すごく緊張してたのに、ミレさんが本当に一生懸命聞いてくれるんですよ。しかも感嘆しながら。ずっと『ああ〜』って顔してました。いつもよくする顔！」

「え、私が？　そうだったかも……」

「実はマネージャーといっても、基本的には利用者の方々をサポートする立場なので。しかもオフィスの利用案内って、特に大した内容でもないから、適当に聞き流されたり、返事もろくにしてもらえないことも多いんですが、ミレさんはすごくリアクションしてくれて……すごい話みたいに聞いてくれて」

「え、私が……？」

思わず同じ言葉を繰り返しながら、ミレは気恥ずかしくなって笑った。

「あのとき、指紋認識がうまくいかなかったんですよね、たしか？」

「あ、そう、そうでした……。私指紋が薄いみたいで。住民登録証の登録のときも、全然認識されなくて……」

ミレが照れくさそうに笑いながら手を見せた瞬間、シウォンが訊いた。

「手、見てもいいですか？」

ミレが緊張した顔で頷くと、シウォンが突然自分の大きな手を伸ばして、ミレの指先を触った。ゆっくりと、何度も、覗き込んで軽く押しながら。

突然のふにゃふにゃした感覚が刺激的で、「ふっ」とミレは思わず息を吐いた。

「はあ、本当にあのとき、全然認識されないから、指を見てみたくなるほどでしたよ……」

そう言うとシウォンは、ちらっとミレの顔を伺いながら、自然に恋人繋ぎで手を握った。

ミレも恥ずかしさをこらえながら握り返した。「さすが、スピーディーで正確な仕事ぶり……！」と寒い冗談を頭の中で飛ばさなければならないほど、ミレは緊張していた。遠くから見るだけだったあの綺麗な手が、いまこんなにも近くで自分と恋人繋ぎをしているということが信じられなかった。

「最近はちゃんと認識されますか？　一時期できたりできなかったりで、不便だって言ってましたよね」

「はい……。まだちょっと。おかげで手を洗ってから、ハンカチでしっかり拭く癖がついちゃいました」

「ああ……濡れてるとだめですもんね。でしょ？　たしかオフィスに、小さいカードキーがあったはずです。今度お貸ししますよ」

「ほんとですか？　いいですよ、そこまでしなくても……」

「大丈夫ですよ。指紋が薄い方にはよくお貸ししてるんです……。こう言えば、ミレさんが負担に感じないでしょ？」

「ええ？」

何、冗談なの本気なの？　どっち？　ミレが混乱している様子を見て、シウォンはまた笑った。

「ミレさんって本当に……真剣な人ですよね。優しいのかな？　僕の一言、一言を真剣に聞いてくれるじゃないですか。他の人は適当に聞き流すようなことも」

「ええ、そうですか？」

それにしては、真剣でいるべき瞬間にも心の中では突拍子もないことを考えている自分の姿が浮かび、ミレはなんだか恥ずかしくなった。

それでもシウォンに言われてみると、そういうところもある気はした。人の形式的な挨拶にもきちんきちんと返事をし、メッセージで仕事関係の話をするとき潤滑油のように間に入れるスモールトークの一つ一つにもすべて反応しないといけない気がして、苦しくなることも多かったからだ。

そういう自分の姿を、シウォンは真剣で優しいと、長所として解釈してくれたなんて、ありがたくて、ときめいた。でも一方で、もしかして退屈で面倒くさい人に見られているのではないかと心配にもなった。実際友達からそういうアドバイスをされたこともある。「向こうは会話を終わらせたいんだよ、どうして返信するの？　『！』とか絵文字とか、入れなくていいから！」

私だって誰よりも冗談が好きだし得意だし、そういう人なのに……。シウォンさんは気づいてるかな。どうすればアピールできるかな、そんなことを考えていると、シウォンがミレの目をじっと見て言った。

「カードキーくらいは、マネージャーの恋人として、気兼ねなく受け取ってくれてもいいんじゃないですか……？」

「こ、恋人⁉」

その言葉のインパクトのせいで今更ながらに動揺していると、シウォンがそれを見て笑いながら、悠々と言った。

「カードキーは五枚もあるから、心配しなくて大丈夫です、ほんとに」

カードキーのせいではないとわかっているくせに、平然と言ってのける顔がちょっと憎たらしくて「プッ」と吹き出すと、シウォンも一緒に笑った。

「とにかく、僕は最初からそんなミレさんの真剣さが好きでした。僕もそういうところがあるっていうのもあるし……。真剣な人を見ると安心するんです。変な話ですけど」

照れくさそうな様子のシウォンを見ながらミレは頷いた。うまく説明できないけれど、どういうことかわかる気がしたからだ。

「オープン、ポリ、そういうのは軽い人たちがするものだ」という偏見が虚しいものだと、すでに何度も感じていたミレだったが、改めてシウォンが〝真剣〟という言葉を使うのを聞くと、感慨もひとしおだった。

後先考えずに事を起こしておいて「恋に落ちるのは罪じゃないだろ」などと叫ぶのは、はじめは永遠に、この世の終わりまで相手だけを愛すると約束した人だろう。そんな約束ができるのは、真剣ではないからだ。真剣な人は、容易く永遠を約束することなどできない。むしろ人間という存在が短い生涯で経験することなんて、すぐに終わってしまうもの、変わりゆくものだけだ。だから下手に守れない約束をしたくなくて「今は、愛してる」という言葉で本心を表現してしまうのだが、すると軽いと言われる。だから、「それは軽いんじゃなく、こういう理由でむしろもっと真剣なんだ」と説明しようとすると、〝説明虫《ソルミョンチュン》〟[11]と言われ、耳も貸さずに身震いされる。理由なんて知りたくもない、自分に都合のいいことだけを言えと言われる。この十数年の恋愛で、あまりにもたくさん経験してきたことだった。

初めて〝オープン・リレーションシップ〟の話を聞いたときには漠然と慣れないし怖いし恐ろしかった。でも実はこれまで永遠を誓って所有格の愛を語ってきた人たちよりも、むしろシウォンともっと近い言語で話していたということを、あのときはわかっていなかった。今は、はっきりとわかる。少なくとも、頭では。

「なんか面白いですね」

「何がですか？」

「人は、オープンとかポリなんて、軽い人がするものだって言うのに、当の私たちは、真剣だから好きとか、そういう話をしてるから」

「はは、そうですね」

「考えてみたら私も、シウォンさんの真剣さが好きみたいです。もちろん最初は……刈り上げたいがぐり頭のイケメンだから気になったけど……。なのにそういう人に特有の、自意識過剰な感じがないから。そのレベルなら、このエリアで一番のイケメンなのに」

あまりに本心だったからか、思わず早口になって声に力が入ってしまった。顔がちょっと火照ったが、ミレは必死に平然としたふりをした。シウォンもまた顔を赤らめた。

「いやいや、そんな当然のこと……それだけのことで褒められるなんて、照れますね」

反応までも、このエリアで一番のイケメンの品位に相応しかった。ミレは言葉を続けた。

「だけど『実はオープン・リレーションシップの恋人がいる』宣言には、最初は戸惑ったし……なんていうか、残念だったんですよ。でも……」

本当に残念だった。長く悩むこともなく、すぐにシウォンとの熱い何かに飛び込む覚悟

＊11：聞いてもいないことをやたらと説明したがる人のこと。韓国語の虫《チュン》は名詞の後ろについて蔑称として使われる。

ではちきれそうに膨らんでいた心が、あの一言でプシューッとしぼんでしまったのだから。

「なかにはそれを聞いた瞬間、どうかしてるって思う人もいるだろうし、悪く言う人もいるでしょうけど……私はまず、それを話してくれたことで『あの夜のこと、私のこと、軽く考えてるわけじゃないんだな』って思ったんです。言わなきゃわからないことだし、軽く一晩寝るくらいなら、黙ってることもできるじゃないですか」

「ああ、そんなふうに思ってくれたなら本当にありがたいですね……」

「変に思われるかもしれないっていうリスクを冒して、ソリさんにも話して三人でも会ってくれて……そういうことって煩わしいかもしれないのに、段階を踏んでくれて」

「それは当然……そうすべきだから」

「だから、『本当にこの関係の維持に、ロマンスに本気なんだ……』って思ったんです。考えてみたら、私もその関係に結びついてる当事者なのに、まるで他人事みたいにただ……なんか感動したんです。もともと私、誰かの本気な、一生懸命な姿を見ると感動しちゃうんですよね」

話が長くなればなるほど支離滅裂になっている気がしたけれど、シウォンは何も言わずに頷いてくれた。わかるよ、というように、ミレがそうしたように。

「僕はミレさんとこれからどれだけ仲良くなれるか、これからどんなことが待っているか、それも楽しみだけど、この瞬間だけでもすごく心地良いし、幸せなんです。誰かにわかってもらえたということが、本当に大きいです。それが難しいことだとわかってるし、そう受け入れてるつもりでも、時々嫌になるので……」

「ですよね。そうだと思います」

しばらくの間、二人は見つめ合った。今日はちょっと違う眼差しだった。

「理解できない人は……絶対できないから。偏見というものは、すごく強いので……。僕も独占的な恋愛しかしていなかった時期があるから、その気持がわからなくはないんです。でも、求めていない人に強要しているわけでもないのに、こういう生き方をする僕が存在しているというだけで、不快だと言われることも多いから」

「わかります。実は私も周りの親しい友だちに相談してみたんですけど、あまりいい反応じゃなかったです。はは」

「ああ、お友達からしたら心配でしょうね……」

「まあ、ちょっと。でも大丈夫です。一方ではみんな面白がってるし、興味津々なんです。『どうなったの』『オープン・リレーションシップまだ始めてないよね？』って言いながら探りを入れてくるんですよ。私を通して代理満足しようとしてるみたい」

ミレの言葉に、シウォンが声を出して笑った。

「お友達も面白い人たちなんでしょうね。ミレさんみたいに」

「私、面白いですか？」

「はい。ミレさんって、すごく正直で面白いじゃないですか」

「うーん、正直になろうと努力してはいます。シウォンさんこそとっても正直ですよね」

「あ、僕も正直な方ですよ……」

シウォンがにっこり笑うのを見て、ミレは心のなかで相槌を打った。

ほんとですよ。私にもそうだし、恋人のソリさんにも、そして何より自分自身にも。正直でいるのがどれほど煩わしくて大変なことなのかってこと、違うふり、かっこいいふり、ないふり、なにかのふりをする方がずっと楽だってことが、今はよくわかるから……。

「正直なのもそうですけど、僕は好奇心も冒険心もちょっと強いほうなんです。やりたいことがあって、それが人に迷惑をかけないことなら、できるだけやってみよう、そういう気持ちで生きてるので……」

シウォンの言葉を聞いて、ミレはちょっと鳥肌が立つ一方で、胸がいっぱいになった。話したいことが溢れ出し、溜まった息を吐き出すように言った。

「わあ、それって私がいつも言ってることと一緒」

「あ、ほんとですか？」

いつの間にかシウォンに、ミレの口癖の感嘆詞がうつっていた。

私もいまちょうど考えてた、それ言おうと思ってた！　その瞬間の喜びもまた、この時期の甘美な楽しみだった。その時の楽しさを考えると、恋愛、いい雰囲気、出会い、何と呼ぶにせよ、関係の始まりにだけハマる人の気持ちも、わからなくはないほどだ。

「好奇心と冒険心。それのせいでひどい目にもたくさん遭ったけど、とにかく……いまシウォンさんが言った、まさにその理由で、ソリさんにも会ってみることにしたんです。正直言えば、明らかにやりたいことだったけど、人に迷惑をかけないか確認しないとと思ったから……」

湧き上がる感情をそのまま伝えたくて、息も荒く吐き出した言葉を、シウォンは落ち着いて聞いてくれた。

「そうなんだ……。なんとなく、そんな気がしてました。僕は本当に人生において、好奇心と冒険心は大事だと思ってるんです。何よりも、自分自身のために良いと思っていて……。そのせいで時々つらいこともあるけど、それでも人生は絶対豊かになりますよね？」

「その通りです。ほんとにそうです」

「昔の人の言うことは正しいの。苦労するのが目に見えてるのに、避けずに敢えて進んでおいて、それで経験になったって自分を慰めないでよ？」と、いつかハナに冗談めかして言われたときのことが思い出されたけれど、この瞬間には思い切って無視することにした。シウォンはその「苦労するとわかっている道」も快く経験だと表現してくれる、自分と似た人だから。

「でも実際は、女性にとってはずっと大変だと思います。同じように好奇心と冒険心があったとしても、行動に移すときのリスクが、男性よりずっと大きいだろうから。現実がそうですよね。つまり僕が正直で、好奇心、冒険心を持って生きてるのは大したことではなくて……ミレさんがすごいんです」

「ああ……。そうですね」

短い返事の間に、ミレの頭の中を、多くの瞬間が高速で流れていった。「ひどい目に遭った」でまとめたいつかの出来事、感情たち。

そして付け加えた。

「わかります」

再びミレは胸がいっぱいになった。「私が思ってたこと、この人もわかるんだ」という感覚のためだった。単純に自分が好きなバンドの曲とか、好きな映画の名台詞がわかるのとは全く違う意味だ。

あまりにも当たり前なのに何度も説明しなければならず、大抵伝わらなくて心が折れたことについて、「この人となら、もめることがずっと少ないだろうな」と思える安心感。その一言に尽きる。

✦

多くの人が、二十一世紀の自由恋愛は完全に平等だと思っているが、実際はそうではない。もちろん平等に近いものもあるだろうが、全ての恋愛が平等なわけではないという意味だ。恋愛と結婚を純粋に〝感情〟だけが関係する個人的なイベントと信じているとしたら、それは社会で一度も差別や不便を感じたことのない、純真無垢な人である可能性が高い。

個々人の差を考慮したとしても、社会文化的に男性と女性はまだ完全に平等とはいえないため、異性愛者の恋愛が完全に平等になることも難しい。それはどちらか一方が悪いわけではない。個人がそうであるように、カップルも社会の中にいるので、彼らの関係は百パーセント二人の関係そのものだけで成立しているわけではないからだ。二人の関係は彼らの周囲の人たちと社会の張力の中に存在する。これは客観的な統計からロジカルに結論づけることのできる、ニュートラルな事実だ。

そのため、もしかするとより重要な問題は、恋愛の当事者たちがこの問題をどのように受け入れるかということかもしれない。

異性愛の恋愛関係にある二人の男女がいると仮定したとき、女性が性別に起因する不平等についてのイシューを口にする場合を想像してみよう。それはほとんどの場合、相手の男性にすぐにこの不平等を解決してほしいという要求ではない。社会と文化はそう簡単に変わるものではない。どんなマッチョにも、財閥にも、超能力をもったヒーローにも、この長きにわたる問題を解決することはできない。すべてのレイプ犯とデジタル性犯罪者、デートDV、DV加害者、すべての、その他のすべての、すべての性差別主義者をすぐに捕まえて消してほしいわけではない。たとえできたとしても、それが本当にこの問題を解決する方法とはいえない。

また、相手の男性にこのすべてのことについての責任を問いたいのでもない。誰か一人のせいで起きた問題でもないし、その人が責任をとることはできないからだ。だがだからと言って「自分はそんなことをする人ではない」と主張してもあまり意味がない。社会という複雑なシステムの中で、ある特徴を持って生まれた個人として、自分が属する集団が、自分の意図とは関係なく、他よりも優位になり得ることを受け入れるのは、教養ある現代人の基本素養だ。性別はそのうちのひとつであり、私たちはその他にも性的指向、障害の有無、経済力、学歴、出身地など、さまざまな要素によって社会の中に位置づけられている。

そのため、異性愛カップルのために最も必要な第一歩は他でもない、今の社会のジェンダー不平等を直視し、認めることからだ。

そうすれば少なくとも二人の会話は平等に近づくし、いまだ不平等の残る社会の張力の中で、どうやって平等な関係を築いていくかを一緒に考える、ひとつのチームになれる。

だがどちらかが、女性は大学で教育も受けられるし、社会にも進出しており、私有財産も蓄えることができ、投票権もあり、着飾らなくてもよく、男より試験でも高得点が取れるし、男の求愛を拒否してネットで侮辱することができるという理由で「いまや女性優位の時代だ」と主張するなら、残念ながらその二人はひとつのチームになれない。

シウォンの一言に、ミレは彼とひとつのチームになれる可能性を見たのだ。

いくら考えてもそれがごく当たり前のことだと思う頭の中とは違って、現実は残酷なままでのものだったので、その瞬間の安心感はとても大切に思えた。

そんなことを考えたとき、ミレの視界に、濃い緑陰が茂る夜の公園が広がった。

✦

三十分近く歩いたので、ベンチで一休みすることにした。

ミレとシウォンは自然に並んで座り、ちょっと横を向いて見つめ合った。

手を繋いで、ソリにも会って、恋愛についてあれこれ深い話をいろいろとしたけれど——相変わらずぎこちなかった。お互いはっきりと確認した好意のせいもあるだろうし、考えてみるともともとからそれほど親しい間柄だったわけではないので、当たり前かもしれない。見つめ合い続けるのも照れくさいし、何を言おうかひとしきり悩みつつも、その間が苦ではない。むしろこの夜が永遠に続けばいいのにというくすぐったい空気が、少し離れて座った二人の間に満ちていた。


彼らの周りを、散策する人、運動する人、飼い犬の散歩をする人が、絶え間なく通り過ぎた。ミレは反射的に時間を見た。夜の十一時。いつもならシャワーを浴び、横になって、ぼんやりとスマホをいじりながら寝る準備をしている時間だが、今日はそのどの時よりも頭がはっきりしていた。

「こんな時間でも人が多いですね」

「いい季節ですからね」

「そういえばシウォンさんは家どこですか？」

「あ、僕は会社からそう遠くないところです。ちょっと前に引っ越しました」

「ほんとですか？　えー、じゃあ逆方向でしたね」

一緒に歩いてきた道もデートの一部だから良いだろうに、こうやって全ての瞬間に動線の効率を考えてしまうのも、ミレの〝真剣な優しさ〟からくるおせっかいのうちの一つだった。

「大丈夫です。ミレさんは？」

「オフィスから自転車で十五分のところです」

「ここからだと？」

「歩いたら……二十分くらいですかね」

「そうなんだ。あとで送ってもいいですか？　散歩がてら」

「いいですよ」

「送るよ」とはたくさん言われてきたが、「送ってもいいか」と聞かれたのは久しぶりな気がした。何のことはない言い方の違いに過ぎないけれど、二つのうちどちらを選択するかが、その男性と、二人の関係について、多くを物語る。ミレにとってそれはあまりにも明確な事実だった。だがその細かい違いを理解できない人の方が多かった。だから、あれだけ多くの次善を経験してきたわけだけれど。

「そういえば、初めて会ったとき、モドゥエオフィスに勤めてから二週間しか経ってなかったって言ってましたよね。じゃあその前はどこで働いてたんですか？」

「あ、その前は……カフェでマネージャーをしてました」

「カフェで？」

「はい。鍾路《チョンノ》にモドゥエオフィスの本社があるんですけど……僕が働いてたカフェがそのすぐ目の前で、本社の人たちがよく来てたんです」

「わあ、コーヒーにも詳しいんでしょうね」

「けっこう美味しく淹れられますよ」

シウォンがいつもより得意げな態度で、冗談っぽく答えた。謙虚な姿勢が身にしみついている人がこんなふうに言うくらいなら、本当に美味しいんだろうな……大好きなコーヒーの酸味を思い出すと、ミレは涎が出そうだった。

「ああ、カッコいい……じゃあこの仕事してたら、その才能がもったいないですね」

「はは、そうとも言えますね。でもカフェのマネージャーというのも意外と、コーヒーより人とする仕事が多いんです」

「たしかに、そうでしょうね……。じゃあ、もしかしてそこでスカウトされたんですか？」

「はい。ちょっとカッコよく言えばそうなりますね。ちょうど麻浦店で新しく人を雇うから、エントリーしてみないかって。僕がマネジメント、ケア、そういうことにそれなりに特化してるみたいです」

いつの間にかいつも通りのモードに戻って、シウォンは照れくさそうに答えた。

自分の業務内容であるデザインやコピー作成などには自信があっても、それ以外の細かい生活力が足りないと自覚しているミレとしては、シウォンが改めてすごいと思った。しかもマネジメントとケアに特化した男性なんて……。この国の男性としては持つことが難しい、本当に珍しい資質だった。ミレはそれがとてもよくわかっていたので、またひとつ新たに発見したシウォンのうれしい長所にときめいた。

「じゃあ料理も得意なんですか？」

「あ、好きです。得意料理がいくつかあるので、今度作りますね」

「わあ……うれしいです。私は料理苦手なので。大して興味もないし……。食べるのは大好きなくせに……」

「ははは、そういう人、いますよ」

「シウォンさんに教えてもらわなきゃ」

「いいですよ」

「ソリさんは？」

話が盛り上がって、思わず唐突にソリの名前を出してしまった!! 戸惑ったミレは、慌てて口を片手で抑えるジェスチャーをした。シウォンはというと、平然と微笑んではいたものの、やはり戸惑っているのが明らかだった。

「あ……ミレさんが気になるんだったら……そうなんですよね？」

「ああ、はい、はい。訊いたのは私ですから」

「ソリはどちらかというと料理好きです。いくつかの得意なレパートリーで簡単に作るスタイルではありますけど……。料理自体は僕のほうがちょっと得意なんじゃないかな。僕はそう考えています」

ぎこちない笑いまで付け加えながら、必死に何でもないふりをしようとしているシウォンの努力が垣間見えて、ちょっと可愛かった。このままスルーしようかとも思ったが、やはりこの瞬間にもミレの真剣さが勝った。

「困らせちゃいましたよね？　急に気になって、思わず訊いちゃいました」

「いえいえ。気になりますよね。でも『ソリの話をしないようにしないと』とずっと思ってたのに、ミレさんの方から言うから、文字通りただびっくりしました」

「そっか……」

どっちにしても精一杯配慮して、気を遣ってくれてたんだ。当たり前かもしれないけれど、改めてそれを感じた。

「はい、それについては……とにかくミレさんの気持ちが楽なようにしたいです。全部合わせますから」

まったく、シウォンの気遣いはよくわかるが、「名前を言ってはいけないあの人」じゃあるまいし、ソリについて絶対に話さないようにするのもなんだか気まずい。そうしたところで、あの人の存在感がなくなるわけでもないし。でもだからといって、どうすれば一番「気持ちが楽」になるのか、今はミレ自身もよくわからなかった。

「わかりました。じゃあとりあえず……私が気になるときだけ訊きます。それについてだけ答えてください。それでいいですか？」

「もちろんですよ」

シウォンがミレに向かって明るく微笑んだ。前に疲れとＰＭＳで重かった身体のだるさをすっかり吹き飛ばしてくれた、あの笑顔。もしかしたら、数々の悩みにも拘らず、ミレをいまこの場にいさせていると言っていいかもしれない、あの笑顔。

いつも通りのときめきと、いつもと違う第三者の存在感の中で、そのすべての新しい感覚をたっぷり感じながら、ミレは再び隣のシウォンの手に自分の手を重ねてみた。誰かと付き合うというのは、こんなふうに、お互いが望むときにぬくもりを分かち合える人ができるってことなんだな、と思いながら。今はまだ、そのことだけを考えることにした。

✦

いつもと同じ通勤ルートも何かが違って感じる。これも、始まったばかりの恋愛がもたらしてくれる甘美さの大きな部分だ。昨日の私と今日の私は同じだけど、会いたい人、気になる人、いいことがあれば一緒に分かち合いたい人ができたというだけで、日常が特別に思えて、楽しくなる。恋愛ももうずいぶんしてきたのに、初めてでもないのに、まだそんなにうれしいのかと聞かれれば――お気に入りの味がいつだって一番美味しく感じるように、当たり前のことではないか。

こんなふうに、束の間のときめきに夢中になるのは馬鹿げているとシニカルになるよりは、現状に集中しながらできるだけそういう瞬間をもっとたくさん作ろうと努力をしてきたミレとしては、今朝のそんな気分は悪くなかった。違った表現をするなら、とても良い気分だった。いつものシェアサイクルのペダルも、なんだか軽く漕げる気がするほど。

日差しも風も、通りすがりの人の風景までも、とりわけ美しく見えたその日、いつものようにモドゥエオフィスの前に到着すると、シウォンからメッセージが来ていた。

「ミレさん、無事に出社しましたか。今日お昼一緒に何か食べませんか？　カードキーもわたしますね」

その文章を見るなり、くすぐったい気持ちになってミレはにっこりと笑った。

やっぱり自分は恋愛体質だなと、わけもなく満足した気持ちになって、息が切れるのも構わず、心を込めて両手で携帯電話のキーボードを押した。

「何食べたいですか？　そうだ、昨日シウォンさんが言ってたお店が気になります！」

送信ボタンを押して返信を待ちながらミレは、オフィスへと向かう階段をゆっくりと上り始めた。もう数ヶ月前みたいに、シウォンと偶然出くわすことを願わなくてもいいのだということに、改めて不思議な気持ちになった。いつでも好きなときに電話できるし、会いたければ呼び出すこともできる。改めて、満ち足りた快感がじわじわとわいてきた。ああ、やっぱりこういうのが、幸せってやつなのかな？　誰にも聞こえない心の声に一人照れながら、ミレは人に見られる前にこっそりと微笑んだ。

5――優雅で計画的な共有恋愛

シウォンと始めた〝オープン・リレーションシップ〟は、ミレが心配していたのと比べれば、それまでの恋愛と大枠は変わらなかった。

他人として生きてきた二人の大人が、それぞれの世界を共有するなかで、同じ部分には感動し、違う部分は不思議がりながら、お互いの存在によって少しずつ変化していく日常を生きること。いいことを分かち合い、いい影響を与え合うこと。一人のときの、寂しさに耐えられずバカなことをしてもおかしくなかったいつかの危うさと、無駄にした時間をゼロにしてくれること……。

心地よかったし、必要だったし、なじみがあった。

やはりたった一つ、違うことがあるとすれば、ソリという存在だ。

だがソリが二人の〝あいだ〟にいるというには微妙だった。よくある三角関係といったものとはちょっと違っていたからだ。

それについて、シウォンはこう言った。

「僕とすごく親しくて、しょっちゅう会わないといけない〝親友〟が一人いるとか……仲のいい〝家族〟がいると思うのはどうですか？」

その言葉が実際は〝恋人〟を指すとはっきりわかっているのに、わざと状況を縮小しようとする小細工だとか、まやかしのように感じなかった理由は、実際にシウォンとの関係が始まってからのミレの感覚も、それと近いものだったからだ。

以前の彼氏の中には、高校の同級生たちと特に仲の良い人がいて、その人たちと彼氏の週末の予定をめぐって神経戦になったことがあった。一人で地方からソウルに出て来たばかりで、世話を焼かなければならない妹がいる人もいた。

恋愛の相手に恋人の自分と同じくらい大事な別の存在がいて、その存在をお互いに理解しようと約束し、認めているため（この部分がとても重要だ）、彼の時間と関心という限られた資源を分け合わなければならないという意味では、たしかにミレの感情はそのときのものと似ていた。別の言い方をすれば、今の二人の関係におけるソリの存在感は、「シウォンとの約束をするときに時折言及され、考慮すべき対象」という程度だった。

だがその存在が付き合いの長い親友や家族の場合でも、そういう状況は決して愉快なものではない。〝神経戦〟という表現を使ったのは、相手の物理的な時間を自分がどれだけ占有できるかについて、常に神経を尖らせていなければならなかったからだ。

もし、その占有率が芳しくなかったり、自分に了承を得るか謝るのが当然の状況で、恋人がそうしなかったりしたとき、次のような地獄絵図を繰り広げたこともある。

「友達（又は家族）と私、どっちが大事なの？」

かたちは疑問文だが、多くの場合がそうであるように、答えが知りたくて訊いているのではない。本当に言いたいのは「自分が友達（又は家族）より大事にされていないように感じた」ということだ。

一度感じてしまったら、その痕跡は消えない。

「もちろん君の方が大事だよ」という言葉とともに謝ってくれれば、それでその地獄の門を閉めるべきだろう。しかし、すでにそう感じてしまったことは事実であり、相手の慰めは甘い嘘かもしれないということがよくわかっているからだ。無理に気持ちを落ちつかせてその門を閉め、背を向けたとしても、次からは自動ドアのように、ちょっとしたきっかけで開くようになってしまう。

だからミレは、すでに怖かった。

ましてや相手が友達や家族ではなく、お互いへの愛と信頼を長いこと育んできた恋人であることを明らかに知っている状況で「ソリさんと私、どっちが大事なの？」という疑問を持ってしまったら？

いや、「私よりソリさんが大事なんだ」と思ってしまったら？

それ自体がとても大きな苦痛というだけでなく、そもそもこの関係を始めることを迷っていた理由がまさにそこにあるので、ミレはそのボタンを押してしまった瞬間、この関係からはじき出されてしまう気がした。宇宙に発射されるロケットのように一瞬で、とても遠くへ行ってしまうだろう。

だがそれ以前に、この気持ちを正直に言うつもりはなかった。それは由緒正しい恋愛のジレンマともかかわってくる。「不安だからもっと私を気にかけて、愛してください」と言う人は、第一に魅力的ではない。第二に、その発言以降与えられる相手の思いやりや愛が、本当に心からのものなのか、それとも頼んだからもらえる好意なのか、確認する術がない。最初からそんな言葉を出すこと自体、プライドが傷つくし恥ずかしいということもまた一つ加わる。

だからこれまでの多くの恋愛がそうだったように、相手と自分の相互作用でつくり上げていく〝バイブス〟に身を任せるしかないものだと思っている。

そのため、ミレは今のこの状況にとても戸惑っていた。

「ミレさん、会いたかったです！」

またいつかこんな日が来るかもしれないと思ってはいたものの、予想よりも早く、二度目の三者会議はやってきた。今回は、前と少し状況が変わってはいたけれど。それを教えてくれるかのように、今回はソリがミレをシウォンの隣に座らせ、自分はゆったりと一人で座った。そんな気配りも余裕があるからできることだろうと、一瞬複雑な思いになったが、好意は好意として受け止めようと――界隈の〝ニュービー〟である自分の立場を思い出して、謙虚になることにした。いずれにしても、相変わらず魅力的なソリから、会いたかったと言われて悪い気はしなかったし。

「きっとまた会えると思ってました」

ソリがくしゃっと片目をつぶって言った。フラーティング〔原注：好感を持つ相手を誘惑する目的の行為〕ではないとわかっているのに、「もう、何ときめいてるの」とミレは思わず唾をごくりと飲み込んだ。

「ミレさんの目を見て、好奇心がわかったから。好きな気持ちは我慢できても、気になる気持ちは我慢できないでしょ〜」

ソリの「全部わかってるよ〜！」という表情に、ミレは再び、シウォンとの会話で感じたのと似た気持ちになった。「この人も私と似てるんだ」ということを確認したときの、不思議な安心感と刺激。

「はは、こういう機会がいつかまたあるかなとは思ってました……。あ、もちろん、シウォンさんが好きだから、もっと近づきたかったし知りたかったわけですけど……」

そんな当たり前のことを今更言っているというのが可笑しくもあったが、本心だった。そんなミレの顔を可愛い、というように見ていたソリが、かすかに微笑みながら言った。

「シウォンに、オープンとかそういうのはドラマチックに巻き込まれるものじゃなかったのかって、こんなふうに熟考していいのかって訊いたそうですね」

「はい、そうです」

照れくさいのと同時に、「この二人って私の話も普通にしてるんだ」と、妙な気分になった。そんな二人の姿を想像すると、やはりどうしようもない疎外感をおぼえる。

「シウォンにもっとオム・ファタール[*12]みたいに致命的な魅力で誘惑されて、仕方なく、みたいに始めたかったんですね」

ソリが冗談っぽく言った。厳密に言えばそうなのだが、こうして実際に人から言われるとなんだか恥ずかしくなった。ミレはどうしようもなく赤くなった顔でうつむきながら答えた。

「まあ……やっぱりなんかぎこちないっていうか照れくさかったので」

「でもそれじゃダメなんです。後から相手のせいにしてしまうから。ポリでもオープンでも、ましてやくだらない独占的恋愛のときにも、そうやってどうしようもなく惹かれたって言う人が多い理由は何だと思います？　全部後から人のせいにするため、自分を守るため。そういう人たちって、本当に巻き込まれてると思います？　半分はきっと嘘」

「ああ……」

ソリが怖いほど正論を言う人だとすでに知ってはいたけれど、その対象が自分になった途端、ミレは背筋がゾクッとした。

「ミレさんがそうだって言いたいわけじゃなくて。ぎこちなくて当然ですよ」

ミレがちょっと固まったのに気づいたのか、一言付け加えてにっこり笑うソリの顔が――余計怖かった！

＊12：Homme fatale。「運命の男性」の意味で、女性の運命を変える男性、女性を破滅させる男性のこと。ファム・ファタールの対語。

「そう。ミレさんが言ったのはそれだけじゃない。もっと大事なのは、やりたいけど務まるか怖いって言ったこと。無理ないよ」

隣でシウォンが助け舟を出した。その言葉にソリが頷いた。

「うん、もちろん。ミレさんが正直な人で良かった。みんな本当に望むものが何なのかもわからないまま、自分を欺くことだってするのに。そんな人と、もしオープン・リレーションシップを始めたら？　ヘルゲート[*13]・オープンですよ」

考えただけでうんざりだというように、頭を振るソリを見ながらミレはなんだか気後れした。いま同じ場所に座ってはいるものの、自分は彼らに比べてまだまだな気がして、一人何もわかっていない気がして――やっぱり自分には務まらないのだろうか、と。

「なんか……反省しました」

思わず俯いたミレの姿に、シウォンとソリは驚いて同時に叫んだ。

「そんな、ミレさん〜！」

「ミレさんは、良くやってますよ！」

「ほんとですよ、ミレさん最高!!」

困った様子で叫ぶ彼らの姿に、ただでさえ萎縮していたミレもまた戸惑い、そのせいで不本意にもさらに元気のない声が出てしまった。

「す、すみません……」

「いやいや。こちらこそ。気を悪くしたなら謝ります」

「大丈夫ですか、ミレさん？」

「はい、大丈夫です。ただ私がちょっと……自分なりに悩んだと思ってたんですが、まだ足りなかったみたいです」

「足りないなんて全然。無理ないですよ。後からでも、気になることがあったら絶対言ってください。ね？　本題に入りますね。実は今日こうして会おうと言ったのには理由があるんです……」

そう言うと、ソリはテーブルの上にあったスケジュール帳を手に取った。ずっとそこにあったのに、あまりにも日常的なオブジェなので、本来の用途を意識していなかった。

「わたしたち、一ヶ月分の予定を三人で一緒に決めるのがいいと思うんです」

「三人で一緒に……？」

「はい。ミレさんさえよければ」

＊13：「ヘルゲート：ロンドン」というゲームに由来する言葉で、地獄の門が開き、現実が地獄のように混乱した状況になること。

「ああ、はい、大丈夫です。私もスケジュール帳出しますね……」

ミレは少し緊張したような顔で手を伸ばし、急いでエコバッグの中を手探りした。

✦

まもなく三人は、各自のスケジュール帳を広げ、その月の残り三度の週末、合計六日間と、平日夜の予定について話し合った。

考えてみればソリが何の仕事をしているかも知らなかったのだが、外資系の製薬会社で研究員をしているという。やっぱりね、だと思った……。しかも数年前まで家族でドイツに住んでいて、韓国で働くために一人帰国したとのことだった。ミレは耳をそばだてた。ドイツといえばベルリン？　ベルリンといえば、ヒップスターとオープン・リレーションシップ……？　性急な一般化がどれほど馬鹿げた有害なものか知っているはずなのに、瞬間的にこう考えてしまうのはやめられなかった。「やっぱり私もどうしようもない韓国人なんだな」と自嘲するしかない。

話をするうちに、自然と二人の普段の恋愛パターンがわかってきた。主に金曜の夜に会い、土曜日まで一緒にいて、日曜日には各自過ごすのが普通だという。平日には一、二度、時間ができたらそのときどきで、状況に合わせて。その点は、多くの独占的恋愛と大きく変わらないようだった。

だが金曜日から土曜日にかけて、二人が一緒に過ごすという部分を想像すると、またミレの心の片隅にさざなみが立った。考えないようにしても、しきりに目の前の二人を対象に不純な想像をしてしまって困惑した。いままでの恋愛とほとんど変わらないと、いくら自分に言い聞かせても、やっぱりこれだけはオープン・リレーションシップにしかない特徴のようだ。恋人が毎日友達と遊んだり、妹のところにしょっちゅう行ったりしても、ちょっと寂しい思いをするくらいで、そこでセックスをするかもしれないとは考えないからだ。

まもなく先輩との仕事が忙しくなる予定だったが、休みまで返上したことはないので、今月もミレの週末はほとんど空いていた。だが土日どちらも空いていると言うのは、ソリの前であまりにも空気の読めない発言ではないかという老婆心と、時間に余裕があるという理由でいつも合わせたり、待つ側になるのではないかという心配から、なかなか口を開けずにいた。

そんなミレの顔を見ていたソリが言った。

「今月の週末はあと三回だから……。来週の金曜日ミレさん予定どうですか？　その週はわたしが土曜日しか空いてないんです」

「あ、その週の金曜日は大丈夫です」

「シウォンも？」

「うん」

「じゃあそれ以外の二回の週末は……わたしが金曜日に予約します。大丈夫ですよね？」

「はい」

「シウォンは？」

「僕も土曜日は大丈夫。今月は特に残業とか週末はなさそうだから。月末のイベントは日曜日だし」

一瞬悩んだのが恥ずかしくなるほど、状況をスッキリと整理してくれたソリのプロフェッショナルさに感服する一方で、配慮してくれることがありがたいやら申し訳ないやらで複雑な気持ちになってきたとき――ソリが続けた。

「二人は職場が一緒でしょ？　平日の昼にも、ずっとたくさん会えますよね」

「ああ、そうですね。たしかに」

「わたしは仕事に波があって……この週の火曜日とその次の水曜日は時間が空きそうだから、そのときはわたしと会って、ハン・シウォン」

「いいですか、ミレさん？」

「あ、はい。もちろんです」

それすらも予想していたかのように、申し訳なくさせる余地も与えてくれないなんて、ソリさん、まったくあなたって人は……。センスのある配慮にミレは気持ちがずっと楽になった。一方ではその慣れた様子に、いままでこうやってスケジュールを調整することが何度あったのだろうと無駄に考えさせられた。ソリに新しい恋人ができたら、こうやって間でスケジュールを調整していたのだろうか……？　マネジメントとケアに特化してるから、きっと上手くやってたよね……？　無駄なことだとわかっていながら、考えの連鎖が止まらなかった。

「じゃあ、これでいいですね。もちろん、こう決まったあとに急に予定が変わったり、気分が乗らなければ約束をキャンセルしたり変更したりもできます。それはもちろんあり得ることなので。でもそういう場合は、必ず前もって正直に話すこと」

「そうします」

さっぱりしたソリの言葉にミレの思考のループが止まり、再びこの場に戻ってきて、笑って答えることができた。するとソリが片目をつぶって言った。

「こうしてると、わたしたち三人で付き合ってるみたいですね？」

ミレはふたたびぎこちなく笑って唾を飲み込んだ。

まったく、そういう意味じゃないってわかってるってば。

✦

「前にソリさんが他の人とお付き合いしていたときも、こうやって予定を共有してたんですか？」

ミレが再びスケジュール帳をバッグにしまいながら、控えめに訊いた。するとシウォンが涼やかに答えた。

「毎回ではないけど、やっていたこともあります」

その言葉に、ミレはふと、自分の代わりにこの場に座っている他の誰かの姿を思い浮かべた。その人は、どれくらい彼らの側にいたんだろう？

気になったけれど、とても訊けなかった。急に、あまり共感できなかったハナの言葉を思い出した。

「自分に酔ってる二人の間で、ただの遊びで終わるんだよ……遊びで終わるんだよ……」

「わたしたちもいろいろ悩んだんですよ。どういうやり方が一番いいか。試行錯誤して……

こういう席自体が気まずいとか、嫌だと言う人も中にはいたので、わたしが間に入って伝えたこともあるし」

「ああ。そういる人もいるでしょうね」

ミレは思わず反射的に頷いた。

「でもわたしたちとしては、これが一番いいやり方だと思ってるんです。恋愛するときって、こういうことが多くないですか？　予定を決める過程でがっかりしたり、がっかりさせたり……気持ちが冷めたり、拗ねたりすると、急に都合が悪いと言ってしまったりするじゃないですか」

「わかります、わかります……」

「そういう間接的な意思疎通に慣れてしまうと、予定を決めるということ自体に意味付けがされて、感情が入ってしまうんです。そうすると、誤解を生んだり、正直になるのを邪魔したりするんですよね」

「たしかに……」

シウォンが続けた。

「そこに加えて、僕たちはいまオープンで付き合っている状況なので、僕はソリとミレさんの二人と約束をしないといけないわけですから、一歩間違えれば余計に誤解が生じやすいですよね」

「そう。わたしより向こうともっと長く時間を過ごしたいんじゃないか、そういうことを気にし出したら、誤解して、傷つくだけだから。そのうち、シウォンがどちらかとより多くの時間を過ごすことになる週も出てくるはずです。だけどそれは、その人の方が好きだからじゃなくて、単純に今週はたまたま予定が合っただけかもしれないのに……それを前もって確認しておかなかったら、人の心というのは、悪い方に考えてしまいがちだから……」

「ほんとですね……」

いつものように、あまりにも理路整然とした話を聞いていたミレの表情が、少しこわばった。さきほどからミレの様子を細かく観察していた二人は、一瞬でその変化に気がついた。

「もちろん、こんなふうにスケジュールを決めたとしても、誤解が生まれたり、心が傷ついたりするかもしれません」

「そうです、こうやって前もって共有したんだから、絶対に傷つかないこと！　とかそういうことではないですからね、絶対」

「むしろ、付き合っていく過程で傷つくのはデフォルトに近いから、予測できるリスクをできるだけ減らすという感じです」

顔を見ただけで、ミレの頭に過ぎった考えを読んだかのような言葉だった。おかげでミレも正直になれた。

「ああ、はい……。実はいま、ちょうどそれを考えてたんです。私はまだよくわからなくて……。そんなふうにいつも理性的でいられるかどうか……」

「大丈夫ですよ。わたしもシウォンも同じです」

ミレとしては信じられなかったけれど、とにかくソリはこう言った。

「大事なのは、そういう感情をどう表現して、どう解消するかです。感情って、どうすることもできないものなんです。人間にできることはそれくらいだと思います……」

ほろ苦いような笑顔で話すソリの顔から感じられるオーラは、人間離れした何かみたいに見えたけれど、いずれにせよ自分を安心させようとしてくれる二人の努力を、ミレは快く受け入れることにした。

「だからわたしたちは、自分たちだけのルールを決めようと努力してるんです」

「そうなんですね」

「もちろんミレさんにはその都度同意を求めるから、意見を言ってくださいね」

「はい、そうします。まず、スケジュールを三人で一緒に決めるのはいいやり方だと思います。お気遣いありがとうございます」

ミレの言葉に、ソリとシウォンがそれとなく目配せをして笑った。感謝して当然のことだけれど、やっぱり言葉にして、声に出してはじめて伝わることもあるようだ。

「ミレさんもきっと、何度も考えたことがあると思います。異性愛の恋愛の、男女の役割みたいなもの、つまらないし、やめたいって」

「ああ、もちろんです」

「そういうことが、この前お話しした社会が目指す一夫一妻制につながる道みたいなもので……。そこから逃れようとした人たちは、実は昔からたくさんいたんですよ」

「そうなんですか？　そっか……」

「やっぱり、私が初めてなはずないよね」と、ミレは少ししゅんとした。

「はい。だけどそれは容易いことではなかったみたいです」

「うーん、どうしてでしょうか」

「まず、やめることには多くの人が同意したけど、そこから何をどうすればいいかの合意がなかったことが問題ではないかと思います」

「ああ……」

いつの間にかソリの恋愛学講座——と表現するととても薄っぺらで陳腐に聞こえるけれど——とにかく、ソリの講義といってもいい知的な話が再び始まったので、ミレはそれがとてもうれしかった。

「ミレさんも感じませんか？　結婚する気がないって言う男って、だいたい悪ぶってるじゃないですか」

「え？　はい、そうですよね！」

「で、結婚前提で付き合おうって言ってくる男はだいたい控えめ」

「ですよね……！」

　これは本当にミレがよく知っている話だった。ミレの口から自然にため息が出た。シウォンは興味津々で二人の会話に耳を傾けていた。

「結婚前提！　となった瞬間、守るべき道理や、求められる役割みたいなものがずらっと出揃うでしょう。とにかく社会的に望ましいとされる男性の美徳、責任感、優しさ、とかそういうものを遂行しようとして、最低限の努力をするんです。だけど逆の場合は、何も決まっていないからその最低限のことをしない。もしかしたらそれすらしたくない男性が『まだ結婚する気はない』って言うのかもしれないって、〝合理的な疑い〟を持ってしまったりもして……」

「はー……ソリさんって天才……。そういうことだったんですね」

　ミレは大きな悟りを開いた気がして、額を勢いよく叩きたくなった。三十代のはじめに嫌というほど繰り返してきた経験の数々が、一本の糸でつながった気がした。

「結婚前提かどうかでさえ、そうやって行動が変わってくるのに、ましてやお互いに独占しない恋愛をするとしたら？　その上何のルールも基準もないとしたら……？」

いたずらっぽく驚愕したような顔をして言うソリを見て、ミレも自然と真似をした。女子二人で顔を見合わせてくすくす笑う様子を見ていたシウォンが、笑顔で首を振った。

「それこそヘルゲート、オープン……！」

あえてソリの言った言葉を使うことで、ミレは改めて彼らとの絆が深まったように感じ、一人うれしくなった。

「だから本当に……ルールが大事なんです。すでにある、すでにわたしたちが知ってるものの中に、使えるものはないから。大変だけど、一緒に話し合って、決めていかないといけないことがたくさんあります」

「うーん、はい。わかりました。いいと思います。やれるだけやってみたいです」

「よかった」

ソリがミレに笑顔を見せた。初めて会ったときの緊張感とぎこちなさがある程度和らいでから見ると、その表情は不思議とシウォンと似て見える気がした。しばらくその顔を見ていたミレは、控えめに口を開いた。

「ところで、その……何をどこまで訊いていいかとか、そういうことも決めたほうがいいですかね？」

「ええと、どうしてですか？」

ソリとシウォンが一度顔を見合わせて、二人同時にミレの口もとを見た。

「実は……以前のお二人のオープン・リレーションシップのことが気になってるんです。でも今全部聞くのは怖い気もして」

短い沈黙が流れた。だがミレは自分が失言をしたとか、地雷を踏んだとは思わなかった。二人がそうは感じさせなかったからだ。

「ああ、それは……」

シウォンがちらっとソリの方を見た。ソリが言った。

「わたしたちで、一度話し合ってみます。ミレさんの心の準備ができたら、また教えてください」

「はい、ありがとうございます。二人のプライベートなことが知りたいとかっていうよりは……いや、正直言うとそれもちょっとあるんですけど……。あはは。参考になるかなって……」

「その気持ち、よくわかります。でも、あまり不安にならないでほしいです。わたしだって、こう見えても不安はあるんですよ」

「え、ソリさんが？」

「ミレさんからすれば、わたしは長く付き合っている恋人だから、安定しているように感じるでしょうけど、わたしの立場からしたら、シウォンが新たに見つけた人がミレさんなわけだから。『ひょっとして、わたしがなにか至らなかったのかな』『新しい人のほうにばかり興味がいくんじゃないかな』とか……考えようと思ったら、いくらでも考えられます。だけどそれを始めてしまったらきりがないから、深みにはまらないように努力してるんです。わたしもこういうのは始めてなので。だけど今の状況自体、楽しいし面白い。それは事実です」

「ああ……」

ミレは気づかないうちに、自分よりもずっと素敵で賢いうえ、シウォンとの関係も長いソリのほうが良い立場にいるという考えを、デフォルトとして頭の中にずっと持っていた。こうして三人で会っているときにも、ミレはいつもソリの気遣いを受ける側だったので、忘れがちだったけれど。

「結局みんな同じなんです。どちらのほうがいいとかではなくて、これも普通の恋愛と同じです。それぞれの恋愛を精一杯がんばればいいんです」

いずれにせよ、大事なのはシウォンとの関係——いや、それ自体ですらなく、ミレ自身だということ、つまり何よりも、自分のペースでこの関係を引っ張って行けば良いということ。引っ張られるのでも、巻き込まれたのでもなく、自分がやりたくてこの恋愛を始めたのだから。ソリの言葉が、ミレに再びその事実を思い出させてくれた気がした。

人も、恋愛も、結局はみんな同じというのには理由があるのだと、それを否定するのは自分だけだという決まりきった忠告にはもううんざりだった。だからこれは、自分で実験してみるチャンスだ。「そういうものだ」と思われている感情、どこかで見て学んだことをそのまま感じるのはやめよう。まずはそこからはじめてみようと、ミレは心の中で静かに決意した。

6——食べて、期待して、恋をして

「間に合わせではない、自分に合ったオーダーメイドの食事です」

ここまで書いて、ミレはしばらくの間、点滅するカーソルをぼんやりと眺めていた。数ヶ月かけて準備してきた簡易食品の初めての発売が近い上に、クラウドファンディングのサイトにアップするマーケティングのコピーと、詳細ページの最終締め切りも迫っていた。メインのコピーはだいたいこんな感じでいいかな？　なんだかいつにもまして頭が回らない気がした。

スタートアップ企業としてシェアオフィスを利用しながら、初のローンチはクラウドファンディングを通して。

これくらいなら、今の時代の青年実業家としては、すべての要素を兼ね備えているといってもよさそうだ。

そこに加えて、先輩の知人の知人が運営しているというカフェで一ヶ月間のポップアップストア開催の話も進んでおり、それに合わせてSNSのアカウントも開設した。

先輩の弟がSNS運用を手伝うと大口をたたいたものの、まったくもってセンスがなかったために更迭され、結局臨時という但し書き付きでミレに回ってきた。おかげで、仕事がさらに増えたのだ。

フリーランスとして忙しく過ごすのはいつものことなので慣れっこだったけれど、本格的にSNSアカウントを管理するのは初めてなので、思っていたよりも神経を使うことが多かった。

その話をシウォンにしたところ面白がって、早速フォローしたと言ってくれた。おかげでただでさえ気になっていた彼のアカウントと、自然な流れで〝相互フォロー〟になることができた。鍵のマークと「非公開アカウント」の表示が好奇心をそそっていたページがとうとう……開いたのだ！

実はシウォンのことを〝チッケムの中のイケメン〟くらいにしか認識していなかった頃から、ミレは彼のアカウントを知っていた。別に珍しいことではない。気になる人ができたら、その人のSNS上の痕跡をまず探すのは、現代人にとっては、もはや趣味で楽しむスポーツみたいなものだ。しかも今どきは、誰かと一時間話をするよりも、SNSを二十分見るほうが、その人についてより多くの情報を知ることができる場合も多い。交友関係の結び方から、言葉遣い、美的感覚、ユーモアセンス、広範囲の好みと、それとなく仄めかされる経済的水準まで――あまりにも多くのことが一瞬でわかってしまうので、ちょっと疲れるほどだ。

だからミレは以前、気になる人や、進展しそうな相手のSNSを見て、一気に気持ちが冷めたこともある。性犯罪が報じられてもはや全く笑えなくなったコメディアンを熱烈に応援する投稿でいっぱいだったり、疑似科学に心酔していたり、理解できない美的感覚の持ち主だったり、友達とのコメントのやりとりに、驚くほどのヘイトスピーチが溢れていたり……。もう思い出せないような理由で〝地雷〟を踏むことがかなりあった。

だからシウォンのSNSが見られるようになったのはうれしい反面、ちょっと怖くもあった。もちろん、いままで時間をかけてオフィスで彼を見てきた印象と、何度か長く話したときのだいたいの感触があったので、地雷を踏むとは思っていなかったが、それでもひょっとしたら、人というのはわからないものだから。本当に、本当にSNSがスッピン公開レベルではない、パンツを脱ぐレベルの人たちも実際にいるから……。しかもシウォンはソリとかなり前から恋愛中なので、もしかしてそれと関連した投稿を何の心の準備もなく見てしまうかもしれないということもまた、看過できない不安要素のひとつだった。シウォンのアカウントをタップするために親指を上げたときは、いままでの経験によって、頭ではなく体が反応してしまい、ミレの全身に不安な気持ちが走った。

そしてついに、彼のSNSを開いてみると……。

投稿23／フォロワー57／フォロー中94

シンプルな数字たちが並ぶシウォンの素朴なアカウントには、投稿がほとんどなかった。やはり、SNSなんて人生の無駄だと貶す必要まではないとしても、あまりやっていないほうがいいに越したことはない。このアカウントにまで、シウォンの性格が現れているかのようだった。

〝ハン・シウォン公式〟アカウントかと思うほど、まったく無駄のないオフィシャルな内容（転職、誕生日、新年、休暇など）だけがぽつりぽつりとアップされており、顔がはっきりわかる写真さえなかった。SNSの使い方がミレ自身のものと似て見えたので（非公開アカウント、オフラインの知人のみとのつながり、過度にプライベートな投稿はなし）ミレは気持ちが落ち着いた。

なかには、SNSアカウントやメッセージアプリのプロフィールに、恋愛を匂わせるかどうかでもめる恋人たちもいる。はじめは、言い争いになっても、二人のあふれる愛をどうにかして周りに匂わせたいという気持ちが可愛いとミレには思えた。だがそれはむしろ付随的なもので、核心は「オフィシャルに恋人の存在を明らかにしないのは、浮気の可能性があるからだ」という話を聞いてからは、訝しく思うようになった記憶がある。そんなに相手のことが信じられなくて、どうやって恋愛ができるというのだろう？　独占的恋愛の世界観で絶対にあってはならないのが〝浮気〟だ。そのためか、〝浮気の可能性〟というのはいつも過大評価され、恋愛期間中ずっと、執拗に執着し、お互いをコントロールするのが〝愛〟だとされてしまう。その努力で本当の〝浮気〟をすべて防ぐことはできないにもかかわらず。その〝感性〟は、ミレにはよくわからなかった。

ミレの場合ＳＮＳには、二十代の頃に三年以上付き合った彼氏との写真を一度アップしたことがあるだけだった。実はその最も大きな理由は、別れたときに、その人の痕跡を残すのも消すのも恥ずかしいからだ。それに今の恋人と一生続くとしても、大切な瞬間は二人だけのものとして、大事にしまっておきたいと思っているためでもあった。

もちろん〝素敵な恋愛〟（とはそもそもどういうものなのか、ミレにはよくわからなかったけれど）をしている姿を祝福されたい、少しは羨ましがられたいという気持ちがわからないわけではなかった。けれどやっぱり〝私〟という人のＳＮＳに相手の占める割合が大きくなりすぎるのは、ミレにとってはあまり喜ばしいことではなかった。（〝カップルアカウント〟を作ることは、当然はじめから選択肢になかった）

いい恋愛は人生の関心事のひとつではあったが、他のものよりも優先順位が上だとは思いたくなかった。もちろん、没頭している趣味のひとつひとつをSNSにまめにアップする友達もいないわけではなかったけれど……。やはり「あの子最近、誰々と付き合ってるんだって」「あの子はこの前別れたみたい」のほうが、「あの子最近、ラタンバスケット作ってるんだって」よりもずっと刺激的なゴシップなのはあまりにも明らかなことを考えれば……。やはり、SNSはあまりやらないに越したことはないのだ。

とにかくそういうわけで、シウォンのSNSはミレの心配とは裏腹に、彼と自分が同じような人だということを改めて確認させてくれ、信頼度を高めてくれた。だが結果的には、彼についてミレが新たに知り得たことはほとんどなかった。それにはいい面もまた、悪い面もあった。結局恋愛というものは、お互いを新たに知っていくことの連続だと考えれば、急ぐ必要がないことは事実なのだから。だがそれとは別に、相手についてひとつでも多くのことを知りたいという渇望は常に存在するので、その二律背反の欲求のなか、過不足なくスッキリとしたシウォンのSNSを十五分で読み耽り終えたミレは、喉が焼けるようだった。

では、シウォンについての情報をひととおり、一度に取得する機会はもうないのだろうか？

デジタルがだめなら、アナログが光を放つものだ。

その機会は思ったよりも早くやってきた。

✦

「お邪魔します」

金曜日。ミレは小さくつぶやきながら、知らない家のドアを開けた。モドゥエオフィス麻浦《マポ》支店からほど近いシウォンの家に、初めて招待されたのだ。

経緯はというと、以前の散歩のときの会話がきっかけだった。

ランチタイム、シウォンのオススメの麻辣湯《マーラータン》のお店。向かい合って座り、メニューを読み耽る二人。シウォンがちらっとミレの顔を見ると、ミレの目は戸惑いでいっぱいだ。やがて嘆くように口を開くミレ。

ミレ　「私、麻辣湯が大好きなんですけど、麻辣香鍋《マーラーシャングオ》も鍋包肉《グオバオロー》も好きなんです。どうしたらいいかな」
シウォン「麻辣、好きですか？」
ミレ　「はい……」
シウォン「週に二回食べてもいいほど？」
ミレ　「（悲壮な顔で頷きながら）週四で食べたこともあります」

するとシウォンが、視線をテーブルの上に適当に落とし、ぽつりと言う。

シウォン「じゃあ、香鍋は金曜日に家で僕が作りますよ。ミレさんさえよければ」
ミレ　「え？」

ミレが目を丸くし、耳をすます。

シウォン「大丈夫ですか？」
ミレ　「（心から感激しながら）あ……うれしいです、ほんとに……」

ミレはそれ以上言葉が見つからず、シウォンがそれなら解決と言うように手を上げて店員を呼び、メニューを注文する。

シウォン「麻辣湯と鍋包肉で」

注文するシウォンの凛々しい姿を見つめるミレの眼差しに、ハートマークがかすめる。

ミレにとって、地方に住む母の家に行くときでもない限り、誰かが自分のために作ってくれた料理を食べるというのはとても珍しいことだった。母を訪ねるのは多いときで年に二回、名節《ミョンジョル》*14のときだけだったので、シウォンのその言葉は、ミレにもう一つの名節を新たに作ってくれたようなものだった。

ミレは改めて考えてみた。家に招待して料理を振る舞ってくれた恋人が、これまでにいただろうか？　二十代の頃は、誕生日のサプライズでわかめスープを作ってもらったことくらいはあったような気もするけど……。本当に……ないな。ないわ。じっくりと考えてみると、一方で寂しくもなった。え、私がたまたまなの、それともこれが韓国の女性の平均？　料理はからっきしだめな自分でさえ、何かを煮たり焼いたりして出したことが何度もあるのに、いくら記憶をたどってみても、まともに食事を振る舞ってもらったことがただの一度もないのはたしかだった。

「恋人に料理を作ってもらうのなんて初めてです〜！」と言うのはなんだか、ちょっとかわいそうに見えるかなと思って我慢したが、ミレはうれしさとありがたさを隠しきれなかった。もちろんその日食べた麻辣湯と鍋包肉も美味しかった。けれど心の奥底では、金曜日の夕食がすでに楽しみで仕方なかった。

シウォンほどの男性に「家で料理を作ってあげます」と言われたら、好きにならない人がいるだろうか？　こんなふうに考えるのは、現に彼の恋人であるミレの極めて主観的な視点が入っているかもしれないが、いずれにしても男性に料理を作ってあげると言われると、ちょっと素敵で特別感のあるイベントのような響きがあることはたしかだ。ワインを買っていったほうが良さそうなニュアンス。（ミレの場合は麻辣香鍋というメニューに合わせて、六

＊14：旧正月にあたるソルラル、中秋の名月にあたる秋夕《チュソク》などの祝祭日を合わせた言い方。

本入りの缶ビールを買っていく予定だったけれど）それほど珍しいことだからだ。

反対に、女性が家で料理を作ってあげると言っても、どこまでも日常的なイベントという感じがする。メニューも無難な家庭料理などのイメージだ。ミレは以前自分が作ってあげた料理を食べて「うん、美味しい！」と、軽く「！」をつけただけの男性たちの反応にがっかりした記憶を思い出していた。はじめは自分の料理の腕のせいかと思っていたが、いつも誰かに作ってもらったご飯を食べるだけの人にとっては、作ってくれたのが母親だろうが、元恋人だろうが、現恋人だろうが、妹だろうが、祖母だろうが、大して興味がないのだろうという考えに至った。

そのためか、恋人が家に来るときにも、デリバリーやテイクアウトを利用することが多くなった。料理が面倒なのもあるけれど、変に評価される感覚が嫌だった。しかもそれは、例えば字の上手い下手のような、ただの個性といってよい一人の人間の、いくつかある能力のうちのひとつとしての評価ではなかった。その〝当然上手であるべき〟、そして〝これからも当然自分が料理をするのが当たり前〟という空気でしなければならないのが嫌だった。あれこれ並べた料理を食べながら「朝は汁物がないとだめなんだ」と言ってきた憎たらしい顔を、ミレはいまだに忘れられない。

息子でも娘でも、とにかく一人は産んでしっかり育てようという時代に、それぞれひと

り っ子として大事に育てられたのは同じなのに、二十代になった途端、女性だけが当たり前のように料理ができることを期待されるなんて、それはどう考えても常識的におかしい話だ。インプットがあってこそアウトプットもできるものだが、まさか女性には料理上手な天賦のDNAがあるとでも？　そんな社会の視線を意識してか、名節に会うたびに母は「あんたにもっと料理をさせておくんだった」と言ったけれど、ミレは今後も習う気がないということを高らかに宣言し「私が男だったら、そんなこと言わないくせに」といちいち口答えした。

食事というのは毎日二、三度するものなので、日常的なことといえるかもしれない。でもデートをする恋人たちにとってはイベントでもある。どちらが作るかによって〝料理〟になるか〝手料理〟になるか、ニュアンスが微妙に変わってくるのは、少しでも感覚の鋭い人なら誰でも気がつくだろう。

シウォンは自分の恋人だけれど、そして彼の「男らしく」ないところがミレ自身もとても好きだったけれど、だから簡単にポイントを稼げている感じがして、正直少し悔しかった。まあ、そのポイントをつけているのが自分だという点で、今回もまた内なる矛盾は避けられなかったけれど、とにかくそうだった。

以前は「料理上手な人が好き」と言うミレに、男が料理を作るのは、女を家に連れ込むための小細工だと断言するデート相手もいた。どうかな。「家に連れ込むための小細工」という言葉に込められた不純さは置いておくとしても、誰かのために料理を作ることがどれだけ手間のかかる面倒なことか知っていれば、目的がどうあれそんな努力を実際にするほうが好ましいのではないだろうか。ミレはそう考えるほうだった。

✦

ドラマや映画では、片付いたキッチンで、シャツを着てモノトーンのエプロンをした男性が、少しもこぼしたり汚したりせず、きれいに盛り付けた料理を出してくれる。

無意識にそんなよくある場面を思い描きながらシウォンの家に足を踏み入れたミレは、食材と道具で散らかったキッチンと、真っ赤なエプロンを適当に腰に巻き付け、紅潮した顔で「ミレさん、ようこそ！　ちょっと座っててくださいね！」と叫んで慌ただしく消えた彼の後ろ姿を見て、必死に笑いをこらえた。

「これ、冷蔵庫に入れておきましょうか？」

ミレは持ってきたビールを持ち上げて見せると、コンロの前に立っていたシウォンがちょこちょこと走ってきて受け取った。

「あ、何も買ってこなくていいって言ったのに〜ありがとうございます。一緒に飲みましょう。もう少しでできますから、ちょっとだけ待っててください！」

キッチンの中で場所を占める大きな冷蔵庫に、ミレが買ってきたビールがすっぽり収まった。ミレはしばらくその場に立ったままシウォンの後ろ姿を見つめた。なんというか、「いまはああやってカッコつけてるけど、普段本当に自炊してるのかな」と思わせる画面の中の男性とは違って、妙に質の異なる、〝料理〟より〝手料理〟という言葉の似合う光景だった。

リビングに移動したミレの耳に、ぐらぐら、ぐつぐつという音が聞こえてきた。シウォンが麻辣との死闘を繰り広げている間、自由に彼の家を見て回れる時間ができた。家というのは、SNS以上にその人について多くを知ることができる、それこそ一人の人についての図書館ともいえる空間だ。

そういう意味で、最初に目に入ったのは、かなり広いリビングに配置されたデザイン家具だった。素材とトーンに統一感があり、落ち着いた印象だった。

ミレはワンルームに、いわゆる〝フルオプション〟[*15]の物件を転々としていた。フリーランスという不安定な職業なので、できるだけ毎月の出費をおさえたいのと、まとまった大金がないという現実の間で妥協した結果、狭い坪数のチョンセ[*16]の家に住むことがほとんどだった。別の言い方をすれば、荷物を増やしたくないという思い、引っ越しのために身軽でいたいという気持ちが反映された結果ともいえる。重くなるのが嫌で、何にもしばられたくないというミレの生き方の傾向が、居住のスタイルにも表れているとでもいおうか。だがそのため、いつもテンポラリーな住まいという感じが拭えないのが辛くもあった。人が使った、人の所有する、そしてまた人が使うことになる家電製品で満たされた、狭苦しい日常。もちろん普段は、そんな一時的な感覚自体をむしろ楽しむ境地に達していたけれど、自分のものを完全に広げられず、いつでもしまえるようにちょっと引っ掛けておくという感覚は、微妙に疲れるものだ。いつでも逃げる準備のできている草食動物が、仮眠をとる感じというか。

だが、シウォンの家は違った。オプションというものがまずなさそうなヴィラ[*17]だったし、実用的なものばかりが配置されたミレの家とは違って〝ディスプレイラック〟や〝LPレコードプレイヤー〟、〝オーディオ機器〟といった、実用性という意味では無駄ともいえるような、贅沢なものまであった。でも、そういうものの存在が、結局は〝テンポラリーな空間〟と〝家〟を分けるのかもしれない。こういう家のほうが、たしかに〝大人の家〟という感じを与える。プレイヤーの隣のラックに主に並ぶのが、意外にもジャズやクラシックのレコードがほとんどだというのを見るとなおさら。

そして目をひいたのは、ソファの上の壁にかけられたスノーボードだった。シウォンはウィンタースポーツが好きなようだ。向かい側の壁際に置かれたディスプレイラックの上には、小さな洒落たカレンダーがひとつ置いてあり、リビングにテレビと時計はなかった。本は多くはなかったけれど、コーヒーと料理に関する大型本が数冊、ブランドとライフスタイルについての雑誌と一緒にサイドテーブルの棚に立てられていた。

部屋のドアはすべてきちんと閉まっていた。来客があるためすっきりと見せる意図もあっただろうが、料理の匂いが入らないようにするための生活人の習慣という感じがした。ぼんやりと、シウォンの寝室はどんなだろうと想像しながら、ミレは一言断ってトイレに向かった。

内装のタイルをリフォーム工事したのか、家の築年数に比べてずっと綺麗なトイレだった。レストランやカフェに行ったとき、トイレが綺麗に管理されていると感動するミレは、

＊15：家具・家電付きの物件のこと。
＊16：毎月の家賃の代わりに入居時に一定金額の保証金を預け、家主がその保証金を様々な形で運用し収入を得る、韓国独特の賃貸制度。
＊17：韓国の住居形態のひとつで、低層の小規模共同住宅を指す。

シウォンの家のトイレも好印象だった。ハンドソープからはほのかなラベンダーの香りがして、タオルかけには記念フレーズの書かれていないチャコールグレーのタオルがかけられていた。ときどき臭いを消すために香るように、便器の上にはゴールドの綺麗な（重要！）インセンスホルダーが置かれていた。そして洗面台の前にはシェービングの道具が綺麗に並んでいて、改めてここが男性の家だということを思い出させてくれた。

ちらっと見たシャワーブースの中には、よく知っているブランドのシャンプーとボディーソープ、ボディーローションなどが並んでいた。いつもいい香りがするので、シウォンがそれなりに気を遣っていることは推測できたけれど、それを自分の目で確認した瞬間だった。バスアイテムに関心のあるミレにとっては、格別に楽しい時間だった。テンポラリーな暮らしを生きていると、こだわりが持てるのは消耗品くらいのものなので、ミレは毎日シャワータイムだけでも気持ちよく過ごしたくて、高くてもいいものを買うほうだ。シウォンの浴室で見たものは、使ったことはないけれど、買おうか迷っていて一時期口コミをチェックしていた製品だった。ずっと気になってたやつ……もしかして、この家で私があのシャンプーを使う日が来たりして……？　そう考えたら、思わず笑ってしまった。あ、もしかしてこういうのを下心って言うのかな……？

その瞬間顔が火照ってくる気がして、ミレは大きな鏡でしっかりチェックをしたあと外に出た。するといつの間にか、スパイシーな匂いが家中に広がっていた。シウォンが急いで叫んだ。

「ミレさん、座って！　料理ができましたよ！」

明るいウッドカラーのダイニングテーブルの上に、大きな皿に盛り付けられた真っ赤な香鍋が美しく置かれていた。（ダイニングテーブルという家具、そしてこういう大きな皿の有無もまた、テンポラリーな住まいと家を分ける重要な基準になるのは間違いない）ミレが「おおお」と感動しながら座ると、シウォンは湯気がもくもくと立ち込めるご飯をよそって目の前に置いてくれた。

「久しぶりに作ったから、美味しいかどうか……」

「いやいや、すごく美味しそうですよ！」

コメントだけを見るととても形式的だが、ミレは本心だった。今日はこの食事が楽しみすぎて、ランチも軽く済ませたし、おやつの誘惑にも必死に堪えたのだが、その甲斐があったと思った。シウォンが照れくさそうに笑ってエプロンを脱ぎ（可愛かったのに！）席についた。思い出したように再び立ち上がった。

「あ、そうだ、ビール。飲みますよね？」

「はは、はい……」

手土産ではあったけれど、それ自体に飲酒の意図のあらわれた、いわばミレ自身のためのものでもあったので、なんだかきまりが悪くなってしまった。それでも、麻辣香鍋とビールの組み合わせを諦めるわけにはいかない。

「じゃあ、冷蔵庫から出してもらえますか？」

「はい！」

もてなされるばかりで申し訳なく思っていたところに、幸いシウォンのほうから用事を頼んでくれた。ミレは少しドキドキしながらシウォンの冷蔵庫に向かった。冷蔵庫をお願いするテレビ番組[*18]のおかげで、私たちは誰もがよく知っている。冷蔵庫の中身もまた、その人の生活と性格について、多くを語ってくれるという事実を。だが露骨にじろじろ見るのも失礼なので、ミレは冷蔵庫を開けるなり自分が買ってきたビールをまず目で探したあと、さっと内部を見てから目標物に手を伸ばし、任務を完了した。

それは本当に三十秒にも満たない短い時間だったのだが、大きなミネラルウォーターのボトルばかりだとか（ひどいときには焼酎《ソジュ》まで）、傷んだおかずのタッパーが悲しく並んでいるなどということはなく、牛乳に卵、果物、野菜など、こまめにチェックして食べなければならないものが、比較的たくさん入っていた。両極のふたつのうち、しいていえば前者に近い冷蔵庫をもつミレとしては、このキッチンにあふれる生活感が新鮮に感じ、心地よかった。自分の面倒を丁寧に見ている人は、いつだって好感がもてるものだ。

それにミレが鵜の目鷹の目でもうひとつ発見したのは、ビールだった。自分が買ってきたもののほかに、六缶入りのビールが、奥にもう一セット入っていたのだ。普段から飲む習慣があるのか、今日の食事のために買っておいてくれたものなのかはわからないが、ビールが飲みたいのは自分だけではなかったと知って、その点は少し安心した。

✦

「乾杯〜！」

「いただきます！」

麻辣香鍋はそれほど難しい料理ではないと、シウォンは食べている間ずっと強調していたけれど、比較的最近になって流行り始めたエキゾチックな料理であること、人に作ってもらうのは初めてだったことから、ミレにはとにかくすごいと思えた。しかも、美味しかった。もちろん、ミレは味にうるさいグルメというわけではないという点、食事の雰囲気や

＊18：ＪＴＢＣで放送されていた『冷蔵庫をお願い』（邦題：『冷蔵庫をよろしく』）。二人のシェフが、ゲストの冷蔵庫の中にある食品だけを利用して調理し競い合う料理番組。

誰と食べるかが料理の印象を大きく左右する傾向がある点を考慮するなら、美味しくないはずがなかったけれど。それを鑑みたとしても、美味しかった。ソースはほどよい辛さで、ミレの好きな具の、火の通り具合もちょうどよかった。（ミレは青梗菜はかためが好きだった）しかも、ミレの一番好きな麻辣香鍋の具の一つである粉耗子《プンモジャ》＊19が入っていた。各種豆腐に野菜、唐麺《タンミョン》＊20など、ただでさえ具の多い麻辣香鍋に粉耗子をわざわざ入れる人なら、トッポッキ、スジェビ＊21、ニョッキなどの系列の、プルプルの炭水化物の塊が好きな確率が高いと思われることが特にうれしかった。

こうやってお互いに好きな具、味の好みが似ているという事実に、言葉ではなく味覚で直感的に気がつくのは、恋に落ちていない冷静な人から見れば、いいご飯友達になれそうという意味にしかならないけれど、恋人たちにとってはそれ以上に大きなことだ。お互いがぴったりのパートナーだという非理性的な信念にたやすく飛躍する根拠になるからだ。恋愛の初期にはその根拠が多ければ多いほどうれしいので、恋人たちはたくさんの些細な共通点を見つけて、それを根拠に、愛の火種をより大きく燃やしていく。

ミレはシウォンが、自分には作れない料理が作れる人だということが、また一方では、自分と似た食の好みをもつ人だということがうれしかった。人について知っていく過程というのは、共通点と相違点のあいだを行き来しながら、お互いの位置を確認していくことだから。だけどいつかは、その共通点に飽き、相違点に嫌気が差すときがやってくる。私たちは皆、そういう瞬間を経験する。同じ食べ物を好み、それの何がいいのか説明しなくてもわかるという、その理由でその人を好きになったのに、ひとたび愛が冷めてしまえば、そんなことは何の力も発揮できないのだ。では愛とは一体どこからくるものなのか、人間には知る由もないのだろうかと、気が遠くなったりもするけれど。とにかく。

ミレもまた、シウォンと自分が気の合うパートナーだという根拠を無意識のうちに集めていた。すべての恋愛がそうだろうけれど、今回はより敏感にアンテナを張っているのが自分でもわかった。もちろん、天が定めた、たった一人の運命の人だとか、はるか昔に分かれた魂の片割れだと証明したいわけではない。でも、今までの誰よりも満足させてくれる恋愛対象だということを、漠然と期待していたからだ。

この恋愛を通して、オープン・リレーションシップという新しい関係に挑戦しているということが、相変わらずミレにとっては絶対に看過できない部分だった。だから自分の勇

＊19：中国東北地方の極太の春雨で、餅のような食感。
＊20：平たい春雨の麺。
＊21：韓国風のすいとん。

気に対するひとつの補償として、一緒にいるときくらいは、できるだけ大きな満足感と一体感を持ちたいという気持ちを、無意識のうちに持っていた。はっきりとではないけれど、ミレ自身もまたその事実をなんとなくわかっていた。理性的に見れば、そんな考えはこの関係にいい影響を与えるとは思えない。でも人間なので、そういう感情が少しずつ大きくなるのは止めることができなかった。ただ、今はその気持ちがはっきりしたものではなく、芽を出したくらいだったので、もっとはっきりと言語化して表現できるまで待つつもりだった。

好きなお店や食べ物の話をしながら（思った通りシウォンはトッポッキやスジェビ、ニョッキが好きだった）多くの冗談と、さりげなくセクシャルな緊張感の中で、二人は一時間半ほど心地よい食事を楽しんだ。しかも食べながら、今度一緒に食べたいものを決めるという贅沢まで楽しんだ。

韓国ではデートといえばとにかく〝美味しいお店《マッチブ》〟巡りがお約束だが、食の好みが合い、二人とも素敵なお店をたくさん知っているという点から、デートのレパートリーが尽きることはなさそうだった。

二人ともよく笑い、５００mLの缶ビールをそれぞれ二本ずつ空けた。食事に自然にお酒が入るのも、まさにいま恋愛が始まったばかりの恋人同士だということを考慮したとき重要な点だ。時間はいつの間にか九時近くになっていた。

「ああ、お腹いっぱい。本当に美味しくいただきました」

苦労して料理を準備してくれたのだから、残さず食べるのがマナーだと覚悟してきたミレだったが、悲壮な誓いの甲斐もなく、気づいたときには綺麗に完食していた。若干の緊張とお酒も手伝ってか、夢中で食べてしまった。シウォンも以前の印象ではどちらかと言えば少食な方に見えたが、今日はたくさん食べていたのを見ると、同じく少し緊張していたようだ。

「ミレさんが美味しく食べてくれて、僕もうれしいです。実は……」

「実は……？」

シウォンはビールのせいかほんのり赤くなった顔で言葉を続けようとして、少し口ごもった。ミレはその次の言葉を少し予感できたけれど、それでも聞いた。シウォンは少し混乱したような顔だったけれど、ミレが大丈夫、と目で合図した。

「いや、その……ソリは麻辣があまり好きじゃないので」

「ああ、そうなんですか？」

ミレが安心して、と言うように明るく笑って見せた。おかげでシウォンの顔も明るくなった。実際ミレは何とも思わなかった。あれほど絆のかたいシウォンとソリにも、合わないところがあるのだという事実に、むしろ少し気分が良かったかもしれない。そんなことで気を良くするなんて笑ってしまうけれど、強いて言うならそうだった。意識しているようなしていないような、でもやっぱり意識している、メビウスの輪をぐるぐる回っている気分だったけれど。

「はい。辛いものが苦手で」

「そうなんだ。二人にも合わないところがあったんですね！」

ミレがわざとふざけた調子で言った。

「はは、もちろん。当然のことです。完璧に合う人なんていませんよ。全部一緒だったら面白くないし……」

シウォンが付け加えた言葉が気の抜けるほどの正論だったので、ミレは軽く頷きながら言った。

「たしかに……私とは食の好みは合うけど、合わない部分もきっと出てきますよね」

「だと思います、高い確率で。でもそれも面白いと思いますよ」

「ハハ」とぎこちない笑顔で、二人は見つめ合い笑った。

どんな違い、合わない部分が出てくるかはわからないけれど、それを〝面白さ〟と表現することに、余裕というか、尊重と距離が感じられて良かった。

「ひとまず片付けましょうか？」

まもなくシウォンが席を立って後片付けをはじめ、ミレも手伝った。皿洗いだけでもさせてほしいと言ってみたが、自分のやり方があるからと断られてしまった。ミレも潔く引き下がった。ぎこちなく笑い合いながら、一心不乱に皿を下げているときに、シウォンが聞いた。

「まだ飲みますか？　それとも、お茶にします？」

その瞬間、ミレの頭をいろいろな考えが過った。

浮かれた気持ちだけでいえば、お酒が飲みたい気はしたが、なんとなく余裕を見せたい気持ちもあったし、麻辣で火照った胃を落ち着かせようと、久々に理性を発揮した。

「うーん、それじゃあ、お茶にしましょうか？　カモミールってありますか？」

シウォンは頷くと、キッチンの戸棚から紅茶とコーヒーの入ったボックスを取り出し、見せてくれた。コーヒー豆やモカエキスプレス、いろいろなお茶が種類ごとにきれいに収納されていた。これもカフェのマネージャーという経験の賜物だろうか？

「これで淹れますね」

「いいですね！　ありがとうございます」

高級そうに見えるティーケースを持ち上げて見せてくれたシウォンのほうに、ミレはにっこりと笑いながら向き直った。気分がますます良くなった。やっぱり、ちょっとしたことでポイントを稼いでいるようでずるいけれど、どうしようもないのだ。

✦

しばらくして二人は、テーブルの上にティーストレーナーの入った透明な電気ケトルと、二つのティーカップを置いて、ソファに並んで腰掛けた。おかげでミレは、さっきこっそり盗み見たリビングを、ふたたびじっくりと眺めることができた。

「家に誰かが来るのは本当に久しぶりです」

「ソリさん以外で？」

「あ、はい。ソリ以外で」

ミレがわざわざ付け加えた言葉のせいで、ちょっと気まずい空気になった。敢えて、その場にいないソリまで一緒かのような感覚を与える必要はなかった。でもその思いとは裏腹に、ミレの頭の中にはソリがこの家で、どんな姿で、どう座っているかまで、しきりに浮かぶので戸惑った。基本的に象のことを考えるな[*22]と言われているのと変わりない。

シウォンはそんな空気を感じ取ったのか、急にぎこちなく席を立ってミレに訊いた。

「お、音楽でも聴きましょうか？　ミレさんはどんな曲が好きですか？」

「あ、私は……」

そのときミレの頭に、さっき見たシウォンのクラシックやジャズのレコードのことが浮かんだ。

「もともとはバンド音楽が好きだったんですけど、最近はK－POPばっかり聴いてますね。気分が上がるし、作業用BGMとしてあれほどいいものはないので」

だが、こう答えてしまった。

以前なら、できるだけ相手が好きそうなものを答えていただろう。クラシックやジャズが特に嫌いというわけではないからなおさらだ。さっきもそういう欲がふと湧き上がってきた。そうすれば、またひとつ〝合うところ〟を見つけられるわけだし、何よりシウォンが喜ぶだろうから。もしかするとミレのことを、もっと好きになってくれるかもしれないし。

「あ～いいですよね。僕もバンド音楽好きだったんですけど、数年前からちょっと好みが

＊22：英語の慣用句「部屋の中の象」（The elephant in the room）より、全員が事の重大性を認識しているにもかかわらず、敢えて触れようとしない問題のこと。

変わりました」

もちろんシウォン本人の口で、違いも面白いと言っていたから、基本的にはミレが何と答えても喜んでくれただろうけれど、単純にそれだけの問題ではなかった。

「僕が持っている中でバンド系は……これくらいですね」

シウォンは小さくつぶやくと、Ｑｕｅｅｎのベストアルバムを取り出して、レコードプレイヤーにセットした。

「Ｑｕｅｅｎ好きですか？」

「まあ大好きってわけではないですけど、悪くはないですね」

ミレが正直に答えて笑った。シウォンもぎこちなく笑い、スピーカーからは『ボヘミアン・ラプソディ』が流れはじめた。音質の違いはさっぱりわからないミレでさえ、壮大なサウンドだと思った。（少なくとも、この家のオーディオ・サウンドを確認するのには適した選曲だった）デートのＢＧＭとしては合わないかもしれないが、ミレはそのおかげで生まれた、このちょっと異様ともいえる雰囲気が心地よかった。

「そういえばこれ聴くの、久しぶりです」とつぶやきながら、オーディオに耳を傾けるシウォンも、そんなふうに見えた。

✦

男性が女性に気に入られるために、好きでもないものに対して好きかのようにふるまうのは、恋愛ではよくある〝お決まり〟のひとつだ。そんな男性は往々にしてかわいく、ロマンチックに見えるし、何よりその瞬間は、相手の女性に比べて弱い立場になる。自分が本当に好きなものを隠してでも相手の心を得ようとする努力は痛々しく、感心なことかのようにフィルターがかかるのだ。

だがある瞬間から、ミレにはそういう努力がそれほど可愛く見えなくなった。まず、それは明らかに狙いのある行動だ。相手の心を得るための一種の戦略なのだ。

だからそういう過程を通して女性の気持ちを得たあとは、男性が弱い立場に見えていたバランスは嘘のように崩れ、女性側が「うるさく」言い続けない限り、あまりにも容易く男性側に主導権が渡ってしまう。

ミレが思うに、それはあくまで「男性が女性の心をつかむ」という伝統のもとに人類が繰り返してきた行動に過ぎない。言ってみれば、強い立場の側には余裕があるので、いとも簡単に弱い立場であるかのような素振りができるのだ。どうせ少しの間だけだから。「妻が怖いので」という言葉は、仲睦まじい夫婦の可愛い自己顕示が垣間見える反面、逆は危険な香りがするのを見てもわかる。

一方でミレは若いころ、地元のレンタルビデオ店に通い詰めていた時代に、男性が夢に描く理想の姿として作り上げられたヒロイン（大抵とても美しいブロンドの外見、スポーツにお酒、ナイトライフとセックスが好きな設定）が登場するハリウッドのラブコメ映画を見たことがある。ヒロインは生まれつきそうだったかのように、〝努力〟をしている感じは一切ないまま、終始一貫してクールで素敵な人物として描かれる。女性のために努力する男性が、痛々しい憐みの視線で描かれるのとは大違いだ。結局そういう映画を見終わった後に残るのは、〝クールガール〟になるのは素敵なことで、オマケに愛まで得られる近道らしいという気づきだけだった。（酒好きのサッカーマニアで、セックスに積極的な『妻が結婚した』のイナさんも、伝統を受け継いだキャラクターといえるだろう。もちろんポリアモリーを要求するという最悪の短所（！）を相殺するための設定だったかもしれないが）

そういうものの影響で、実際に〝クールガール〟になろうと努力をした女性たちが地球上にどれほどたくさんいただろうか。考えるとちょっと眩暈がしてくる。

しかしミレの経験上、本当の自分を隠して〝クールガール〟になろうと努力した瞬間、自分が辛くなるだけで、二人の関係のバランスはいつも男性側に偏ってしまうのだった。最初からメディアの中のクールガールは選ばれるのに最適な条件を全て兼ね備えた状態で、ただそこに存在するだけで自然に求愛され、愛されるものとして描かれるので、何かを主導したり、決定する役割ではない。

実際に自分でやってみると、ずっとそうやって「存在する」のはとても辛かった。しかも相手がそれをわかってくれるわけでもない。「自分のためにこんなに頑張ってくれたんだ」と抱きしめてくれるのが希望編だとすれば、「好きでやってるのかと思ってた」という冷たい言葉をかけられるのが絶望編で、現実はいつもその間のどこかだった。どちらかといえば、後者に偏っていたと言わざるを得ない。やっぱり、映画の中の彼女たちは本物で、ミレは頑張っている偽物だからだろうか？　本当に？

そんな現実にうんざりするあまり、計算高く振る舞えという恋愛指南書に気持ちが傾きかけたこともあるほどだ。女性から先に好きになって男性の気に入られたいときだってあるのに、何をどうすればいいか全くわからなかったから。

だから「賢い」本たちは、最初からそんなことはやめろと教える。それが男性と女性の生まれつきの気質だとでもいうように。「そんなことをしていたら、好きになってもらえない」というのが、自分が彼を好きだということよりも重要な条件として優先される。そして、どんなに自立した女性でも、そういう言葉に心惹かれる瞬間がやってくる。自分の価値観と多少合わなくても、すぐに目の前の現実の辛さから逃れるためには、結局それが唯一通用する真実だからだ。

昔のような親族や親の強制はほとんどなくなり、今の時代のロマンスは、皆に等しく自由な選択のように見える。（資本主義の階級差についての話は、ここではひとまず置いておくとしよう）だがいまだに圧倒的に多くの場合、「誰に求愛するか」を選択するのは男性であり、「誰の求愛を受け入れるか」を選択するのが女性だ。（なら女から先に告白しろ！　というけれど、正直そういう場合はずっと珍しくて「不自然なこと」だと思われているのには、多くの人がたやすく同意するだろう。それにいま目の前の男性に告白すれば、途端に全世界でそれが自然なことになるとでも？　本当にそうだったらどれだけいいか）「堂々とした女性」たちの〝自由恋愛〟時代がやってきても、ミレが実際に経験したのはそうだった。それが本当の悲劇だった。（ミレの場合、計算高くふるまうべきだと悟ったというよりは、自分の思い通りに行動して失敗を繰り返したのだが、とにかくそうだった）

そういう意味で、恋愛とジェンダーの慣習はこれほど早く変わっているのだから、先に好きになった女性が男性にその気持ちを表現する方法についての合理的で現実的な〝伝統〟がもっと切実に必要なはずだが、そんな新たな社会的合意が形成される日ははるか先に思えた。

おそらく、最近の多くの女性たちが恋愛をしたがらない理由のひとつは、私たちが社会の中で〝異性間の恋愛〟と言ったときに連想する、こういう〝恋愛の規則〟に従いたくないという意味も大きいとミレは想像する。（その次のステップとしての〝結婚の規則〟は言うまでもない）社会と文化の変化にとても合わせていられないのだ。

もちろん音楽の趣味についての話は、人生のほかの価値観を譲ることや、〝クールガール〟のふりをすることに比べたら、とても些細なことかもしれない。

それでもいますぐにシウォンに気に入られたいという欲求が強く湧き上がるのを感じたから、ミレは意識的にそれを強く避けようとする気持ちになった。二人の関係において〝合わせる女性〟になろうとする行為が、いままでどれだけ自分を苦しめてきたかわかっているからだ。〝合わせる男性〟も女性の歓心を買うために嘘をついてまで、これだけの負担を感じるのだろうか？　ミレには知る術がなかった。

「ウィンタースポーツは好きですか？」

リビングの壁にかけられたスノーボードを指してシウォンに聞かれたとき、ミレはその意味で、再び正直な答えを準備しなければならなかった。小さいころスキー場でケガをして以来、自分にとってスキー場はチュロスをたべて、雪車に乗るだけの場所だと。

✦

決して短くないベストアルバムが終わるころ、暖かいカモミールティーで胃の疲れと酔いを落ち着かせたミレとシウォンは、ウイスキーで二周目の飲酒を始めていた。

二人きりの空間、そして家という場所特有のけだるい心地よさのせいで、ソファにもたれかかる二人の身体は徐々にお互いに向かって傾いていた。しかも話題はより内密になってきていた。

ミレは大学時代に最も深く傷ついた恋愛について話をしており（ミレの恋愛スタイルは距離を置くことだと決めつけ、本当は愛していないのだろうと、愛していたらあり得ないことだと言って自分の思い通りにミレを変えようとし、うまくいかないとわかると一方的に別れを告げ、半年後に結婚した元恋人）、シウォンは初恋の人の話をした。（中学生のときに好きだった大人っぽい学級委員長に、大人になって同窓会で再会したらレズビアンだったことがわかった話。その逸話を聞いたミレは一瞬、フロイト的解釈が必要な気がしたが、それについては男根のこと以外全く知らなかったので、考えるだけにした）

そして、ミレがトイレから戻ってきて、その間にソファテーブルを片付けていたシウォンの隣に座り、二人の目が合った瞬間、数時間ミレの全身をくすぐったくさせていたあの可能性が、ついに現実のものとなり湧き上がってきて――二人の唇が重なった。

時間をかけてではあったけれどお酒を何杯か飲んだにしては、さらに酔いが回るというよりは、なんだか意識がはっきりしてくるようなキスだった。シウォンの唇はやわらかく、厚みがあった。舌は熱く、なんというか、ためらいがなかった。今はシウォンの好きな曲のかかるオーディオから壮大なティンパニーの音が響きわたり、ミレはそれが自分の心臓の音みたいだと思った。シウォンの身体からは、爽やかなライムのようなにおいがほのかに香った。これがさっき見たシャワーグッズの香りか、と思った。すべての恋愛で最も記憶に残る瞬間がファーストキスだから、ミレはこの瞬間もまた永遠に忘れないだろうと思い、同時にこんなときにそんなことを考えている自分が可笑しくなりながら、夢中でキスをした。驚くことに、そのすべてのことが同時に行われた。ミレはいまこの瞬間に集中しようと決めて、シウォンの首筋を何気なく撫でた。手を上へやると、いつも可愛いと思って見ていたシウォンの後頭部に手が届いた。

どれくらい時間が経ったかわからないほど、二人はお互いをやさしく撫で合っていた。厳密にいえば不自然な動きだったかもしれないが、二人にとってはこれほど自然なことはないというように、ミレは上半身をゆっくりとソファの上に反らせた。

「ミレさん、大丈夫ですか……？」

シウォンが唇を完全には離さないまま、「空気半分、声半分[*23]ってこういうことなんだ」と思わせる声で訊いた。

「はい、良いです……」

ミレもまた同じように答えた。

再びシウォンの唇が自然な動きでミレの首筋へ、手は胸もとへと伸びた。

その瞬間、ミレは考える間もなく、息を吐くように言った。

「あ、私、今日はキスだけがいいです……！」

するとシウォンがはっと顔を上げた。

「あ、はい！　そうしましょう」

いきなり普段のマネージャーモードになったかのような返事に、ミレは思わず笑ってしまった。

するとシウォンも笑った。なんだか照れ臭くなったのか、首が赤くなっているのが見えて、ミレは自分からシウォンの笑った唇に奇襲をかけた。再びキスが始まった。

精神の八十パーセントほどをキスに集中させながら、ミレはふと考えた。さっき、キスだけにしたいと叫んだあの瞬間に頭によぎった人は……もしかして、ソリ？

7――あなたがデートしている間に

翌朝、今度こそ本当に――ミレはシウォンの部屋で目を覚ました。

だが二人の間には「何もなかった」。

いや、もちろんキスもしたし抱きしめ合ったし、同じベッドで一緒に眠ったけれど、人が「何かあった」と言って特別扱いをするのが、あくまで異性間の〝挿入を伴うセックス〟であることを考慮すればそうなるということだ。

シウォンがキッチンで朝食の支度をしてくれている音が聞こえたので、急いで止めたけれど、家まで送るという申し出は断らなかった。どんなに美味しい朝食を用意してくれるのか気にはなったが、普段朝はあまり食べないし、次の楽しみに取っておきたい気持ちが

＊23：韓国三大芸能事務所の一つであるJYPエンターテインメントの設立者で、自らも歌手であるパク・ジニョンが、オーディション番組で理想的な発声法として話し話題となった、息と声の割合のこと。

大きかった。

でも、誰かと一晩過ごした後の帰り道はいつも妙に寂しいものなので、「送りましょうか?」という言葉はうれしかった。実はそういってくれたのは、考えてみるとシウォンが初めてだったけれど。ミレは、シウォンも一人きりの帰り道が寂しかったことがあるのかなと思った。

土曜の早朝の街にはいつも、事情を抱えているように見える人たちがたくさんいる。もしかしたら、ミレもまた事情を抱えてスタスタ歩いていたから、そう見えたのかもしれない。その日の朝も、通りの風景は似ていた。しかも目はしょぼしょぼするし、二日酔いだし、全身に残る妙なけだるさは変わらなかったのだが、不思議なことに足取りは軽かった。まるで平日の夜に仕事を終えて、ゆっくりと散歩しているときみたいだった。シウォンと一緒に歩くと、ミレはそういう気分になった。

「あー、昨日は本当に楽しかったです。ミレさんもだといいんですけど……」

「私も楽しかったですよ」

「次のデートも楽しみです」

「私も」

「仕事みたいなコメントになっちゃいますけど……もし気になることや……改善すべきと

ころがあればいつでも言ってくださいね」

「プッ。自覚あるんですね」

「からかわないでください……。僕は、全部良かったです」

「よかった。私もです」

手をつないでゆっくり歩いている間、少し近づいた、でもまだ遠慮がちな、二人の距離感は相変わらずだった。ミレにはそれが余計に心地よかった。

それまでとても丁寧だったのに、スキンシップをした途端、当然のように急速に距離を縮めてくる人がいた。いつの間にか敬語をやめ、言葉も行動も馴れ馴れしくなった。

もちろんそうするのがお互いに気楽なら、それもいい。そういうのをセクシーだと感じる人もいることはわかっている。だがそれが、どちらかだけにとって気楽な場合もある。スキンシップを許したからといって、ため口も許したわけではないのに、お互いについて、ディテールまですべて知ったわけでもないのに、どうして明らかに違うことを、確認もし合わないまま一緒くたにしてしまうのかわからない。

これまで気楽に接したかったのを無理してがんばっていたかのように、「ここまで礼儀を守ったんだから、もういいだろ」と言われているように感じたときは、ぞっとするほどだった。

ミレは許容範囲が広く、水が器によって形を変えるように、相手に合わせられるほうだった。だから、向こうが何でもないように距離を詰めてくれれば、とりあえずそれに合わせてはいたけれど、おかげでリズムのずれた音楽に乗ろうとしてちぐはぐに踊っているような感じがすることも多かった。

「何がいけないんだよ？　恋愛ってそういうものだろ」「男女関係ってそういうものだよ」と周りに言われるたびに、ミレは気になった。その「そういうもの」って一体何だろう？　みんなが知っているとは言うけれど説明はできない、世の中の多くのことのひとつだろうが、どちらにしてもいい気はしなかった。「そういう関係」と言うときの、どす黒いニュアンスがありはしないか。

その意味で、当たり前のことはひとつもなく、お互いに遠慮がちな今の関係なら、一方的にもやもやしなくてすみそうだという点で、むしろミレは安心できた。

「よい週末を過ごしてください。そして……オフィスで会いましょう」

「そうですね。シウォンさんも楽しい週末を」

巷でよく聞く「目から蜂蜜が落ちる[*24]」ようなまなざしで、まさか自分がシウォンに見つめられる日が来るなんて。別れを惜しみながら、繋いだ手をゆっくりと離して――シウォンと別れたミレは、とうとう自分の家に帰ってきた。

もともとはフリーランスだけれど、最近〝通勤〟をするようになったミレにとって、週末は大切なものになった。

週五日、毎日外出しなければならないので、週末はインドア派の本能に完全に支配され、一日中家にいることが多かった。エネルギーが泉の如く湧き出ていた頃は、土日のうち一日は遊びに出かけないと気が済まなかったが、今はそれをしてしまうと、さらに二日休まなければならない。

「あ〜家だぁ」

とうとう本当に一人になって、ゆっくり休めるという安心感が、言葉になって口から出てきた。ベッドにわざと適当に倒れて、布団にくるまり、ぐるりと一回り寝返りをうった。心地よかった。大好きな土曜の朝のけだるい気分。急ぎの用事もないので、思いっきり余裕を楽しみながら、積読していた本を読むのもよし、SNSを眺めるのもよし、音楽を聴きながらぼーっとするのもよし、とにかく好きなことを好きなだけして過ごせる。

そういうのんびりした気分になると、だんだん瞼が重くなってきた。慣れないところで

＊24：愛情あふれる、とろけるような甘いまなざしで見つめることを表す、韓国の慣用表現。

夜を過ごした後はいつもそうだ。どんなによく寝たつもりでも、薄い膜みたいに全身に広がった疲れが、一日中ついて回る気がした。どうせならこのまま二度寝でもしようかな、と枕に顔を埋めたとき、ふと顔が浮かんだ。

ついさっき別れたばかりの、目で養蜂を始めた甘い恋人シウォン——ではなく、その恋人、ソリの顔が。

すると驚くことに、眠気がすうっと冷めていった。昨夜必死に見て見ぬふりをして押さえ込んだ宿題のようなものが、一人になったいま、じわじわと蘇ってきていた。

✦

シウォンとのキスが深くなりかけたあの瞬間、ソリの顔が浮かんだ理由は何だろう。そして「今日はキスだけ」にしたいと思った気持ちの中に、ソリの占める割合はどれくらいだっただろう。この二つの疑問はそれぞれ別ものだったが、つながってもいた。

だからミレの頭の中はますます複雑になった。実は後者に関しては、感情そのものだけについていえば、正直言って珍しいことではなかった。

キスや愛撫まではリラックスした状態でセクシーなムードを楽しめても、それ以上になるといつも居心地が悪くなるからだ。もちろん自然な流れでミレも求めることはあったけれど、いつもというわけではなかった。二十代、三十代の女性を対象にした平均値の調査があるかどうかわからないけれど（だからいつも気になっていたけれど）ミレは「自分は人よりも性欲がない方なのでは」とよく思っていた。

別の言い方をすれば、セックスがそれほど好きではない方に属するというか？　特に求めていないときは、無理にすることはできない。もちろん雰囲気を壊すのを恐れて無理に合わせ、辛い思いをした若い頃の記憶が少なくなく、結果的にその記憶がセックスをさらに嫌いにさせたのだろうという確かな心証はあったけれど、とにかく。

1．好きな人と他愛ない会話をして、好きなことを一緒にし、日常を共有するのは好き。
2．好きな人と手をつないで、ハグをするのは好き。
3．好きな人とのキス（軽く唇が触れるだけの軽いキスも、深いキスも）は好き。
4．セックスはそこまでではない。

だからといって1～3まですべて諦めないといけないのだろうか？　それはミレにとっては納得のいかないことだった。

だがこの問題について話しているとき、ミレは「自分勝手だ」と言われたことがある。しかも女友達から。セックスは愛しているなら当然すべきことで、恋愛をする者の義務のようなものだと。「そうじゃない人だっている。私みたいに」と言うと、「そういう人は恋愛をするべきじゃない」という反応だった。相手が困るからと。愛情、恋愛、セックスが三位一体となった、この世の公式に逆らうものだから。

恋愛と関連するものはほとんどがそうであるように、多くの人がセックスについてもメディアから学ぶ。過度に開放的なアメリカのドラマと、過度に上品ぶった韓国の恋愛ドラマに、そしてその間のどこかで自分がちょうど平均だろうと信じている多くのデート相手に、ミレは困惑することが多かった。

アメリカのドラマを見ていると、あんなふうに、いつもセックスがしたいわけでも、毎回オーガズムに達するわけでもない私がおかしいのかなと思うし、韓国のドラマを見ると、過剰にロマンチックに描かれたスキンシップのシーン、特にファンタスティックなキスシーンの演出のせいで、自分のファーストキスの残念な記憶が思い出された。

どうしてドラマや映画みたいに、我を忘れて夢中になれないのだろう？　取り憑かれたようにお互いに溺れながら、自然な流れでセックスに至れないのだろう？　現実のパートナーと、ベッドの上でぎこちなく恥ずかしい瞬間を必死に無視しながら、セクシーに見えるように喘いで見せているとき、ミレは自分がバカみたいに思えることがあった。だが絶対に気づかれてはいけない。そうしたらすべてが壊れてしまうから。私だけだろうか？　本当に私だけ？　ミレはいつも気になっていた。

社会的に合意されたセクシーな状況でセクシーさを感じられないのはおかしいことで、パートナーを傷つける場合もあるという理由から、ミレはほとんど一度も、自分の正直な気持ちをきちんと表現したことがなかった。

その中でも「互いに好意をもつ男女が一夜をともにすること」は「社会的に合意されたセクシーな状況ナンバーワン」に選ばれるほど、百メートル離れたところから見てもセクシーだと言える、そういう状況だ。だから「何もない」のはありえないことだと信じる人たちがとても多いことを、ミレはよく知っている。人々の〝セックス還元主義〟といってもいい、あの根強く強迫的な信条に、ミレはいつもうんざりしていた。同じシリーズで「男女の友情は成立しない」というのもある。大人の男女は皆が結局はセックスに帰結する、セックスしか知らない発情した者たちだとでもいうのだろうか？　それとも、誰かが法でも作ったの？

人がなんと言おうと、それでも、ミレにとっては「何もありませんように」と願う夜は多かったし、それができてはじめて、その人が交際の対象になった。だがそういう場合でも、相手が見せるニュアンスは多様なグラデーション上にあった。

もっとも不快なのは、ミレが「勿体ぶっている」かのように考える部類で、もっと深く付き合う前にわかってよかったと思い、さっさと除外するのが得策な場合。もしくは「どうせいつかはするんだから」という楽観をほのめかしてくる場合。そして「もしかして自分が何かしたのか」と戦々恐々とする場合。

いずれのケースも、皆少なからず「好意をもつ男女の一夜＝セックス」の公式がデフォルトなのは共通したうえで、各自の立場や解釈が異なるだけだった。そういうニュアンスが感じられるときはいつも、ミレは居心地が良くはなかったけれど、それでも自分の求める線まではスキンシップをしていたので、文句は言えないと思っていた。いまになって考えればそんなふうに考える必要はまったくなかったのに、そのときは萎縮してしまっていた。自分が「当たり前のこと」に逆らって「特別な配慮」を要求しているみたいに思えた。だから他の部分——例えば感情的な面や経済的な面で、自分がもっと配慮しなくてはと努力したほどだ。誰かの言葉によれば、セックスは恋愛する者の義務だから、「もともとそういうもの」らしいから。本当にその言葉の通りなら、ミレにとって恋愛は、いつでも居心地の悪いものに豹変し得た。

もちろん今の状況は違う。昨夜シウォンはミレの言葉を文字通り受け取ったようだったし、それについて特に問い詰めたり、言及したりしなかった。すべてのことを話し合って細かく決めていくこの関係に「もともとそういうもの」や〝義務〟なんてないから。むしろゼロベースでひとつずつ作っていくのに近いから。

そうやって起こった状況そのものだけをポジティブに解釈してみようとすれば、特別に考えることは何もない。ミレは過去のいつかのように、セックスまでの気分ではなかった。そして、シウォンはそれを尊重してくれた。ただそれだけだ。

シウォンの立場を考えれば、別の恋人がいることを受け入れてもらっているのだから、ミレのそういう気まぐれくらいは聞き入れて当然ではないかと、穿った見方をする人もいるかもしれない。だが互いに自らを弱い立場においた瞬間、相手に恋人がいることを盾に取る素振りを見せた瞬間、この関係はそもそも成立し続けられず、崩れてしまうことをミレは知っている。計算のある関係ではないのだ。そういうことを望んでいるのではない。それくらいの信頼は持って始めたことだから。

そういう意味でミレにとってより重要だったのは、気持ちが乗らないと思ったあの短い時間に、ソリを意識したということのほうだった。

ミレがシウォンの家に入った時点では、すべての可能性が開かれた状態であり、前もって心を決めていたわけではなかった。むしろ一方では、ちょっと期待していたかもしれない。だがいざその瞬間がやってきたときには、したくないと思ってしまった。単純に以前のように「そこまでの気分ではなかった」からかもしれない。もうそういうことにして、やり過ごしたい気持ちもあった。でもそれにしては、あまりにもはっきりとソリの顔がよぎったのだ。

スキンシップが深まろうとしていたあの瞬間にソリが浮かんだのは、改めて考えてみると、やはり「本当にいいのかな？」という感情が瞬間的にあふれたからだろう。適切な例えではないかもしれないが、「持ち主のいるものに手をつける」ときの罪悪感というか。本人にも直接会い、彼らがお互いを独占していないと確認までしたのに、やはり骨の髄まで染み込んだクリシェを完全に消すことは本当に、心底大変なことのようだ。

ソリはこの事実を知っても平気だろうか。いや、もちろん平気だと言われたことはわかっているけれど、本当に？ まあ、平気だろう、あの二人はこういうのに慣れているだろうし、そう言ってたし……。いや、だけど、本当に？ こんな疑問が次から次へと浮かんできて、堂々巡りだった。

やっぱり慣れるにはもう少し時間が必要だと思った。まだ始まったばかりなんだし、このくらい混乱するのも当然だ。うん、そうだよ、きっとそう……。

だけど、一方ではこんなふうにも思った。果たして私はこれを乗り越えられるのか？

ただでさえセックスのムードになると過敏になるのに、ソリのことを意識しないようになれるだろうか？　意識を減らすことはできるかもしれないが、無意識までは統制できないだろうに、統制できないから無意識と言うんだろうに、それにセックスにかかわる気持ちというのは、意識よりも無意識とのほうが関連が深いだろうに……。

それなら、あれこれ複雑なことは考えないで、シウォンとは今の感じでデートメイト[*25]くらいに留まるのがいいのだろうか？　それは良くないことだろうか。もちろんそんなことはない。それに不可能でもないだろう。でも、シウォンに恋人がいなかったとしてもこんなふうに考えただろうか？

ちょっと安心してはまた心配になって、まるでジェットコースターみたいに、考えのループが止まらなかった。あんなに休みたいと思っていたのに、心も身体もなかなか軽くならなかった。

布団を頭からかぶって無理矢理目をつぶってみたけれど、寝ようとすればするほど、眠気は遠のくばかりだ。

＊25：恋愛を意味するデートと、友達を意味するメイトを組み合わせた韓国語の造語。デートや、キスまでのスキンシップはするが、恋愛感情も体の関係も持たないライトな関係のこと。

ぼんやりと目を開けてしばらくそのままじっとしていたが、いっそのこと何か食べようと思い、結局ミレは勢いよく起き上がった。

✦

ごはんの力のおかげか、ミレは少し落ち着きを取り戻した。そしてそれからの時間は、いつもの週末と同じように、大方順調に過ぎていった。

昨日真心のこもった手料理を食べたから大丈夫と自分に言い聞かせながら、お菓子の袋を開けて

そういえば

地球上で最も楽な姿勢で動画配信サイトをのぞき

いま

シウォンが面白かったと言っていたドラマを思い出し、再生して

あの二人は

全く集中できず、SNSアプリをまた開いて

会ってるのかな?

再びドラマに集中しようと二話目をつけたけれど、途中他の人の感想が気になり、ポータルサイトで検索して

何してるかな?

普段と同じように過ごす時間の合間合間に、懸命に無視しようとしても、ふとした瞬間にしきりに考えてしまう。

はじめは、よりにもよってシウォンのオススメのドラマを見たせいだと言い訳してみた。

メッセージを送ってすぐ感想を共有したいけれど、そのためには彼がいま何をしているか、返信ができる状況なのかを考慮しなければいけないし、しかも今日はソリとデートだと、前もって聞いて知っているので、そちらに意識が行ってしまうのはごく自然なことだ。とても合理的に聞こえる理由だった。

しかしミレはすぐに、理由を探すことは、今のこの気持ちを解消するのには大して役に立たないと悟った。

大きく強烈な感覚ではなかったが、とても静かな波が押し寄せるように、少しずつゆっくりと、心がもやもやし始めた。急に一人で家にいるのが辛くなったのだ。ミレにしては珍しいことなのだが、こういう症状が現れた場合は、どうにか頑張って出かけて、人に会わなければならない。

そのときふとミレの頭に、数日前にグループトークルームで見た文字が浮かんだ。

✦

「お、早かったね」

「ほんと。いきなりどうしたの？　今週末は休みたいって言ってたのに」

ほどよく賑わう週末のコーヒーチェーン店で、向かい合わせに座っていたハナとダジョンが、ミレを歓迎してくれた。数日前、夫が週末をはさんで、なんと二泊三日もの間実家に帰るから一緒に映画を見に行こうというハナの誘いを、ミレは家でゆっくりしたいからと断っていた。シウォンとのデートを控えていたので、翌日の土曜日は余韻に浸りながら、一人ゆっくり休もうと思っていたのだ。そのときは急にこんな気持ちになるなんて、思いもしなかった。

「うん、まあ、その……。家でゆっくりしてたら、やけに元気が有り余ってて、身体がうずうずしてきてさ！」

だがミレは、ひとまず強がってみた。

実は、ここに向かう途中ずっと悩んでいた。まだ二人に、シウォンとのオープン・リレーションシップが始まったことは話していなかったからだ。

ハナが以前強烈な反応を見せたとはいえ、それなりに充分話し合えたし、いつも友情と理解を見せてくれる友達だという信頼があったので、結局はわかってくれるだろうとは思っていた。

だが一度話を始めたら、いま感じている、昨夜感じた、シウォンと付き合うと決める直前まで感じていた、ソリのことを考えると感じる……たくさんの戸惑いについて、洗いざらい打ち明けたくなるだろうし——そこまでする自信は、正直言ってなかった。「だから言わんこっちゃない」とでも言われてしまったら、返す言葉がない。その通りだから。

二十代の頃からいままで、ミレが自分の恋バナをすると、それに対する人々の反応はほとんどが「人生を自分でこじらせてる」というものだった。大学生のとき、さほど親しくもない先輩からこう言われたミレは「でも自分の人生が他人のせいでこじれるよりはマシじゃない？」と思い、大して気に留めなかった。

でも三十代半ばになっていつしか感傷的になり、「私って本当にこじらせてるのかな」と、悲劇のヒロインみたいに悲しみに浸る日もあった。だからといって今さら諦めたり、妥協するわけでもないくせに。それを自分でよくわかっているので、よくよく考えてみると可笑しな話だったが、とにかく退屈な日はときどきそんなことを思いながら一人で遊んでいた。

だが今回の〝こじらせ〟は自分でもちょっと次元が違うと感じた。

たとえば「やさしくて、無難で、誠実で、いい人だけど、結婚の話ばかりするのが嫌で別れた」という場合なら、恋愛という特殊な状況から一人で過ごす日常に戻るだけなので、何か〝ことを起こした〟というよりは、整理したという方に近い。人の言う〝こじらせ〟はほとんどがこちらに該当したが、誰に何と言われようとミレには、選択の理由も予想される結果も、そしてそれに責任が持てるという自信まで、すべてがいつも確かなものだったので、「へへ」と笑って流せば済んだ。

だが今回は、本当に〝ことを起こして〟しまったのだ！　選択したのにはそれなりの理由があったけれど（自分に合った最善を求めて果敢に冒険してみたいというチャレンジ精神と、シウォンの美しい笑顔、といったところか）結果は全く予想がつかなかった。何が起こるかわからないので、その責任がとれるかについても確信が持てない状況だ。だから慎重にならざるを得ない。人から悪く言われるのが嫌なのではなく、何か言われたら気持ちが揺れて戸惑うかもしれない、それが怖かった。

去年の誕生日にもらった、（まだたまっている）ありがたいeギフトでカフェのアプリからコーヒーを注文し、呼び出しブザーが鳴ってカウンターに取りに行く間にも、ミレはどうするのがいいか、心を決めかねていた。顔を見て話すのがこんなにも悩ましく恥ずかしいとわかっていたら、いっそのことトークアプリで爆弾発言するんだった。

ところがミレが戻ると、見慣れた、けれど喜ばしくはないシルエットが、自分がいた席にどかりと座っていた！　反射的に友達の顔を見ると、二人も予想外の状況に戸惑っているように見えた。ハナとダジョン、二人が同時に低い声で、シルエットの主に向かってつぶやいていた。

「メッセージ送ったのに、なんで見なかったの？　電話にも出ないし……」

「そうだよ！　だから来ないと思ったのに……！」

「いつの間にかバッテリー切れてて。そろそろ機種変しなくちゃ。いやいや、せっかく久しぶりに会えるのに来ないなんてこと……」

まだ状況が把握できていないのか、純粋に笑いながら答えたその人物は、ハナとダジョンの視線に気づいて後ろを振り返った。そしてコーヒーを持ったまま呆然と立ちすくむミレと目が合った。

数ヶ月前に別れた次善の恋愛の主人公、スホだった。

✦

「本当に知らなかったんだ。万一にも誤解しないでくれよ……」

「うん、誤解してない。心配しないで」

同じ読書サークルで出会った仲間なので、ハナとダジョンがスホといまも連絡を取り合っていることは知っていたけれど、よりによって今日会うことになっていたとは、夢にも思わなかった。

この偶然の遭遇はミレにとっては居心地の悪いものでしかないのに、どういうわけかスホは顔をほんのり赤らめているようにも見えて、ミレは余計に嫌な気持ちになった。

「変わりないみたいだな……？　元気そうで何より」

「まあ、そうかな。そっちも元気そうだね」

「いや、全然。俺は正直、元気じゃないよ」

「ああ、ほんと？　そうなんだ……」

だから何、という言葉が腹の底から込み上げてきたが、ミレはぐっとこらえた。友達が見ていなければ、どうだったかわからないけど。

「もしかして……もう付き合ってる人でもいる？」

「どうしてそんなこと訊くの？」

反射的にきつい返事が飛び出した。

「別に……。俺たちって、そんなことも訊けない仲？」

「気軽に訊ける仲でもないんじゃない？」

「正直……いまだにわからないんだ。どうして俺たちが別れないといけなかったのか……」

「世の中にはわからないこともあるもんだよ。私だってコーヒー豆がどうして豆じゃないのか、いまだにわからない。英語でもコーヒー〝ビーン〟でしょ。なのにどうして……」

「それは、コーヒーはもともと種だけど、形が豆みたいだからで……」

「あー、もういい！」

この状況でそれを説明しようとするスホの姿に、ミレは身震いがした。まあ、らしいといえばらしいけど。

「とにかく、アクシデントで会っちゃったってことで、もうこのへんで。今日は私、この子たちと遊ばないといけないから、譲ってくれる？」

「なんで……？　何かあった？　良くないことでもあったの、ミレ？」

突然彼らしくない、ある意味不適切なまでに心配のこもった優しい表情で、スホがミレの顔を覗き込んだ。

ミレはだんだんイライラしてきた。今日は偶然出くわしただけだとしても、自分にまだ未練とやらがあると確信したからだ。

「ねえ、チョン・スホ、私いま付き合ってる人がいて、オープン・リレーションシップの関係ではあるけど、あんたとヨリ戻すつもりはないから」

「え？　オープンってそれ一体――？」

「それは！　検索するなり何なりして！　だから無駄なことはやめて、もう帰ってよ、ね？」

その言葉を最後に、ミレはその場で腕組みをしてスホを冷たく睨みつけた。指一本動かすことなく、言葉だけで背中をキッパリと押したとでもいおうか。

スホはしばらくの間黙って恨みがましくミレを見ていたが、やがて席を立ち、カフェを出て行った。

ミレが安堵のため息をつくと、そのときになってようやく、隣のテーブルで聞き耳を立てていたハナとダジョンがそろそろと近づいてきた。

「ねえ、ほんとごめん。こんなことになるなんて思わなくて……」

「ミレが来るって言ったとき、すぐに知らせようとしたんだけど、あいつ全然連絡とれなくて……」

「スホも一緒に会うことにしたって、最初から言ってくれればよかったのに」

「ミレが気を悪くするかと思ったの……」

「そしたら来なかったよ」

「いやいや〜。うちらは正直言って、ミレと遊ぶほうが楽しいもん」

その答えに、ミレは「ふうん？」という顔で、目を細めてハナをにらんだ。するとハナが、自分は潔白だという顔で、にらめっこでもするかのように目を見開き、負けずにミレを見つめ返した。その顔に結局笑ってしまったミレは、仕方ないというように頭を振って言った。

「わかった、信じる。はー、あいつの話は終わり。映画はもう見た？　まだだよね？　私もいまチケット予約しようかな」

そう言うとミレはスマホで、映画館のアプリを急いで開いたが、突然二人が横で目をきらきら輝かせはじめた。

「ところで……」

「そんなことより……」

「ん？」

「もう、なになに。オープン・リレーションシップ始めたって？」

「あちゃー……」

突然現れたチョン・スホの不快な言動のせいで、友達にも計画外の告白をしてしまったということに、遅まきながら気がついた。

「映画まではまだ二時間もあるから、予約は代わりにダジョンがしてあげて。早くその話をしてよ。最初から最後まで、全部！」

ハナの目が輝きを増すにつれ、ミレの喉はからからになってきた。こんなことなら、アイスの飲み物を頼むんだった。まだ熱々のホットコーヒーのカップが、ミレの手の中で途方もなく回った。と同時に、頭の中も忙しくなってきた。どこからどこまで話せばいいの……？


「はー、ほんとすごいわ……」

「カッコいいよ、ミレ」

✦

ミレの話を聞き終えたハナとダジョンが、そろって反語なのか本心なのかわからない感想を並べた。

「ねえ、慣れないからやめてよ」

隠しごとは性に合わないので、ミレはそれまでにあったことを、ファクト重視で、タイムラインに沿って全て話した。ただし、自分の戸惑いなど、感情についての話はひとまず除外した。それだけでもだいぶすっきりしたけれど、やっぱり省いてしまったことには少し後悔もあったので、友達の反応を見るつもりが、思わずふざけた言い方になってしまった。意図したものではなかったが、おかげで二人の表情にも茶目っ気が戻ってきた。ハナが言った。

「だけど昨日はいい雰囲気になったんでしょ、なんでしなかったの～？」

「ほら、前にも話したでしょ。私はいくらいい雰囲気でも、嫌な時があるの」

「ああ、そう……。まあそれは、ミレだけじゃないだろうけど」

「本当に昨日も、その理由だったの？」

ハナの質問が図星だったけれど、ミレはポーカーフェイスを保ったまま言った。

「正直言うと私もよくわからないんだけど、たぶんそうじゃないかな」

「じゃあ二人は今頃、デートしてるのね？」

「たぶんそうだと思う」

「本当に平気なの？」

「だよね。昨日ミレとしたみたいにスキンシップもするだろうし……セックスもするかもしれないのに……」

ダジョンがとりたてて〝セックス〟という部分をささやき声で言った。そんな調子で、恋愛小説の19禁シーンは一体どうやって書いているのやら。

正直、一人でいるときにはそういう想像が頭の中をぐるぐる回ったりもした。

だがミレは「二人がスキンシップをしているかもしれない」と考えてしまうことは認め

ても、「だから私が苦しい」という感情が必ずしもそれとセットになるわけではないのでは、と考えてみているところだった。

みんなの言動がそうだから当然のことのように思えるけど、実際のところ私の気持ちはどうだろう？　これって本当に、誰かにとって平気ではいられない状況なんだろうか？

「そうだね。まあそれはそうだし……いまふと思ったことがあるんだけど……」

「え？　うん、言ってみて」

幸い今は、友達と一緒に話をすることができるので、考えを発展させやすかった。一人でいたら、おそらく思考より感情に流されていたかもしれない。改めて、出かけてきてよかったと思った。

「もちろん世の中には、我らがハナみたいに、一人の男とだけ恋愛して、結婚する人もいるけど……」

「……うん、まあ、そうだね。続けてみな、ほら！」

また飛び出してしまったミレの茶目っ気に負けず劣らず、ハナもいたずらっぽい目で続けろとジェスチャーした。

「今は貞節を守らなきゃならない朝鮮時代でもあるまいし、私たちは〝婚前純潔〟を大切にする人たちでもないでしょ。むしろほぼその逆だよね」

「それはそうだよね……」

「しかも私たちはもう三十代半ばでしょ？　てことは、ほとんどの場合、相手には過去があるってことになるわけで。だからってそれに怒ったり、苦しんだりする？　しないよね。ただ普通に受け入れる」

「だよね」

「じゃあ、どうしてそれを素直に受け入れられるのか？　今とは違う時空間で起こったことだからでしょ。違うところで違う人といたわけだから、そのときはそのときで、今はここに、私といる」

「それで？　なんか不安になってきたんだけど」

「結局これも一緒じゃない？」

「何が……何が一緒なの⁉」

　ハナがほとんど悲鳴に近い声で聞き返した。

「相手が別の時空間で結んだ関係までは、どうすることもできないって受け入れたんだから、昨日私といた人が、いまどこで何をしていようが、一緒なんじゃないかなって」

「それは……それは違うでしょあんた！」

　今回は本当に悲鳴だった！　どういうわけか、ハナが動揺すればするほど、ミレは冷静になれた。

「どうして？　原理としては同じだと思うけど」

「だ、だって昔別の人と付き合ってたときは、ミレを知らなかったわけだし……」

ダジョンが少し震える声で言い返した。一理あると思い頷きながらも、ミレは息もつかずに答えた。

「それは、真実の愛は人生で一人だけっていう世界観でのみ通じる理屈じゃないかな？　私はそう考えてないわけだから。私も相手も、この次はまた別の人と付き合うかもしれないって、お互いわかってるんだし」

「そ、それでも昔のことと、今のことは別じゃない……？　昨日は自分と、次の日は違う人と、その次の日はまた自分と会うの？」

「考え方をちょっとだけ変えればすむ問題じゃない？　昨日って、一年前よりはいまと近いように見えるけど、いくら近くても今ではないわけでしょ。別の時空間っていう条件だけを考えれば、それもこれも……結局同じなんじゃないかな」

「ねえ、オープン・リレーションシップをするからって、なんで時空間とか、そういうことまで考えないといけないわけ？」

反論していたハナが、結局失笑した。ミレも少し笑ったが、堂々とした表情を保ちながら言葉を続けた。

「いや、私もいまちょっと考えてみてるの……」

来る前は考えてもみなかったことなのに、話しているうちにミレ自身が説得されるよう
で、なんだか面白かった。

自分は相手を所有しないし、コントロールもしない。相手も同じ。だから自分が一人のときの時間と感情がすべて自由なように、相手もそうだ。二人の間で最も重要なのは、一緒にいるときの時間と感情だけ。ただし、互いに対する礼儀として、すべて隠さずに共有する。いまミレとシウォン、ソリが作っているのは、まさにそういう関係だった。ある面ではとても自己中心的だけれど、ある面では相手をきわめて尊重していて、その二つをうまく両立させることさえできれば、最高のバランスが保てる。やっぱり理論的に考えたら、デメリットよりもメリットのほうが大きく感じるんだよね……。

たしかに、誰かを所有しコントロールしようという気持ちを完全に捨てることさえできれば、相手を中心に置くのではなく、自分の感情と自分の必要なものにだけ集中できれば、私と一緒にいない時間を相手がどう過ごそうと、何の関係があるだろうか？　それさえできれば。でき……るんじゃないかな？　まず最初の一歩は踏み出せたんじゃない……？

「まあミレさえ平気なら、全部いいんだけど……もしかして無理にいいほうに考えて、合

理化してるんじゃないかなって」

「そうだよ、最近はガスライティング[*26]とか、そういうのも多いし……」

「ううん。本当に私は……もちろん初めてだから、まだ完全に慣れたわけじゃないけど」

「うん……」

「今のところ大丈夫。できるだけ、適応してみたいの。まだ始めたばかりだから」

ダジョンとハナはミレの言葉がわかったようなわからないような顔をしていた。もしかすると、頭では理解できる気がしても、気持ちがついていかないというときの顔なのかもしれない。

三人の間にしばしの沈黙が流れ、ミレは自然と時間を見た。

「あ、そろそろ行かないと。映画に遅れちゃう」

ミレがにっこり笑って言った。二人も笑い、急いで席を立った。

✦

＊26：些細な嫌がらせをしたり、誤った情報を被害者に植え付けることで被害者が自身の認識を疑うように仕向ける、心理的虐待手法のひとつ。

優しさ、楽しさ、ときめきが適度に混じり合う関係が、必要なときに必要なだけほしい。セックスは必須ではないし、将来の約束は重すぎる。ともにする場を急いで作るよりも、自分の居場所をただ確保して守ることのほうが大事。

もしかすると、人の言う三十代の恋愛という名前のフルパッケージに比べたら、二分の一にしかならない軽い中身かもしれない。でもちょうどそれくらいで、一番幸せになれる人もたしかにいる。

狭いワンルームでも少しでも生気を感じたくて、小さな鉢植えを育て始めたミレは知った。一般的な園芸の常識とは違って、全ての鉢植えが、太陽光の下でたっぷりの水があるときにだけよく育つのではないという事実を。陽の光を浴びすぎるとむしろ枯れてしまう、日陰でほんの少しの水があるときに最もよく育つ植物もある。例えるなら、自分はそういう生き物なのだ。おそらくこんなふうに生育条件の異なる人も、それなりにいるはずだ。

ミレが思うに、人はもっと関心を寄せて、知ろうと努力する必要がある。恋愛と愛情にも多様な〝種〟があるということを。少し違うからといって「あ、これは愛じゃないな」と決めつけ、引っこ抜かれては困ると。

三人並んで前にしたスクリーンで、慌ただしいカーチェイスが続く間、ミレの頭の中ではそんな思いが、現れては消えてを繰り返していた

8――愛してるの言葉でも理解はできない

「おはようございます、ミレさん」

ぐちゃぐちゃだった土曜日の気持ちを無事に乗り越え、迎えた月曜日。短い朝の挨拶メッセージをやりとりしてから出勤すると、オフィスのラウンジにシウォンがいた。うれしくて満面の笑みで駆け寄ると、そのときになって隣にいる人が目に入った。隣の部屋でアプリの開発をしている、スルギだった。

「お、おはようございます、シウォンさん、スルギさん!!」

危ないところだったと思いながら呼吸を整え、ミレは飛び出しかけていた、うれしさと愛情、それに近いものたちを急いで飲み込んだ。

「お二人とも、週末は楽しく過ごしました?」

スルギが、この上なく軽い調子で訊いた。ゆるく同じ空間を共有する間柄としては、これ以上ないほど自然な月曜日のスモールトークの一言目だ。

だがその瞬間、なぜかミレは背筋がひやりとした。

すでに週末と言える金曜の夜から土曜の午前までを一緒に過ごした上に、キスもして抱き合い、身をすり寄せ合っていたけれど、しかもシウォンには他にも恋人がいて、そのせいで土曜日は内心複雑だったけれど――。

「あ、はい。まあゆっくり過ごしてました。お二人は？」

その事実をすべて隠したまま、シウォンとは何もなく、彼の週末は私のそれとは何の関係もない、全く知らないことだというように快活に会話をつなげている自分が、ちょっとセクシーに感じたからだ。秘密ができるというのは、いつも刺激的なことだ。

「僕も、ゆっくりしてました。あ、新しく配信が始まったあのドラマ見ましたか？　周りはみんな週末に見てて……」

前もって約束していたわけでもないのに、シウォンも当然のように平然と答えて会話をつなげた。

すると意外にも、スルギが目を輝かせて反応した！　交流会の日にも感じたことだが、スルギは本当に動画配信サービスが大好きらしく、シウォンが話題を変えるために提供したことが明らかなドラマについて、すでに全部見たと言って、細かく感想を語りはじめた。

おかげでそれに適当にリアクションすることで、月曜朝の親睦の雰囲気を和気藹々《わきあいあい》と保つことができ、「ぜひ見てみなくちゃ」というミレとシウォンの決意を最後に、会話は無事終了した。

やがてスルギは機嫌良く挨拶をして自分の部屋に戻り、残されたミレとシウォンはこっそり愛情のこもった視線を交わした後に別れた。

巧みな嘘による胸の高鳴りの余韻を感じながら、ミレはオフィスで荷物を出し、席についた。しばらくすると、シウォンからメッセージが届いた。


「ミレさん、さっき大丈夫でしたか？　スルギさんと……」

「え？　もちろん。どうして？」

「そういえば他の人に僕たちの関係についてどう話すか、決めてなかったですよね」


あ、言われてみればたしかにそうだ。

はじめて交流会に行くかどうか迷っていたときにはあんなに一生懸命考えていたことなのに、同じ空間で働く仲だからいつでも起こりうる状況だとわかっていたはずなのに、いざ付き合いはじめてからはその話をしたことはなかった。もちろん、そういう問題はごく些細なことに思えるほどの、オープン・リレーションシップの世界との出会いがあったからだけれど。

「まあでも、答えは出たようですね。私はこのまま、誰にも言わないのが気楽です」

「なるほど。じゃあそうしましょう」

「何気にスリル満点でした」

「ハハ、僕もです」

細やかなシウォンの気配りが、ミレはまずありがたかった。以前彼のＳＮＳを見た感じだと、シウォンの性格的にもその方がいいだろうから、お互いにとって幸いだと思った。しかもここは職場だ。ミレの基準で、二人の関係を知られたら、いいことはひとつもないと思った。プライベートを知られるのがさほど好きではない性格のためでもあるし、恋愛しているという事実が知られた瞬間、自分についての他の情報がすべて消されて、誰かと付き合っている人、としてだけ見られるのが嫌だった。これはオープン・リレーションシップでも、そうでなくても同じだろうと思った。もちろんオープン・リレーションシップの関係にあるということは、単純な恋人同士であると明らかにするよりもずっと難しいだろうけれど。

でも、ふと気になった。

シウォンとソリの付き合いはそれなりに長いから、周りの人にも少しは話しているのではないだろうか？

では、オープン・リレーションシップについてはどうだろう？　どれだけの人が知ってるんだろう？　二人も友達に恋愛相談をしてるのだろうか？　ハナやダジョンみたいな友達が……いるんじゃないかな？　いないのかな？

✦

「ああ、まあそれぞれ友達には話してますけど、一緒に会ったりは……覚えてる限りでは、してないですね。ソリはずっとドイツにいたので韓国には友達が多くないし、僕も……若い頃の友達とは、だいぶ疎遠になっちゃって」

ランチタイム、シウォンと一緒にテイクアウトしたトッパプ[*27]を食べながら、ミレは気に

＊27：具をご飯に乗せた、どんぶりのような料理。

なったことを率直に尋ねてみた。返ってきた答えはシンプルだった。

「そうなんだ……」

だいたいわかってはいたけれど、とにかく自立心の強い人たちのようだ。ミレが頷くと、シウォンが言葉を続けた。

「はい。僕もソリも、この関係に何か悩みがあったら、とにかく二人で解決しようと努力する方ですね。ミレさんはどうですか？」

「私は、いい感じになった人でも彼氏でも、その人についての話を聞いてくれる友達が、いつも必要でした」

「ああ、それもわかりますよ」

「本人たちには、正直になれないことが多かったから」

「理解できます」

「とにかく、急になんとなく気になって。ところでシウォンさんは、お友達とは自然に疎遠になったんですか？」

気になることの答えを聞いたら、また気になることが出てきてしまった。まだ二人はお互い知らないことが多いし、興味がある限り、気になることは次から次へと出てくるものだ。

「ああ、実は僕、中高と地方の男子校出身なんですが……卒業してからはずっとソウルなので、物理的に距離ができたのもあるし……。ちょっと、ある時から合わなくなったんです。無理に合わせる必要もないでしょ」

「ああ……」

「僕、かなり変わったんです。ソウルに来て、新しいものをたくさん見聞きして、いろんな人にたくさん会ううちに。たぶん昔の友達には、ソリとのことも理解してもらえなかったと思います。オープン・リレーションシップも……絶対に」

「ハハ、もしかしたらお友達は、ラッキーって思うかも。他の女の子とも付き合えるなんて最高、羨ましいって」

「あ、ほんとにそうかも。ミレさん、どうしてわかるんですか？」

「ハハ、わかるんだなこれが……」

ミレは意味深に笑って言葉を続けた。

「私漠然と、二人とも友達が多くて社交生活が華やかなんだろうなって想像してたんです……。普段会う人たちも多様だから、オープンも自然な流れですするようになったんじゃないかなって」

「ハハ、そういうわけじゃないです。わからないですけど、ミレさんの社交生活の方が華やかだと思いますよ？　僕とかソリは、静かに家にいる方が好きなんです」

社交生活と呼ぶには素朴すぎる自分の日常を振り返り、ミレはシウォンが謙遜しているのか、それともシンプルに事実なのか考えてみた。二人に会って〝オープン・リレーションシップをしている人たち〟についての認識は変わったと思っていたのだが、まだ足りないようだ。

そのときシウォンが言った。

「ところでミレさん、家具を見るのは好きですか？」

「はい、詳しいわけじゃないけど、見るのは好きです！」

「じゃあ今週末、見に行きませんか？」

「いいですよ！　どこに行くんですか？」

ちょっと急な質問だったし、ミレは一度も自分で家具選びをしたことのない〝フルオプション生活者〟なので、家具についてはなにもわからないし、実はそれほど興味もなかった。でもデートというのは〝何を〟するかよりも〝誰と〟するかの方が大事だから。それが何であれ、一緒に見に行こうというシウォンの提案は当然うれしいものだった。

「聖水洞《ソンスドン》です。あのあたりはなにが美味しいんですかね？」

「ああ、保存してある美味しいお店のリストを見てみますね……！」

それから二人は、週末に聖水洞で何を食べるかについて深く議論しながら、残りのランチタイムを楽しく過ごした。

そういえば、ソリとの週末はどうだったかも気になったんだけどな。

ミレはオフィスに戻ってからそれを思い出した。ごく軽い調子で、今朝のスルギみたいに「そうだ、土曜日はどうでしたか？」と訊きたい気持ちもあった。

だがそれを訊いて、答えてもらう姿を想像すると、やりとりは目に見えていた。

シウォン「(ちょっと動揺するが、平静を装って) まあ、楽しく過ごしましたよ」

ミレ「ああ、そうですか……。よかった」

シウォン「もしかして……もっと詳しく話した方がいいですか？　特に気になることがあるとか？」

ミレ「(ちょっと考えて) あ、いえ。そういうわけじゃないです」

きっと気まずい空気になり、ぎこちなく笑って終わるだろう。

訊けないのか訊かないのか、正直よくわからないけれど、どちらにしてもいまのところは意識せずにはいられないのも事実だし、意識してしまっていても、どうすることもできないのも事実だった。

だから、好奇心がおさまるまで放っておくことに決めた。別の時空間でのことだから、私とは関係ないことだから。

ミレは、それについてはそのまま放っておき、再び自分の仕事と生活に戻った。最近の自分の生活を構成する多くのもののうち、群を抜いて興味深く楽しいのが恋愛だとはいえ、それがすべてではないから。

以前ミレは、恋愛に振り回されていると感じたとき、「いつでも自分だけの家に帰れる」と考えることで気持ちを保っていた。今回は何というか、一度も完全に離れることなく、約束したときにだけ出かけて、毎日帰って来ている感覚だった。そのおかげで、距離をとることができて、だからどうにかこの関係をなんだかんだ維持できているのだろうとミレは思った。心配していたみたいに、苦しんだり嫉妬に狂ったりせずに。

かといってミレが、無理に感情を押さえようと我慢しているわけでもない。ひとくちに〝恋愛〟といっても、それぞれに感覚は全く違うから。

相手自身も、相手との関係も重要だけれど、それが最重要というわけではないし、私たちはそれぞれ自分の人生を歩んでいく中で、少しの間一緒にいるだけに過ぎない。今はただ、一緒にいて楽しいから。それ以上望むことも、約束することもない。それさえ忘れなければ、もっとややこしくなることはない。ミレ自身も、やってみるまではわからなかったけれど。

✦

数日後の週末、シウォンとミレは初めて、お互いの家の近くではないところで会った。といってもソウル市内ではあるのだが、ひさしぶりに地下鉄で三十分以上かかるところまで来たというだけで、気分転換になった。

そしてシウォンがミレを連れて来たのは……高級ヴィンテージ家具の店だった！

たしかにヴィンテージならではの魅力があることは事実だが、ミレの目には、まず価格が高すぎた。しかもシウォンが買おうとしている照明という品目は電気製品なので、制作年度次第ではかなり使いにくそうなものも多かった。よく修理されたものもあったけれど、ほとんど腐ったように見える電線がかろうじてつながっているかのような製品もあったし、どう頑張ってもなんだか貧乏くさく見えてしまった。

「これ、どうですか？」

そのとき、シウォンがネットで目をつけておいた製品だと言って、ミレに細長いフロアスタンドライトを恥ずかしそうに見せてくれた。思わず、リアクションが一歩遅れた。

「ああ、す、素敵ですね……。これはいくら？」

「うーん――九十六万ウォンです」

「え？　あ……はあ」

どう考えても、シウォンの家はあのままであんなにこざっぱりしていて素敵なのに、どうしてこんなに無駄に大きな古ぼけたライトを置きたいと思うのか、正直理解できなかった。

だが問題は、シウォンがとてもうれしそうに見えたことだ！

「実は、リビングに気に入った照明を置きたくて、去年から探してたんです。なかなかぴったりなのがなくて。だけどこれが目に入ったんですよね。正直高いけど……探してたデザインだから……」

ミレは必死の作り笑顔でそれを聞きながら、再び考えてみた。

もしここで、九十六万ウォンの照明を買うと言っているのがうちのお母さんだったら？　絶対に止めるだろう。そんなものを買うためにここまで連れてきたのかと咎めるところまでプラスされるかもしれない。

とても仲の良い友だち……例えば、ハナやダジョンだったら？　お母さんに対してほど強くは言わないだろうが、遠回しに一度は止めるだろう。どうしてもというなら、本人のお金なのだから止めはしないけれど。

では例えば、前に付き合った彼氏のうちの誰かだったら？　例えば、スホだったら？

理解不能な美的センスと金銭感覚の両方にショックを受けつつ、こんな男と付き合い続けても大丈夫かな、と考えるかもしれない！（実際ミレはごく些細なことについても「この恋愛は大丈夫かな」といつも考える方だ。ちょっとオーバーだと思うこともないわけではないが、到底やめることができないという）どうしても交際相手となると、そうなってしまうようだ。本人は否定するだろうが、スホの干渉も相当ひどかった。お互いにその服は何だ、その帽子は何だと言い合う些細なけんかが何度もあった。

では今の状況で、シウォンにはどう言えばいいのか？

もちろん答えのある問題ではない。

だからミレは、いま自分がどうしたいのかをじっくり考えてみようとしたけれど――。

「ミレさんはどう思いますか？」

シウォンの質問が唐突に飛んできたせいで、結局流れに身を任せてしまった。

「あーまあ、シウォンさんが気に入ったなら……お好きにどうぞ……」

そしてぎこちない笑い。

だがシウォンは、ミレの笑いに込められたぎこちなさに全く気づいていないようだった。自分が惚れ込んだ照明に、すっかり夢中だったからだ。

どう見ても不格好で高すぎるし、非実用的だけれど、自分だったら絶対に買わないけれど、そんな照明をシウォンが購入するというのなら――どうしようもない。

それがその瞬間のミレの結論だった。

すると気になり始めた。どうしてスホとの関係では出てこなかったこの寛容さが、この関係では発動するのか？

スホよりもシウォンのほうが好きだから？

もちろんシウォンにかかったフィルターはまだかなり強力なので、「あなたがいいなら私もいい」モードが作動しているのかもしれない。だが見た瞬間「ないでしょ」と思ったのを見ると、そのフィルターの力もそこまでではないようだ。それならどうして？

韓国では、恋人は運命共同体のように考えられがちだが、それは大きくこういった理由からだ。

1．運命共同体になることこそが愛だという信条。

2．恋人は結婚につながる、生涯のパートナーだという暗黙の了解。

だから私たちは、親しくない人やよく知らない人にはとても寛容に、親切になれるのに、最も身近で大切な恋人には、些細な好みや意見の違いで残忍な面を見せることがある。誰かとそれだけ近い距離になることの代償、とでも言おうか。

だが今のこの関係は、心理的には近いとはいえ、運命的にはそうではない。お互いが独立した個人だということを意識しながら作られた関係も珍しい。だから自分の好きな人が、自分は到底好きになれそうもないものが好きだと言っても、そうなんだ、と平常心を保つことのできる、とても珍しい関係になるのだ。なんというか、ミレとしては初めて覚える爽快な感情だった。

ミレの思考と感情がせわしなく駆け巡っているとき、じっとその場に立ち、スタンドをあっちから見たり、こっちから見たりずいぶん長いこと撫で回していたシウォンは、結局分割払いで購入すると宣言した。

予測していたことだが、ミレは拍手で祝ってあげた。シウォンが心からうれしそうに笑った。

✦

それから二人は、ミレの友達オススメのイタリアンレストランへ行ってから、最近美味しいと話題のカフェでコーヒーを飲み、再び近所へ戻ってきた。

ちょっと遠出をしたときに感じる新しい風景、新しい人たちの姿も新鮮だったけれど、デートを終えて一緒に自分たちの町に帰ってこられたことが、思った以上にうれしかった。

以前二人が一緒に歩いた、なじみの公園を歩いているとき、ふとシウォンが聞いた。

「ところで、さっきの照明、正直ミレさんもいいと思いましたか？」

「ああ」

穏やかな気持ちだったミレは、不意をつかれた気分だった。

しばらくぼんやりと口を開けて言葉を選んでいると、シウォンがにやっと笑って言った。

「正直、思ってないですよね？」

「顔に出てました？」

「ちょっと」

「まあ、シウォンさんの家に置くものだから、シウォンさんが気に入ったかが大事でしょ」

「ですよね？　僕もそう思います」

「自分が好きなものを気に入ってくれない恋人に対する不満」もまた、過去の恋愛では時々ケンカの種だったことを思えば、これ以上ないほどすっきりした会話だった。

突然スタンドの話が出てきて、一瞬ドキッとしたのが恥ずかしくなるほど、ミレの心は今まで以上に安らいだ。

「これからはシウォンさんの家に行ったら、あの照明があるんですね」

「はは、そうですね。また遊びに来て」

しかも、大好きな人が当然のように次の話をしてくれる顔が美しかった。改めてうれしくなり、ミレは明るく笑いながら頷いた。シウォンがその顔を微笑ましく見つめていたかと思うと、少し声を落として訊いた。

「あ、話が出たからですけど……この前のことは話し合わなくて大丈夫ですか？」

「え？」

「この前家に来たとき、その……もしかして引っかかることとかがあったかなと……」

「ああ、そういうわけじゃないんですけど……」

ミレが語尾を濁しながら言葉を選んでいると、シウォンがミレの顔色を覗いながら尋ねた。

「いま話してと言いたいわけではなくて。話したくなったら……いつでも話してほしいと言いたかったんです」

シウォンが優しく言った。ミレは迷った。

心を決めきれないまま、シウォンの爽やかな目を見つめた瞬間——せきを切ったように、先週金曜の夜からおよそ一週間になる今までに流れていった感情たちが、一度に溢れてくるような感じがした。

あの日シウォンの家では、本当に何から何まで全てが良かったのだが、スキンシップが進みつつあるときに、実は突然ソリの顔が浮かんでしまったと。頭ではわかっているけれど、依然あなたと私のスキンシップにはソリの持分もある程度あるのではないかという思いを完全に拭い去ることはできないと。しかも私はもともとセックスのムードが得意ではないタイプなので、実はあなたとはデートメイトくらいの関係でも充分なのではないかとも考えたと。家に帰ってからあなたとソリのデートを想像すると、ちょっと辛かったと。だから友達に会いに出かけて、オープン・リレーションシップのことを告白してしまったので、あれこれと言い繕っているうちに、遠い過去の恋人に嫉妬しないのと同じで、ともにしていない時空間で起きたことは私の所管ではないという、悟りの境地的マインドに至ったと。まだ完全に習得したわけではないけれど、少しは大丈夫になれそうだと思えたと。今日不恰好な照明を買うあなたを見ても何とも思わなかったのを見ると、絶妙な距離感を保つことに、少しは慣れてきているみたいだと。

本当に全部言ってもいいのかな？

今までの恋愛だったら、下手に口に出せない、少なくとも本人には言えないようなことだった。

いつも恋人という名で誰かと近しく、仲良く過ごすためには、正直な自分の感情をすべてぶちまけないようにしていた。それは相手の気を悪くする行動であり、「正直すぎる」ことだ。私たちは恋人の前で正直になるべきだけれど、正直すぎてもいけないから。

だから、お互いについて思うところを言い合わないこと、本人を除外したほかの人たちとだけ話すようにすることこそが、仲良くする秘訣だった。そうやって作り上げられた〝仲良し〟も、たしかに存在する。それが偽物だと言いたいわけではない。そうやって過ごすのが気楽な人たちもいるのだ。ミレでさえ、長い間そうやって過ごしてきた。

でもそうやって必死に作った〝仲良し〟の相手と時間を過ごすときはいつも、ふと孤独を感じる瞬間がやってくる。大好きな人といるとき、骨の髄のいちばん深いところから、棘のような孤独感に蚕食《さんしょく》されるあのどうしようもない感覚は、本当に二度と味わいたくないものだった。なのに、しょっちゅう経験した。仲良くするため、愛されるためには、完全に正直になることはできなかったから。

一緒に過ごす時間をずっと待っていたくせに、ある時点が過ぎると、早く友達のところに飛んで行って今の気持ちを正直にぶちまけたくなった。

それ自体を、恋愛をする者の宿命だと受け入れられたなら、耐えられたならよかったのだろうが――ミレにはそれができなかった。そんな瞬間が訪れるたび、いつのまにか必死に作った仲良しの関係も、少しずつ終わりに向かっていった。そうなるのはもう嫌だった。

でもどうすればいいのか、まだ確かな答えがわからない。

ミレはごくりと唾を飲み込んだ。するとシウォンも、つられて緊張したようにミレを見つめた。

ミレは、決心したように口を開いた。

✦

散歩をするようにゆっくり歩いていた二人は、いつしかミレの家の近くに着いていた。

二人の間にしばし沈黙が流れた。

正直な方に近いミレはいつも、口に出してから後悔することが多かった。

いちばん後悔するのは、せっかく打ち明けた言葉にほとんど反応のない相手の顔色を伺わなければならないときだった。自分の言葉が相手にどう受け止められたのか、全くわからないのが不安で、探るために余計なことを一言、二言と付け加えることになり、振り返ってみるとそういうことが大きな後悔の理由になったりもした。

そうすると夜遅くまで寝付けなくて、「やっぱり言わないほうがいいこともある。沈黙は金って言葉もあるし、昔から言われていることに嘘はないんだ」と中身のない考えを延々と続けていた。

だけど今は違った。

「僕も他の人と付き合うのはとても久しぶりなので、あの日はすごく緊張してたんです。ミレさんとだから、間違いなく楽しい時間になるだろうとは思ってましたけど……どこまで進むか、正直言って僕もわからない状態だったから。とりあえず心の準備……家の中とか、寝室の準備なんかはしておきながらも……」

ある部分は細か過ぎるほど細かく、ある部分はまばらに、ああ言ったりこう言ったり、散漫に聞こえるかもしれないミレの話を落ち着いて聞き終えたシウォンが——同じだけ、自分の話を打ち明け始めたのだ。

「あ、ほんとですか？」

「はい。何が起こるかは、わからないものだから」

こんなときにも顔を赤らめて恥ずかしそうに笑うシウォンの顔を見て、ミレはつられて笑わずにはいられなかった。

「ですよね。私も何ていうか、流れに身を任せようと思って行ったし」

「そうですよね。僕もすべてのことに慎重になっていたので、ミレさんがあのとき正直に、はっきり言ってくれたのが本当に良かったです。だからあの日のデートを、穏やかに楽しく終えられたんだと思います」

「それならよかったですけど」

「もちろんですよ。正直に言い出せなかったり、自分の気持ちがはっきりわからない状態で進展してしまったら、もっと辛くなるじゃないですか」

「はい……」

「それにあの瞬間ソリのことを思い出したというのは、ある意味自然なことだと思います。デートメイトになるのも、もちろんいいですよ。いつでもいいので、気が変わったら言ってください」

「はい」

「僕もソリと会っているとき、ミレさんのことを考えたりもしました。どんな気持ちで過ごしているのか気になったし。いま辛くなってないかな……って。もっと早く訊けばよかったのに、遅かったですよね」

「いえいえ。そうだ、実は私、週末にシウォンさんオススメのドラマをちょっと見たんです。それなりに面白かったけど、理解できない部分もあって。だけどその話をするには、あの日一人で感じた気持ちも全部話さないといけない気がして……言えなかったんです」

「あ、そうだったんだ……。話してくださいね、いつでも」

シウォンが遠慮がちにミレの手を握って、また離した。申し訳なさ、きまり悪さ、ありがたさなどの感情が込められているようだった。

するとミレはまた無定見なことに、シウォンがちょっと気の毒に思えた。お互い、すべてわかっていて始めたことなのだから、シウォンが申し訳なく思う必要はないのではと思ったり、そうでもないのかなとも思ったり——いずれにせよ答えのない問題、考え方次第だから、やっぱり彼が罪悪感を抱くことではないと考えることにした。人として申し訳なく思うかもしれないけれど、一連のすべてのことは私の責任のもとに起きていることで、自分では対処不可能な、理性を超えた愛とかそういうもののせいでもない。むしろとても理性的な判断の結果であり、すべての瞬間を分析できている。自分がまだ大丈夫か、どこまで大丈夫か、どこまでいけるのか……。

「シウォンさんは……何か辛いことないですか？」

「辛いこと……辛いことはないですよ」

微妙なニュアンスが感じられる言葉に、ミレが重ねて訊いた。

「何かあるにはあるんですね？」

「まあ、僕もまだ道半ばなので……僕の欲のせいで、ミレさんに辛い思いをさせるのではないかとふと考えてしまうときもあります」

そこまで言って、シウォンは微妙に目をぱちくりさせているミレの表情の変化に気づいたらしく、笑いながら言った。

「でも！　それはむしろミレさんを尊重することにならない考え方だと僕もわかってるので！　心を入れ替えてます」

シウォンの瞬発力に、ミレは笑顔で答えた。

「はは、わかってくれていてよかったです」

「はい。僕も正直になれたし、ミレさんも正直になれたし、だからこれからも、どうなるにしても一緒にいる時間は楽しく過ごせればいいな、と考えると、大丈夫だと思えます」

「ソリさんにも、そういう悩みを話したことはありますか？」

「以前は少し話してました。いま、それでもこうやって考えられるようになったのも、ソリの教育のおかげです」

「いいですね、ほんとに」

「はい……ありがたいことですよね。とにかく今日話せてほんとによかったです。正直に話してくれてありがとうございます」

「こちらこそ」

「僕の九十六万ウォンの照明が、不恰好で古ぼけてるってことも、言ってくれてありがとうございます」

「それでも、シウォンさんの照明への愛を喜んで尊重するという気持ちが大事じゃないですか？」

　ミレがふざけてみせると、シウォンが明るく笑い、自然な動きで片手でミレを抱き寄せ、額にキスをした。ミレの頬が赤く染まると、シウォンが耳もとでささやいた。

「今度はミレさんのものを一緒に買いに行って、見せてもらいますよ。どれほど高級な好みをお持ちなのか……」

　いや、こんな甘い声でこんなこと言うのってアリ？　ミレがくすくす笑うと、シウォンも笑い、二人はその日のデートを自然な流れでお開きにした。

　エントランスを通ってエレベーターに乗り、部屋へと向かうミレの足どりは軽かった。

あの人は私のものではなく、私もあの人のものではないけれど、匿名でも、尊重のないその場限りの関係でもない。二人の間の時間と思い出が少しずつ積み重なっている。気を許せるようになってきて、冗談も言い合えるようになった。

ドアを開けて家に入れば、ミレはシウォンのことを忘れたいだけ忘れて、考えたいだけ考えるだろう。その事実を反芻しただけで、ミレは初めて覚える解放感を味わった。もしかすると、本当に解放されるのかもしれない。これまでの人生でずっと、難しくて、どこか不自然だったロマンスから。そんな心地良い楽観が、ミレの心に静かに広がっていた。

9――君たちは感動だった

「申し訳ございません。改めて再配送させていただきます、お名前を……」
「はい、こんなに暑い日が続くとは、予測できておらず……。届いた商品は廃棄していただき……」

ミレがオープン・リレーションシップの難しさと楽しさに徐々に適応しつつある頃、予期せぬトラブルが発生した。

先輩のクラウドファンディングプロジェクトは、目標額を順調に達成し、ファンディングに成功した。類似製品がたくさん出ていることから、味のバリエーションと目新しい材料、リーズナブルな価格で勝負に出た先輩の苦労が、そろそろ実を結ぶというときだった。

ファンディングが無事に終了し、予定された製品の配送過程まですべてのスケジュールを終えたときは、ものすごい達成感だった。抽象的で漠然としていた先輩の〝事業〟というものが、とうとう具体的な実体となり、肌で感じられる気分だったというか。それなりに順調なスタートを切れた喜びに浸りながら、〝支援者〟の方々の肯定的なレビューを心待ちにしていた矢先――なんと一日もしないうちに問い合わせが殺到し出した。

主力商品として売り出していた、液状の飲む代替食品が、配送の過程で蒸し暑さにより膨張し、破裂する事態となってしまったのだ！

未開封なら常温で保存可能な商品であり、配送される時期も九月中旬なので、大掛かりな保冷対策は必要ないだろうと思っていた。ところが工場から顧客の自宅へ配送される過程は予想以上に過酷で、直射日光、もしくはそれよりもずっと高温になるトラックの中で数時間運ばれるうちに、予想外の問題が文字通り〝噴出〟してしまった。

デザインとマーケティングを兼任し、SNSの運用まで手広く任されていたミレにとって、突如爆発的に殺到し始めた問い合わせと抗議に一人で対処するのは到底無理だった。瞬く間に増えていくメッセージ件数の数字をなす術もなく眺めていたミレは、「配送をすべて終えたら数日休む」と昨日の夜中にメッセージを送ってきていた先輩に、やむをえず電話をかけた。

三十分後、緊急モードに突入した二人は狭いオフィスに並んで座り、すべての電話や問い合わせに対処する一方で、事故が再発しないように対策を立て、できるだけ早く再送できるように地方の工場と話し合い、同時にその過程で発生する費用と送料の損害額がいくらになるかを正確に計算しなければならなかった。

少しでも気持ちに余裕があれば、事業を始めたばかりで起こりうるハプニングであり、こうして学んでいくのだと思えただろうけれど、正直言って二人とも、そんな余裕は全くなかった。

事業上の対策や計算は自分の領域ではなかったので、ミレはとにかく迅速で丁寧な対応をしつつ、血の気の引いた顔でもこの状況をできるだけ早く切り抜けようと気丈に頑張っている先輩の方をちらりと見た。するとなぜかすべて自分のせいで起きたことのように思えて苦しくなった。どうして予測できなかったんだろう。パッケージの材質や保冷の問題を、一度くらいは検討してもよかったはずなのに。先輩がすべての複雑な問題を処理している間、私には考える時間があったのに……。

ぼんやりとそんな考えにふけっていると、その瞬間通話中だった先輩と目が合った。先輩がにっこり笑って、右手を空中でぐるぐると二度回した。

おおかた、出過ぎたことを考えるのはやめて通話に集中しろという意味のようだ。

ミレは口の動きだけで「はいっ」と答えたあとで、受話器の向こうから聞こえてくる暗号のような注文番号を書き留めた。

そのおかげで、いつも一人で暇を持て余していたオフィスが急に慌ただしくなった上、なんだか深刻な空気まで漂ってしまい、隣のオフィスを使っているスタートアップ企業の社員たちがさりげなくちらりと覗きつつ関心を見せ始めた。オフィスの前にでかでかと貼られたポスターや看板で名前を知っているので（先輩が決めたブランド名は「ミレシクサ《未来食事》」だった。はじめは教えてくれなかったが、ミレが合流を決めると恥ずかしそうに告白した）その名前をポータルサイトで検索してみるだけで、事態は十分把握できるだろう。

現在このシェアオフィスで食品を扱っているのはミレシクサだけなので、隣のオフィスの人たちが全く同じ経験をする可能性はないだろうが、それでも予測不可能な変数により事業の初期に経験する困難というのが他人事ではなかったのか、多くの人たちが通りすがりに応援と慰めの視線をなげかけてくれた。顔見知りのスルギは、「がんばって」と一階のカフェのスイーツを一袋差し入れするという親切心まで見せてくれた。

すべてのことを共有して同じ会社に勤める、運命共同体としての〝職場の同僚〟ではないけれど、こうして緩く同じ空間を共有しているということだけでも、この瞬間の絆を感じる。ミレはそれが不思議だったし、ありがたかった。

ここのマネージャーであるシウォンもまた、ミレのそんな緩い同僚のうちの一人だった。もちろん彼には、ミレが直接今の状況を説明していたけれど。

「手伝えることがあったら、いつでも言ってくださいね」

シウォンが数時間に一度、そんな内容のメッセージを送ってきた。ミレは忙しくていちいち確認できなかったけれど、そうやって来ていたメッセージを後から確認するたびに、とても頼もしい気持ちになった。

〝破損事件〟の初日、夜九時が過ぎてやっと退社できたというミレの言葉を聞いて、翌日の退社時間にはシウォンがミレのオフィスに立ち寄った。

「今日も遅くなりそうですか？」

「あ――はい……。今日再送の申し込みがきた分をひとつひとつ確認して、送り状を作らないといけないので……」

「ああ、大変ですね。本当に手伝わなくて大丈夫ですか？」

「大丈夫です。私は数日間がんばればいいだけですけど、先輩が心配ですね」

「ですよね……。何か買ってきましょうか？」

「いえいえ、デリバリーを頼みました。あ、そういえば今日はシウォンさん……」

「え？」

「ソリさんとデートの日じゃないですか？」

一日中忙しくて、まったく意識できていなかったが、その瞬間、ミレの頭の中にちょうど思い浮かんだ。三人はお互いのデートの予定をすべて共有する仲だったからだ。

「そうですね。ゆっくり出発したらちょうど良さそうです」

シウォンが腕時計を見ながら、きまり悪そうに笑った。あれはどういうきまり悪さだろうか？　それを必死に気にかけ、拡大解釈して別の意味をもたせることもできたかもしれないが、今はやはり、一人で残業をしている自分を残して遊びに出かけるからだろうと思った。そろそろミレにも、そんな心の余裕ができてきたようだ。

「いってらっしゃい」

その余裕を証明するかのように、シウォンに心をこめて笑ってみせた。いつかのように、内心は「行かないで。行ったら許さないからね。悲しいよ……」と思いながら言う「いってらっしゃい」ではは絶対にならなかった。

「はい……。ミレさん、がんばって！」

「ありがとうございます〜。また明日！」

シウォンはそうやって手をふり消えていった。

その余韻にしばらく浸ったあと、ミレは気持ちを切り替えてまず頭を完全に空にした。そして懸命に手を動かし、今日一日の間にホームページ、SNS、電話で受け付けた再送先リストと支援者名簿のクロスチェックを始めた。

✦

約一時間半後、デリバリーを頼んで食べたサンドイッチの残骸を片付ける暇もなく、ミレは地方から電話をかけてきた先輩と長い通話をしていた。今更パッケージや外装を変えるわけにはいかないので、再送する際の保冷剤、緩衝材を追加するという結論が出たのが一つ、その費用が相当なものなので、ソウル地域、特にオフィスの近隣地域の注文者には直接届ける方法も検討中だというのがもう一つ。いや、先輩、言うのは簡単だよ……。喉まで出かけたけれど、それほど切羽詰まった状況なのだと思い、ミレは言葉を飲み込んだ。

それはつまり、半径約十キロ以内にある住所の再配送リストを別途作成しなければならないということだった。悪いけどよろしくね、という先輩の言葉に、ミレは快くわかったと答えて電話を切った。先輩の声は少しかすれていたけれど、特に絶望した様子はなかったので安心した。学生時代から思っていたけれど、あのメンタルの強さは生まれつきのようだ。やはりビジネスで最も重要なのはたくましいメンタルなのだろうか。改めて気がついた。

そのとき、ミレシクサを除いたすべてのオフィスが退社して静かになったラウンジに突然、「ティリリン」とドアの開く音とともに誰かが入ってきた。

無意識にそちらを見ると、見慣れた顔がいた。シウォンとソリだった。

シウォンさんはまあわかるとして。シウォンさんと……ソリさんって？

ミレは信じられず、もう一度目をぱちくりさせてから二度見した。

あまりにも長いこと、慣れないエクセルと数字を見ていたせいで幻覚でも見たのかと思っていたのだが――。

「ミレさん！　いきなり来ちゃって驚きましたよね！　大変だって聞いたから……。入ってもいいですか？　大丈夫？」

ソリの明るい声がオフィスに入ってきて、幻覚ではないことを教えてくれた。

ふっ。ミレは思わず空気が抜ける音を出して笑った。

「はいー。もちろんいいですよ！」

二人がうれしそうに挨拶している間、シウォンが横で言い訳するように言った。

「ミレさんのオフィスで問題が起きて大変な思いをしてると話したら、本当に手伝えることがないのか、行ってみようと言って聞かなくて……。ミレさんにメッセージを送ったんですけど返信がなかったので……」

そのときはじめてスマホを見てみると、本当に二十分前にシウォンからのメッセージが数件来ていた。先輩と電話をしていて気づかなかったようだ。

「ああ、おふたりともせっかくのデートの日なのに、わざわざ来なくても」

「いまもデート中ですよ。ミレさんにも会いたいし、話を聞いたら心配になって。他に誰もいないそうですけど、一人で大丈夫なんですか？」

「代表は地方に行ったんですよね？」

「はい。さっき電話で話しました……」

するとソリが突然腕まくりをしながら言った。

「単純作業なら、わたしたちを使ってください。早く終わらせて、一緒にビール飲みに行きましょ」

「え……？　ほ……本当ですか？」

「はい。ああ、もちろんミレさんさえよければ」

「あ……」

あまりにも意外な状況だったので、しばし脳と口が同時に停止してしまい、ミレは思わず昨日と今日で作った送り状に手を伸ばしていた。

「わ、私はありがたいですけど……。実はいまちょうどやらないといけない、ものすごく単純な作業があるにはあるので……」

「あ、何かあるんだ。ほらね、きっと手伝えることがあるって言ったでしょ」

ソリはミレに向かって可愛くウインクすると、シウォンを隣に座らせた。

「さあ、何をすればいいですか？」

あまりにも頼もしいその姿に、ミレの複雑な思いは、出番のないまま退場した。まもなくミレはモニターにオフィス周辺の地図を映した後、二人に状況を説明し始めた。

✦

そして約三十分後。シウォンとソリの助けを借りて、ミレは一人ならゆうに二時間はかかったであろう作業を、ずっと早く終わらせることができた。比較的単純な作業とはいえ、その手際のよさとスピードときたら、二人ともキレキレの〝デキる人〟なのが明らかだった。

仕事がすべて終わり余裕を取り戻すと、そのときになってようやく、オフィスでシウォンとソリと一緒にいて、それも自分の残業を手伝ってもらっているという不思議な光景がミレの目に入ってきた。あっ、ほんとにありがたいけど、いいのかな……。今更ぎこちなくなっているミレを見て、ソリが先に声をかけた。

「わー、みんなでやったらあっという間に終わりましたね。ほんとよかった」

「で、ですね。本当にありがとうございます……」

「全然。お礼にビールおごってください。さっき約束したでしょ」

「そ、そうでしたっけ？」

「そういうことにして。ね？」

ソリがにっこり笑って立ち上がると、オフィスをてきぱきと要領よく片付けた。いつものオフィスを利用しているミレ以上に熟達した手つきだった。

カリスマあふれるソリに引っ張られて、ミレは二人と一緒にオフィスの外に出た。

「はあ……」

外はいつもと変わらず平和な風景だった。澄んだ夜空を見上げながら、ミレは思わず深い溜め息をついていた。退社できるということが、改めてありがたく感じた。昨日からの突発的な緊急モードでの、すべてのストレスと緊張を思うとなおさらだった。この二人が手伝ってくれていなかったら、こうして隣で明るく笑ってくれていなかったら――いまだにこの状況が呼んだ、漠然とした自責の念とストレスから、完全に逃れられていなかったかもしれない。

そんなミレの気持ちを知ってか知らずか、シウォンとソリがミレの顔を交互に見ながらにっこり笑った。

「ミレさん、どこか知ってるところありますか？」

「あ、どうかな。私は特に……」

「じゃあ〜。わたしが知ってるところでもいいですか？」

「あ、もちろんいいですよ！」

楽しく先導するソリのエネルギーに、一日中仕事に苦しめられ全身が干からびていたミレまで、つられて力が湧いてきた。

✦

「ところで、今日は二人、デートの日なのに、ほんとにこうして私と過ごしてもいいんですか？」

「このほうが楽しいですよ」

ソリが一行を案内したのは、クラフトビールの種類がとても豊富なビアホールだった。

好奇心をそそる説明がならぶメニューを読み込み、悩んだ末に選んだビールを一口飲んだとき、喉の奥に流れこむ芳しいオレンジの香りを感じながら、ミレはようやく緊張がほぐれていくのを感じた。

「ほんとですか？　ソリさん、私のこと好きなんですか？」

もしかしたら、ちょっとほぐれすぎだったかもしれないけれど。

ミレの質問に、ソリが可笑しそうに笑いを漏らした。

「はい、言ったでしょ？　最初からミレさんのことが気に入ってたんですよ。え、まさかミレさんは微妙ですか？　わたしだけ空気読まずに、勝手に馴れ馴れしくしてるだけ？」

「い、いえ！　私もソリさんが好きですけど……。なんか、不思議じゃないですか」

わざとではなく、その瞬間自然に出てきた言葉だった。本当にミレはソリが嫌いではなかった。それどころか、好きという感情のほうにずっと近かった。ただ、こういう関係で本当にいい感情を持ちうるものなのか、持ってもいいものなのか、そういうことをときどき考えてしまって、混乱してもいたけれど。

もちろん、それとは少し違う意味で、ソリは普段ミレと仲良くなりやすいタイプの人ではないかもしれない。どこまでもミレの観点だが、ソリは生まれつきシックでクールで洗練されていて、白いTシャツにデニムだけでもナチュラルにオシャレにキマってしまう、そういう類の人だったから。ミレみたいにごく平凡で、できるだけ目立たないように地味に生きてきた身としては、遠くから眺めるだけの憧れの対象というか。

もしかしたらシウォンという人を介していなければ、本当に接点がなかったかもしれない。実際、いままでの人生ではほとんどそうだった。昔からの、真理をついた言葉があるではないか。「類は友を呼ぶ」。

「前にも言ったけど、シウォンの恋人と直接こうやって顔を見て話すのって初めてだし。ほら……ミレさんは学生時代、好きなアイドルっていませんでしたか？」

多少唐突な質問ではあったけれど、ソリの言葉でミレは若い頃に熱狂していた〝オッパ〟[*28]たちの顔を思い出した。

「いるにはいましたけど……どうして？」

「ほら、同じアイドルが好きだと、すぐに仲良くなるでしょ。考えてみたら当たり前ですよね。自分が好きな人、好きな曲を、その友達も好きなんだから。シンパシーを感じられるし、話もすごく盛り上がるでしょ。音楽番組を一緒に見て、ラジオを一緒に聞いて、感想を言い合ったり、雑誌を買ったり……」

「ああ、そうそう～。切り抜いて共有したりしてたっけ……」

「わたしにとってはミレさんが……ちょっとそんな感じに近いんです」

その瞬間、ミレは文字通り三秒間一時停止した。

「ええ⁇」

激しく聞き返したミレの大声に、隣で黙って聞いていたシウォンの顔が、あっという間に真っ赤になった。ソリが吹き出したのもその瞬間だった。

「いや、いくら我らがシウォンの美貌がアイドル並とまではいかないからって、そんなに驚かなくても……！」

「ミレさん、僕いじけていいですか？　いや、ソリが問題だよ！　どうしてよりによってそんな喩えなんか……おい？」

ようやく我に返ったミレは、びっくりして赤くなった顔で、慌てて弁解した。

「いや、それは、そういう意味じゃなくて……！　シウォンさんがそうだという、いやそうじゃないというわけじゃなくて！」

「あー、知りませんよ、言い訳は無用！」

ミレとシウォンの冗談交じりの言い争いの間、この事態を招いた張本人ソリは、さも可笑しそうに笑いながら見物していた。

＊28：韓国語で女性が実の兄や親しい年上の男性を呼ぶときの呼称だが、年上の恋人や〝推し〟に対しても用いられる。

「いや、今のこれが、あのときの、あ、あの感情と近いなんて考えたこともなかったから！」

ミレがハイトーンボイスで言い訳すると、ソリがにっこり笑って答えた。

「もちろん違うと思うかもしれないけど……わたしは近いと感じてるんです」

するとミレは頭に、学生時代に一緒に〝推し活〟をしていた友人達の顔が浮かんだ。我先にと「＊＊夫人」「＊＊の妻」といったニックネームで呼び合いながら、一人の人のこんな長所、あんな長所、こんなかっこよさ、あんなかっこよさを、魚の骨をとるように細々ととらえ、共有し、愛の喜びを完全に分かち合っていた頃が、今でもありありと思い出せた。

あの当時「＊＊夫人」は全国に五兆五億……いやざっと見ても数万人はいたことを、皆が知っていた。いずれにしても自分のものにはならない存在だとはっきりわかっている愛だった。それでも本当に大好きで、大事で、その人の成功を、幸せを心から願っていた。その人が好きな他の人たちの気持ちがうれしかったし、ありがたかったし、一緒に推せてうれしかった瞬間が、たしかにあった。

そういえば〝オッパ〟の現実のスキャンダルが発覚したときの、ファンクラブや友人たちの反応が少しずつ違ったことも思い出した。ファンへの裏切りだと深く傷つくケースが多かった気がする。

ミレは、予想よりも冷静だった。「一方的な好意」の代償として私生活まで統制するのは、あまりにも過度な要求だと感じていた。それよりは、「ああ、私たちのオッパも人間なんだな」と実感したことのほうが不思議な気分だった記憶がある。誰かをアイドルとして見ていると、一人の人間だということはしばしば忘れがちだから。

とにかくミレにとっては、ソリの言葉はとても新鮮に聞こえる一方で、どうしてそんなことを言ったのかなんとなくわかるような気がした。そう思ってちょっと頷いた瞬間、茶目っ気がわいてきた。

「ああ、なんだ。これってファンミーティングだったんですね。私たちはハン・シウォンオフィシャルファンクラブの会員で。でしょ？」

「そうですよ。オッパ～、サインください！」

するとふと、こんな考えが浮かんだ。同じファンクラブの中でも、すべての人と気が合い、仲良くなるわけではない。とにかくソリとは妙にお互い楽で、通じ合う何かがあるようだ、と。

「もう、いいかげんにしてださいよ、二人とも！」

シウォンがほとんど悲鳴に近い声を出しながら身震いした。

今まで見てきた中で最も苦しそうな姿だったが、考えてみれば人前に出たり、目立つのを嫌う物静かな彼の性格は、アイドルとは対極のものだろう。

シウォンを徹底的にいじり倒すという思いがけない楽しみを共有しながら、ミレはソリと楽しくハイタッチをした。やはり「好きになってはいけない」「好きになったらおかしい」関係などと決めつけることのほうが、ずっとおかしいことなのだと思いながら。

二人の合同攻勢に喉が乾いたのか、いつの間にかビールを飲み干したシウォンが、メニューに顔を埋めるようにして次の飲み物を選んでいた。

そのとき向かいの座からソリが、目を輝かせながら言った。

「今日はミレさん、大変だったことだし、よかったら『なんでもQ＆A』的なのやりません？　この前言ってたこと……訊く準備はできましたか？」

ミレとしては考えてもみなかった展開だったが、今のこの〝バイブス〟に身を任せれば、十分可能な気もする！　ミレは明るく笑い、ソリに向かって頷いた。

✦

――わたしとシウォンはカフェで出会ったんです。シウォンが働いてたカフェで、客として。

韓国に一人で帰ってきて、今の会社に入る前に仕事をせず時間を過ごしてたときで……。近所の映画館によく行ってたんです。もちろん初めて会ったときも、シウォンの印象は良かったけど……何日か続けて顔を出してたら、すごく良くしてくれるようになって。こっそりサービスしてくれたり。バリスタってお客さんと付き合っちゃいけないとか、そういう職業倫理はないみたい。でしょ？

——そんなのあるわけないだろ？　親切が職業倫理だよ。

——そのうち、ある日シフト上がりのシウォンに話しかけられて、ちょっと話すようになって……。いま考えてみたら、下心があったみたい。だよね？

——ありましたよ。否定はしません。

——家族はみんなドイツにいるし、久しぶりの韓国だから友達もあまりいなくて。それでちょっと寂しかったんですけど、シウォンが近づいてきてくれて……嫌じゃなかったんです。人としても、それ以外も。好意は持ってたんだと思います。シウォンって、ちょっとなんていうか……きちんとしてるし、話し方も丁寧じゃないですか。普通の男の人と違って。

——そうそう。ですよね。

——だけど親しくなるにつれて、ひとつ心配だったのが……わたしに恋愛する気がなかったってことです。特に韓国式の恋愛。

——特別な理由があったんですか？

——わたしはまたいつ帰ってしまうかもわからない人だし、ドイツじゃなくても、どこかに行きたくなったらふらっといなくなると決めて生きているのに、ここで一人の人と深い関係になってしまったら、これから動ける幅が狭くなってしまう気がしたんです。もちろん相手に引き止められるのも心配だったけど、わたし自身も、深くのめり込んで依存してしまいそうで。その頃のわたしは、心の拠り所がなかったんです。完全に一人だったから。それで余計に警戒してたんだと思います。もし、残りたくなってしまったら、離れるべきときに離れたくなくなってしまったらって思うと、怖くて。

——そういう話を、シウォンさんにもしてたんですか？

——シウォンに付き合おうって告白されたとき、結局話しました。話したことでこの人を失うことになったとしても、仕方ないと思いながら。

——そのときソリに、オープン・リレーションシップの話を初めてされたんです。

——ほんとに本気で、失うことになっても仕方ないと思ってたから……（笑）

——そのときどんなふうに話したか、ソリさんは覚えてますか？

——うーん……。自分勝手に聞こえるかもしれないけど、わたしはいま誰かのものになりたくない……。だけどあなたの優しさが好きだし、わたしたちの会話も、一緒に過ごす時間もとても楽しい……。あなたさえ良ければ、そのあいだのどこかでいい関係を新しく作ってみないか……。まあそんな感じで言ったと思います。

――シウォンさんはどう感じましたか？

――まず、悲しかったですね（笑）振られたみたいで……。一度では理解ができなかったです。こういう概念もよく知らないときだったし。何だそれ……〝カジュアルな関係〟みたいなもののこと言ってるのかな、と思ったり、とにかく面食らいました。その後で丁寧に対話をするうちに、何を言われてるのかだいたい理解できました。

――理解できてからは、やってみたくなりましたか？

――まずまあ、僕もチャレンジ精神が旺盛なほうでもあるので。「僕にとっては悪い話じゃないな」と思ったのもあります。ソリのことが好きだったたし、自分の好きな人とずっと近くにいながらいい関係を保てる方法だったから。ただし違いがあるとすれば、僕がソリを独占、あるいは所有できないということ……。そんなふうに最初は考えたけど、ソリと付き合えるのと付き合えないのを天秤にかけたときに……そこに命がけでこだわる必要があるのかな？　そう思ったんです。僕も前の恋愛で傷ついていたのもあって……むしろこういう関係のほうがいいかもしれないとも思ったし。

――どう傷ついたのか、聞いてもいいですか？

――うーん、前の恋人は、僕がカフェで働いてることを良く思ってなかったんです。普通に就職してほしいってずっと言われてました。結婚適齢期の男は、そういうプレッシャーを受けることがよくあると思います。恋人や家族、社会から？　当時の彼女は、恋人として当然の忠告、お願いだと思っていたみたいですが、僕は居心地が悪かったんです。自分の生き方、価値観を否定されている気分でした。でもなかなか言い出せなかったんですね。自分が自分勝手な人になる気がして。「ソリの言う関係なら、自分の考え、生き方、生活が尊重してもらえそうだな」。そんなふうに思った気がします。

――尊重……そうなんですね。周りの人たちとオープン・リレーションシップについて話しているとき、「自分がいるのに他の人と付き合うのは、尊重されていないということ」だと言われたのを急に思い出しました。その言葉にどう答えたらいいか、まだ正解が見つからないと思ってたけど……この場合にも尊重というキーワードが、シウォンさんが言ったみたいに使えるんですね。

――ミレさんの言うように、誰かがそういう考えを持っているとしたら……それ自体をどうこう言うことはできないと思います……。それでもわたしは悲しいんです。そうやって考えて自ら苦しむ必要あるのかな？　例えばこういうことがありえますよね。恋人がいるのに、他の人を好きになって、騙して浮気をした。そうしたらそれはたしかに相手を尊重していないと思います。騙したから。騙すという行為をしたから。ところが他の人を好きになった、こういう心の動き、この段階では……人の心って、思い通りにいかない場合もあるんじゃない？

――普通は、自分への愛が冷めたから心が動いたと考えるから。

――だけど、それは、かならずしもそうじゃない場合も多くないですか！？　まあそれこそ、その人の性格によっても違うと思うけど……。とにかく、一般的な独占的恋愛関係を結んでいるのに、例えば他の人を好きになってしまったとしたら、相手を尊重する方法は、気持ちの整理をつけるか、正直に言うか、二つに一つだと思うんですね？　だけどここで訊きたいのは……例えば自分の恋人がそう言ってきたとき、じゃあ自分は相手をどう尊重するか。そっちのほうが大事な質問なんじゃないかな？

――うーん……そうですね。相手にどうしたいか訊くべき？

――まあ、それも答えになりうるかも。だけどまずは、それ自体に裏切りとか、この世の終わりみたいに反応するんじゃなくて、ありのままに受け入れてあげることからだと思うんです。

――ああ……。

――前にこの問題について話しているとき「じゃあ自分を刃物で刺そうとしている人を尊重す

るのか？」とすごくドラマチックに反論してきた人がいたんですね。だけどわたしは「自分以外の人を好きになることと、自分を刺そうとすることは同等だ」というのを当然とするその考え方でいいのか？　それをまず考えてしまいました。危険すぎるのではないかと。こんなことを考える人は「どうして会ってくれないのか」と押しかけてきてデートDVをするようになるんじゃないか？　いくら恋愛しているからといって、相手は自由意志と感情を持った他人なんです。悲しくて残念だからといって、そこまででしょう。傷つけられた？　厳密に言えば自分で処理するべき問題でしょう。謝ってもらったり、慰めてもらうことはできるかもしれないけど。

――だから僕たちは……もしそういう状況が生じたら……とりあえずそれ自体を受け入れて、その新しい感情に対して相手がどうしたいのかを素直に聞いて……お互い話し合いながら、受け入れられる線まではその人が幸せでいられるように手伝おうという話をしました。

――いまシウォンが言った内容が、実際わたしたちの関係のすべてです。

――それじゃあ、いざ本当にそういう状況になったとき……シウォンさんは思い通りにできましたか？

――もちろんうまくはいきませんでしたよ。でも努力はしました。ソリと一緒に。

――一人だけにその重荷を背負わせてはいけないと思うから。「自分はこれから他の人と付き合うけど、わかってくれるでしょ？　わたしを尊重してるから」と、ふいっと新しい恋愛に行ってしまうのは、それもまた相手を尊重しないことになるんです。そのためにこういう関係を作ったわけではないから。

——ソリさんはどういう人とデートしてきたのか……答えていただく準備はできましたか？

（頷きながら）うん、わたしに新しい刺激をくれる人たち？　こう言うとすごくセクシュアルだけど……（笑）まあそういうのがなかったわけではないですけど。わたしも……好奇心旺盛で、経験したいことがまだたくさんあるんです。たぶん死ぬまでそうだと思うんだけど……。実はシウォンとの関係におおむね満足しているので、そういう相手を自分から探そうとしたことはほとんどないんです。誰かが近づいてきてくれたら、その人のある部分が魅力的に映る、好奇心を感じる……。そしたら一度付き合ってみる。全部そういうケースだったかな？

——そういうとき、その人たちには、オープン・リレーションシップの関係にあるということを告白していたんですね？

そうですね。もちろん。

——反応はどうでしたか？

笑っちゃうんですけどね。みんな、特に韓国人はオープン・リレーションシップと言うとすごく異常で、絶対にいけないことみたいに言うじゃないですか……。だけど男は実際わたしがそうだと言ったとき、誰も逃げなかったんですよ？

――でも女性はちょっと違います。

――ああ、そうね……。ほとんどが逃げる……。それもすべて理由があってのことですよ。

――どういう理由でしょうか？

――男は、そういう話をした瞬間、軽く見る場合が多いです。こんなふうに考えるんです。「ああ、この子は誰とでもすぐ寝る子なんだ」。呆れるけど、本当にそうなんです！　だからとにかく「これはいける」と思って、「あ、そういうの気にしないよ～」って言うんです。どういうものなのか理解もできてないくせに。女性は逆に、浮気者だと思うみたいです。できるだけ安全な相手を探さないといけない、こんな世の中だから……。

――いきなりそんな話をしたら、やっぱり普通ではないから、警戒心が一気に上がりますよね。

――わかる気がします……。じゃあ、いままでに付き合った人数は……やっぱりソリさんのほうがずっと……？

――（頷いて）はい、そうなりますね。でも深く長く付き合った人は、実はいないんです。ほんとに……個人的にはそれがちょっと残念ではあります。また別の人と付き合っていたらわたしは、わたしたちはどう変わるのか、何を感じるのか、そういうことが気になっていたのに……がっかりすることのほうが多かったんです。

——僕も実際、噛み合わないことのほうが多かった気がします。いまみたいにこうして正直に深みのある？　そんな会話をすること自体が初めてなんですよ。

——ほんとに。それでミレさんとすぐ遊びたくなっちゃうみたい。楽すぎて……。

——ああ……それは良いこと……ですよね？

——もちろん！

——ということで、乾杯しましょう！　カンパーイ。

✦

以前のお願いを忘れずに覚えていてくれたソリの提案のおかげで、ミレはそれまでもっとも気になっていたこと——〝二人の馴れ初め〟について訊くことができた。シウォンと二人でいるときに訊いてもよかったけれど、なんとなくソリと一緒のときに聞きたい話だった。

そこから自然につながる話を聞いている間、ミレはこんなに興味津々でいいのだろうかと思うほどだった。嫉妬するのが普通だろうか？　意識的にそんなふうに考えてみたりもしたけれど、それ自体何の意味もないように思えた。

未だにミレは、シウォンとソリと一緒にいると、二人がいる未知の世界を探検する旅行者になった気分だった。だが今日だけは、とうとう〝ニュービー〟を卒業した気がしたというか、少しはレベルアップした感じというか、二人にかなり近づけた気分になった。まず、より多くを知ることができたから。

彼らと出会う前、わずか数ヶ月前だったなら、あまりにも住む世界が違いすぎて、二人が一体どうやってそんなところにたどり着いたのか、想像もつかなかっただろう。だが落ち着いてよくよく見てみると、それぞれの、特に何もおかしくない考え同士が絡みに絡んである流れを作り、そこまでたどり着かせたのだということがわかる気がした。もしかすると、ミレ自身もまだそういう過程の途中にいるのかもしれないと思った。

本当に、二人の仲間になれるだろうか？

相変わらず未知の世界であることには変わりないけれど、昨日より少しだけ心地よく、少しだけ欲が出た。できる限り、自分もこの場所に適応したいという欲が。

愛し愛されたいという欲求と同じだけ、自由でいたいという欲求があったから、いつも苦しかった。その二つは絶対に両立できず、いつだって矛盾したものだと言われてきた。そんなミレの目の前にいる二人の姿は、やはり嫉妬よりは羨望を感じさせた。なんて自由なの。それなのにそこに愛まで入ってる……。もちろん絶対的に完璧なものはこの世にないだろう。でもミレはみんなに合うものではなく、自分に合うものを探している途中だから。

ある日突然目の前に現れた、変わっているけれど魅力的な二人の姿をじっくり眺めつつ、今のこの時間と感情を、長いこと覚えているだろうなと思いながら、ミレは残りのビールをゆっくりと飲み干した。

10――それは絶対私たちのせいじゃない

モドゥエオフィス駐車場に停めてあったソリのボルボのSUVは、本当に素敵だった。後部座席で運転代行を待つ間、ミレはソリの性格と同じように、こざっぱりして洗練された車内を見回していた。すると自然な流れで、机の引き出しの中で数年間埃をかぶったままの自分の免許証のことを思い出した。待って、ほんとに机の引き出しにあるっけ？

そのとき助手席に座っていたソリが振り向いて言った。

「今度、みんなでドライブに行きませんか？」

「ほんとですか？」

「はい。車じゃないと行きづらいところってあるから」

その言葉に、ミレの隣に座っていたシウォンが一言付け加えた。

「だから僕も、週末によくソリの車でいろいろなところに連れて行ってもらってます……」

「今度本当に、どこか一緒に行きましょうよ。ミレさんさえよければ！　坡州《パジュ》？

江華島《カンファド》？　金浦《キンポ》？　どこでもいいですよ」

「わー……ありがとうございます、ソリさん」

「負担に思わないで。行きたいときに気軽に言ってください、いいですね？」

意外な提案だったが、ミレは思わず激しく頷いていた。負担に思うどころか、心からうれしかったしありがたかったからだ。

そのとき、窓の外に一人の中年男性が近づいてきたのに気がつき、ソリがドアを開けた。ソリが電話で呼んだ運転代行だった。

「自宅に行く前に、寄ってほしいところがあります。住所はどこだっけ？」

ソリの言葉に、シウォンがミレの家の住所を読み上げた。運転席に座った代行運転手がナビに入力しながらちらちらりと後部座席のシウォンとミレを見て、軽い調子で聞いた。

「お友達ですか？」

「はい。みたいなものです」

おとなしくその返事を聞いていたミレはなぜか背筋がぴりっとした。隣のシウォンも同じなのか、目が合った。二人はできるだけ静かに、声を出さないようにしながら、黙って指先を少しだけくっつけたままこっそり笑った。

人の良さそうな運転手が、三人の本当の関係を絶対に想像できないだろうという意味で、誰も知らない秘密を抱えている快感があった。だが一方では「友達みたいなもの」に十分見えるのだということもスリリングだった。

すでにはたから見れば充分友達みたいに見えるのに、厳密にいえば中身までそれに似たものに進化してきている。話だけ聞いたらおかしいと思われるかもしれない状態から始めたけれど、当の本人たちはなにもおかしくない——その微妙な状態の外側と中身をすべてとらえた瞬間だったので、ミレはそれが面白かった。

穏やかな乗り心地に感動しつつ、十分ほど走っただろうか。早くもソリの車がミレのワンルームの近くに停まった。ミレとシウォンが降りると、ソリが窓を開けて手を振った。

「じゃあね、友たちよ〜！」

オーバーなほど溌剌とした、いままでに一度も出したことのなさそうなほどのハイトーンボイスに、ミレは込み上げる笑いを必死に抑えた。そしてシウォンと一緒に、示し合わせたかのような同じ笑顔で手を振り返した。

✦

ほんの短い時間だったのに、知らない第三者と一緒に四人で同じ空間にいたということがそれなりにきつかったのか、ソリの車が出発するとすぐに、まず安堵の溜め息が出た。どちらからともなく笑い、それから二人は並んで歩いた。

「ソリさんって、ほんとに性格がいいですね」

「それは事実でもありますけど、半分だけ正解です」

「え？」

「いわゆる、好き嫌いがはっきりしてる性格なんです。興味のない人には容赦ないんですけど、ミレさんのことが本当に気に入ったみたいですね」

シウォンの言葉に、ミレは思わず感嘆の声を漏らし、両手を頬にあてた。

「わー、ほんとですか？　なんで、なんでだろ？　どうして気に入ってもらえたんでしょう？」

「さあ、まあこういう……素直な可愛さのためではないかと……」

「もう、からかわないでくださいよ……」

「いや、本心ですよ……とにかく、まあ。僕も二人が仲良くなってくれてうれしいです。もしかして自分勝手かな？」

「自分勝手かどうかはわからないけどちょっと……ずるい感じ？　どうですか、愛しい自分の女たちが仲良くする姿、かわいいですか～？」

ミレがわざと大げさな言い方とジェスチャーでふざけると、シウォンがすぐにそのニュアンスに気づいて恥ずかしそうに笑った。

「そういう意図ではなかったんですが、ともすると不適切に聞こえてしまいますね。撤回します……！　とにかくここ数日、ミレさん仕事で大変そうでしたけど……元気になったみたいでよかったです」

「あ、ですよね。忘れてた」

「ぷっ」

「二人のおかげです、全部」

「まあ、ソリは僕が連れてきたわけだから、どうせなら僕のおかげってことに……してもらえませんかね？」

シウォンがそう言いながら何気なくミレの前に立った。

もう慣れても良い頃なのに、また急に緊張して、ミレはごくりと唾を飲み込んだ。

ところがそのとき、ミレをじっと見つめていたシウォンの顔が横を向いた。

「えー？」と反射的にミレもシウォンの視線の先を追ったが、街灯の明かりの間の暗闇はただ真っ暗なだけだった。たった今までシウォンのきらきらした瞳を見つめていたからか、目が暗闇に慣れなかった。

だがシウォンは相変わらずミレの後方の暗闇をじっと見ていた。

その顔を見ながら辛抱強く待っていたミレが、とうとう湧き上がる好奇心を抑えきれなくなって尋ねようとしたそのとき、シウォンが鋭い声で叫んだ。

「そこ、誰かいるんですか？」

正直ぞっとする言葉だった。まもなくシウォンと別れて一人で家に帰らなければならないミレにとってはなおさら。比較的安全な大通り沿いで、いつも警備員が常駐している建物だったし、二年以上住んでいて一度も怖い目に遭ったことはなかったけれど、昨日までは運が良かったからと言って、今日もそうだとはかぎらない。

でも、本当に誰かいるの？　真っ暗で何も見えないけど？　ミレが再び目をぱちぱちさせていると、そのとき暗闇の中から、思いもよらない声が聞こえた。

「おい、イ・ミレ……」

その気後れした声が耳に入った瞬間、ミレは世界一怖い幽霊か、最もおそろしい犯罪者が目の前に現れたみたいに――いやそれ以上に驚いて、大きな悲鳴を上げてしまった。

「……え、あんたまさか？」

目の前ではじけたミレの力強いデシベルに、今度はシウォンが驚いた。

「ミ、ミレさんの知り合いですか？　誰だ⁉」

まだ状況が把握できていないようだったが、本能的にミレを守ろうというジェスチャーで、シウォンがミレの前に立ちはだかった。

「……ちょっと、気は確かなの？　とにかく出てきて、早く……出てこいったら!!」

再びミレが叫んだ。

すると暗闇の中に隠れていた男のシルエットがおそるおそる歩み出てきた。

数日前に偶然カフェで出くわした元カレ、チョン・スホだった！

✦

ミレがスホの正体を明かすと、シウォンは今まで見たことのない表情で、強く顔をしかめた。そして警戒心に満ちた顔でスホを睨み始めた。

その顔に少なからず戸惑ったスホは、とてもシウォンのほうを見ることができず、ミレの方に完全に向き直ったまま言った。

「話がしたくて来たんだ。心配しないで、何もしないから……」

気後れしたスホの声に、ミレが答える前にシウォンが言い返した。

「話なら電話で良いんじゃないですか？　メッセージとか！」

「全部ブロックされてるんですよ？　他に方法がなかったんです」

思いがけず二人の間に挟まれてしまったミレは、とりあえず止めに入らなければと「でもこの人は何かするほどの勇気はないですよ」と言おうとしたが、それもまたわからないと思い直して口ごもった。スホがいきなり家の前に現れるような人だとは、一度も思わなかったから。

別れてからもう何ヶ月も経っているのに、いまさらなんでいきなり？　答えのわからない疑問に、ミレの頭の中が忙しくなった。

「ミレさん、どうしたいですか？　話しますか？　ミレさんが嫌なら、僕が帰ってもらいます」

「いやいや、帰ってもらうって何ですか？　ミレ、俺が信じられない？　ちょっと話そうって言ってるだけなのに……俺に何の罪があるんだよ？」

そんななか再び二人が声を荒らげ始めた。頭が痛くなって、ミレが叫んだ。

「いきなり家の前に押しかけてきて待ち伏せしてたのは罪でしょ！」

「そうですよ。ミレさんが一人だったらどれだけ怖くて驚いたか？」

シウォンが加勢すると、横でその顔を見ていたミレは、彼の怒った顔がすごく可愛いと思ってしまった。こんなときなのに自分も困ったものだと思っていると、二人の攻勢に顔面蒼白になっていたスホが言った。

「そ、それは悪かったよ。ごめん」

せめて素直に認める姿に、ミレの心も少しは和らぎ、小さくなっているスホに訊いた。

「それで、一体何の話をしに来たわけ？」

するとスホは、急に目つきを鋭くして言った。

「いま、ここで話せって……？」

目をキョロキョロさせているのが、シウォンを指しているようだった。ああ、二人きりで話したいって？　ミレがちょっと困ったようにシウォンのほうを見ると、状況を把握したシウォンが言った。

「それじゃあ僕は二人が話しているのを遠くから見てます。絶対に聞きません。もし助けが必要なときは……合図を送ってください。いいですね？」

「そうします。ありがとうございます」

ミレが頷きながら答えると、シウォンが心配しないでと言うようにあたたかい眼差しを送りながら遠く離れて行った。ミレは心強くて、ありがたかった。だけど、何の合図をどうやって送れっていうの？　まったく、かわいいんだから……。

そのとき、シウォンが十分遠くまで行ったのを確認したスホが口を開いた。

「あの男が……まさか例のオープン・リレーションシップとかなんとかいうやつか？」

おっと。もしかしてとは思ったけど、やっぱりそうきたか。

一体こいつが何の話をしにここまでやってきたか。あれこれ考えてみたとき、ふと一番最近の会話が思い浮かんだ。でももう別れてるんだから、私が何をしようと関係ないし、だからさすがに、違うだろうと思ったのに……。

「は。『とかなんとか』は余計だよ。だいたい、あんたに何の関係があるの？」

「検索しろって言うからしたよ。だけど本当におかしい話だった。恋人もいる人がいまお前にあんなふうに優しくしてるの？　笑わせるよ。あの人がやろうって言ったんだろ？　やっぱり、思ったとおりだよ。俺が止めにきたってわかってるから、あんなに食ってかかるんだ」

食ってかかってるのはどっちだよ……。いきなりヒートアップしたスホの反応にあきれて、ミレの声もやや大きくなった。

「ちょっと、それとこれとは別でしょ！　元カレが夜中に家の前で待ち伏せしてたのに『これはようこそ、お会いできてうれしいです』とでも言うと思う？　あんたはニュースも見ないわけ？　これが私にとってどれだけ怖くて危険な状況なのかわかんないの？」

「おい！　俺がそんなやつじゃないってこと君もわかってるだろ？」

「わかんないよ！　どうやってわかるの？　そういう人だっておでこに貼ってあるとでも思う？」

「ふう……もういいよ。ミレ……これ……ほんと簡単に考えていい問題じゃないよ……わざわざここまで会いに来るしかなかった俺の身にもなってよ……」

ちょっと前まで青筋を立てて興奮していたスホが、突然声を落として雰囲気を良くしようとしていた。ミレは心底呆れかえった。

「ちょっと！　一体何を想像してるかしらないけど、そういう変なのじゃないからね？　あんたに何がわかるって……」

「そう。カルト宗教もみんなそうやって始めるって言うよ……」

「俺には全部わかってる」という、濃厚な眼差しのスイッチをオンにしてじっと見つめてくるスホの顔に、ミレはおかしくなりそうだった。

「もういいから！　私がやりたくてやってることだから、いい加減余計な干渉はやめて自分の人生を生きてよ……頼むからほっといて、スホ、ね？」

そうやって言い放ちながら、ミレは心のどこかでどうしようもない自責の念に襲われていた。こいつに口を滑らせたばっかりに……こういうのを自業自得って言うんだ……。

「ミレ……」

それなりに冷たいミレの一喝にも、スホは引き下がるどころかむしろミレの方へ大股に近寄って来て、今度はミレの手をほとんどつかみそうになった！　幸い素早く手を引っ込めるのに成功したミレは、湧き上がる不快感に、危うくそのままスホの後頭部を叩くところだった。シウォンが見ていなかったら、本当にそうしていただろう。

「ちょっと、警察に通報されたいの？」

そのとき、遠くに立ってこちらをちらちら見ていたシウォンの目が丸くなるのがここからでも見えた。会話の内容まではわからなくても、なんとなく警察と叫んだのが聞こえたようだ。

ミレは彼を安心させようと、大丈夫という顔で笑い、手でバツ印を作って見せた。その合図にわかったと頷きはしたものの、相変わらずシウォンの目は不安そうだった。

ミレに何かあったらと心配でたまらない様子が、頼もしい大型犬みたいだった。なんかちょっと……セクシーかも？　どう考えても元カレと口論しているときに考えるには不適切な感想だが、だからこそ余計にセクシーに思えた。ああ、これがあの、話には聞いたことのある〝背徳感〟ってやつだろうか……？

「もしかして、俺と別れたのがそんなに辛かったの？　だけど君から別れようって言ったんだろ……」

「……は？」

「ミレ……どうしたんだよ、どうして自分をそんなに粗末にするんだよ……もっと大事にしないと」

ミレを見つめるスホの眼差しが一層濃厚になった。おかげでミレはしばし絶句した。

二人の間にしばし冷たい風が流れた。

「クッソ、ふざけるのもいい加減にしろ！」

そしてついに、とうとう我慢できなくなったミレがスホの腕を拳で殴った！

奇襲に驚いたスホの悲鳴が夜空に響き、向こうからシウォンが走ってきた。

実際に駆けつけてみると、彼が心配していたのとは真逆の状況ではあったけれど。

「おい、イ・ミレ！　俺はミレのためを思って……」

「笑わせないでよ！　元カノがオープン・リレーションしてるって言うから、あんたのせいで傷ついたみたいだって、責任でも感じた？　その大層な自意識はどこから来るの??まったく」

「何言ってるんだよ。俺は本当に、ミレが間違った選択をしてるみたいだから……」

「それとも、あんたの思い出が汚れるとでも思った？　私のせいで自分まで同類になったみたいで？」

空に拳をブンブン振り回すミレを止めるべきかどうか迷っているシウォンの顔に、大方状況を把握したような暗い影が過ぎった。

その沈んだ顔を捉えたのか、もしくはミレとはとても話が通じないとでも思ったのか、スホが今度はシウォンを攻撃した。

「あの、同じ男として忠告しますけど、そんな生き方はやめるべきですよ」

「ちょっと！　もう一回言ってみな！　ほんと何なの⁇」

また頭に血が上ったミレがスホに襲いかかろうとするのを慎重に抑えながら、今まで聞いたことがないほど冷たくはっきりした声でシウォンが言った。

「あなたにそんなことを言われるほど、間違った生き方はしていません。それはミレさんも同じです。よく知りもしないくせに、勝手な忠告はやめてください。本当に失礼ですね。ミレさん、もう行きましょう」

シウォンがその言葉を最後に、スホに背を向けた。ミレはその瞬間、スホの顔が戸惑いでこわばったのを見た。自分でも予想できなかった感情だろう。クズ男にのめり込んだバカな女を救い出すのが、今日の自分のミッションだと思っていただろうから。これ以上話す必要はないと思い、ミレもシウォンの後に続いて踵を返した。そのとき、シウォンが立ち止まって言った。

「一度でもまたこうして訪ねてきたら……そのときは警察に通報します」

これ以上ないほどスマートな最後の台詞だった。

ミレは思わずときめく心をおさえながら、シウォンの手を握り、スマートな台詞に見合う完璧な退場のために、彼と一緒に自然な流れで建物の中へと入っていった。

しばらくして、気づけばいつの間にか二人は、ミレが住む七階へと向かうエレベーターの中にいた！

今日人が来るとは思っていなかったから、家の中はぐちゃぐちゃなのに、シウォンを呼ぶのはもう少し先だと思ってたのに……！　ミレの頭がちょっと複雑になったけれど、いまあった出来事の余韻、つまり思いがけない元カレの襲来による戸惑い、怒り、感謝などの感情を共有するために――そして実は危機的状況で強烈に感じてしまったシウォンのセクシーさをもう少し探求してみたいという思いで、結局ミレは平静を装いつつ自分の部屋、七〇八号室の前に立ち、緊張した指先でドアロックの暗証番号を押した。

✦

「ほんとにミレさんの性格みたいな部屋ですね」

「私の性格って、こんなに散らかっててごちゃごちゃですか……!?」

「い、いえ。こまごまと可愛らしくて、個性的だと言いたかったんですが……!!」

どことなく普段よりもテンションの高い口調でミレの家の第一印象についてやりとりしながら、二人は中に入った。

シウォンの家と違って、ワンルームにはソファなどを置くスペースもないので、ミレはシウォンをデスクの椅子に座らせ、自分はベッドに腰掛けた。二人きりで閉ざされた空間にいるのは初めてではないはずなのに、今更ながらに緊張した。

自分の家だからなおさらだろうか。なんだかぎこちなくなってミレは、Bluetoothのスピーカーで音楽をつけた。シウォンの家に整備されたアナログのオーディオほどの音響ではないが、この瞬間に聴くにはちょうど良かった。

「そんなつもりではなかったんですが、なんだかんだでミレさんの家まで来てしまいましたね……本当にそういうつもりじゃなかったんですよ」

シウォンも少し緊張しているのか、声が微かに震えているようだった。それが絶妙に刺激的で、ミレは様子を見つつ、シウォンの手の上にそっと自分の手を重ねた。するとシウォンがにっこり笑ってミレの目を見つめた。緊張をほぐしてくれてありがとうという目だった。違う、もっと緊張させたいの。そんな思いを必死におさえながら、ミレは何でもない声で言った。

「ほんと、こんなことになるなんて考えてもみませんでした。あんな人じゃなかったのに……」

「二人、別れてからどれくらいか訊いても良いですか？」

「だいたい四ヶ月くらいかな？　別れてからは本当にあっさりだったんです。一度もしつこくされなかったし。だけどちょっと前に偶然ばったり会っちゃって、そのときに未練がましくされたからイライラして、つい……」

「ああ、そのときに話したんですね……オープン・リレーションシップ……」

「はい……完全に計算違いでした。その話をすれば、潔く諦めてくれると思ったのに……」

「まあ、普通の考え方でいけば、ああなるのも無理ないとは思います。あの人はまだミレさんに未練があるみたいですね……」

「もう、知りたくもないですね。とにかく今日こうして出くわしたから、綺麗さっぱり気持ちを整理してくれるでしょう。シウォンさんと一緒で本当によかったです。いろんな意味で……」

「本当に。一人だったらどんなに怖かったか……」

そう言ってシウォンはじっとミレの顔を見つめると、顔にかかった髪を整えてくれた。ドクン。頑張ってなだめすかしていたミレの心臓の鼓動が、再び速くなった。

「今日のこと、ソリさんにも話すべきですよね……？」

「ああ……それはまあ、プライベートなことだから、ミレさん次第ですよ」

「そっか……」

答えながら、ミレはシウォンのほうに少し身体を傾けた。

シウォンが少し緊張した顔で頷いた。

ミレは顔を傾けて、シウォンの目を覗き込んだ。

「じゃあ、これは……？」

そして、遠慮がちな、そっと唇が触れるだけのキス。

「ああ……これは……どうでしょう……」

シウォンの頬がいつの間にか赤くなっていた。普段と同じ顔のはずだが、ミレにはさっきのセクシーさの残像が見えた。ミレはシウォンの首に腕を回して、ささやくように訊いた。

「大丈夫ですか、シウォンさん……？」

答えの代わりに、今度はシウォンの方からミレの唇に軽くキスしてきた。

その機会を逃すまいと、ミレは近づいてきたシウォンの唇に深く口付けながら、ベッドに横になり、シウォンを抱き寄せた。

息遣いが荒くなる。細かい雑念が入り込む隙もない、何かに駆り立てられるようなキスだった。雰囲気が盛り上がり、やり場もなく彷徨っていたシウォンの手を、ミレがつかんで自分の胸へ置いた。唇が離れた一瞬の刹那に、シウォンがミレに訊いた。

「ミレさんは、大丈夫ですか……？」

ミレは答えの代わりに、着ていたTシャツを引っ張り上げて脱いだ。

✦

その後、数度にわたる言語的、非言語的な確認を経て、ミレはついにシウォンと「何もなくない」夜を過ごした。

翌朝の早朝、家に寄って着替えてから出勤すると言って、シウォンがミレの額にキスをしてでかけたとき——時間を確認し、まだ数時間は二度寝できると喜んで目を閉じたミレは、なんとなくすぐには寝付けず、寝返りを打ち始めた。

全身に気だるい昨夜の余韻が残っていた。結局、と言ったらおかしいけれど、とにかく以前の躊躇と心配とは裏腹に、シウォンとセックスをした。「してしまった」と言うべきだろうか？　ちゃんと望んでいたことなのに、そんな迷いがあるというのは、やはり関係が少し特殊だからだろう。

いつもあれこれ考えてばかりのミレにとって、昨夜のような状況は珍しいことだった。昨日は前のように、ソリの顔も思い出さなかった。考えというものが何もなかった。ただそのときの気分に身を任せたい衝動だけが押し寄せた。

「どうしてだろう――」と改めて昨日のことを振り返ってみると、あんなにダイナミックな日も珍しいなと思った。朝からトラブルの収拾に苦しみ、夜には思いがけない援軍に喜んだものの、さらに思いがけない元カレの襲来。ひょっとすると、だからそんな衝動が溢れ出たのかもしれない。もう考えることも、何もかもしたくなくて。ただ、このストレスと疲れを解消したかったのもある。

もしかしたら、これでよかったのかもしれない。どうしても関係の特殊性のせいで、ずっとためらわれる領域がある状態で、それをありのまま認めることができていなかったのかもしれないから。

正直に言えば、以前シウォンの家でも、ミレはしたかったのだと思う。でも文字通りソリの顔がちらついてしまったので、申し訳なさだけでもない、もしかしたら自己防衛本能も少し入り混じった複雑な感情のせいで、その気持ちをやり過ごしてしまったのかもしれない。

だが理由はどうあれ、結局は自分の意志でその一線を超えた。人がセックスに過剰な意味づけをするのがいつも不快で嫌だったくせに、自分のロマンスではそれまでになく慎重になっているのは事実だった。やはり、一度も経験のないことだったからだ。

だが、スホを前に遠くからシウォンのセクシーさに感動し「これが背徳感」という冗談を心の中で言ったくせに、普通なら本当に〝背徳感〟を感じてもおかしくなさそうな昨夜の状況では、とうとうそういう気持ちにならなかった。

人知れず倫理的でない行為をして快感を覚えるのが背徳感だというのなら、実際は誰のものでもないシウォンと誰のものでもない自分が、明示的な合意のもとに愛を交わすことは、非倫理的といえる理由がないからだ。

いまになって考えてみれば、以前ソリの顔が浮かんだのは、恋人同士は互いに所有権があるという考え方を、ミレも無意識とはいえ完全には拭いきれていなかったためだろう。三十年以上をそうやって生きてきたし、全宇宙が、それだけが愛だと叫ぶ世界なのだから、ある意味当然のことかもしれない。

だがソリの自分への態度と二人の自由な関係、その関係を結ぶことになったきっかけなどを見聞きするうちに、その意識が少しは薄れたのだ。

ソリがシウォンの近しくて大切な人だということ、そしてミレより先にシウォンと出会い、より長く関係を続けてきたことは事実だけれど、だからといってシウォンに対する所有権を主張したり、私生活を制約したりすることはできないのだと、ミレはやっと本当の意味で理解できた。あの二人は、そうやって二人だけの関係を築いているから。

だから、新たにシウォンの近しくて大切な人になったミレは、二人の関係を尊重したうえで、自分たちだけの関係を作り上げていけばいい。昨夜のセックスもその延長線上にある。

そういう意味で考えてみると、やはりシウォンとのセックスよりは、何も知らない第三者に三人の本当の関係を隠して、完璧に友達同士を演じたことのほうが、〝背徳感〟を感じるものだった。

時間はいつの間にか午前六時を回っていた。

相変わらず眠れなくて、ミレは眠りにつく前にシウォンと二人並んで横になり、交わした会話を思い出していた。

ミレはソリにもこの進展について知らせるべきか訊いた。シウォンは、自分がミレと気楽にスキンシップをしていることをソリはすでに知っているし、ソリとはセックスに特別な意味付けをしないことにしていると、だからこのことについて話すのは自分たち次第だと答えた。そして正直にすべてを共有するとしても、ミレの心の準備ができたときに話せばいいと言った。

ミレは「セックスに特別な意味付けをしないことにした」というクールな言葉を、改めて反芻してみた。シウォンはとても賢くて素敵な男性だけれど、やはりその言葉はソリの口から出たものではないだろうか、と想像した。

やはりセックスだけに特別な意味付けをするのは、あまりにも性器中心主義的というだけでなく、恋人、夫婦間では相手の身体の権利を所有するという前提で、身体部位中のより重要な部分とそうでない部分を分ける考え方にはじまるものだというのが色濃く感じられる。

そして何より、人と人との感情と関係を平坦なものにしてしまうことでもある。すでに二人はお互いに慈しみ合い、気遣い合って幸せな時間を過ごしているのに、キスはしてセックスはしないからといって、本質が大きく変わるわけではない。逆に、セックスをしてはじめて何かが証明されたり、関係がたしかなものになったりするわけでもない。それはミレもいつも考えてきたことだった。「やることやってる仲」、「最後まで行った仲」といった具合に、セックスと関係性が必然的に関連付けられる前提の表現は、いつも侮辱的だった。

にもかかわらず、シウォンとの恋愛でここまで来るのは、そんなミレでさえも、まるで別の段階みたいに思えた。

　いつもそういう考え方が嫌だと念仏のように唱えているくせに、結局は自分も「挿入を伴うセックス」により特別な意味を持たせてしまった気がして、少し恥ずかしくなった。だがミレにも言い分があった。自分ではそう思っていなくても、それまでに付き合ったほとんどの人がそういう考えだったから。その基準に合わせてコミュニケーションをするしかなかった過去があるからだ。これが私の考えというわけではなく……！

　普段から同意していようがいまいが、社会文化的に浸透している固定観念の影響から完全に逃れることは、やはり難しいことなのだ。だがそれと同時に、ミレは自分の意志で一線を超えることをひとつずつ試みている。そしてそれは、とても気分がよかった。

　もちろん今の感情のバランスは一時的なものかもしれないし、ビギナーズラックかもしれない。シウォンとソリに出会えたことを思えば、考えてみたら運が良すぎたのかもしれない。もしかすると、オープン・リレーションシップという新しいかたち自体がいいものというより、この二人がいい人なだけかもしれないと考えることも時々あった。制度自体が一種のセーフティーネットになりうる（だがその限界とデメリットも存在する）独占的恋愛と比較して、オープン・リレーションシップは格段に信じられる人と付き合わなければならないので——誰と付き合うかということが、この関係では最も重要な、それこそ始まりであり終わりなのかもしれない。オープン・リレーションシップの本質がいくら良いからといって、信じられない人と付き合い始めた瞬間、ありふれた独占的恋愛にすら到底及ばないような関係になってしまうことは、火を見るより明らかだからだ。

先のことはわからないけれど、いまこの瞬間の感情と経験を大切に思えたことは、これからも変わらないだろう。そしてこれからのミレの人生に、この経験は何らかのかたちで影響を与えるはずだ。それだけはたしかだった。

もはや眠ることを諦めて横たわったまま、ミレはとても久しぶりに、ゆっくりと朝を迎えた。

11 ―― 最も普通の記念日

その後の日々はそれなりに順調だった。

配送トラブルのせいで先輩の事業「ミレシクサ《未来食事》」がスタートから大きな赤字を出してしまったのは事実だが、近隣には直接届けるという方法でかなりの費用を削減することができた。しかも予想外なことに、自ら商品を届けることも辞さない、若い事業家の覇気と真心を見せるという効果まで得られた。

そのおかげか、顧客のレビューも思ったよりはよかった。もちろん、赤字であることには変わりなかったけれど。

「起きてしまったことは仕方ない。これからうまくやればいいの」

オフィスの近くで久しぶりにランチを一緒に食べているとき、スプーンをテーブルにタンと置いて言い切った先輩の一言に、ミレはただ頷くしかなかった。さすが先輩、鋼メンタル。私だったら布団をかぶって、三日三晩は病んでいたかもしれない。本当に見習いたいところだ。それが絶対に容易いことではないとわかっているから余計に。

すでに生産された分はどうしようもないけれど、追加生産する液状の製品は、破損の危険を考えてパッケージを新しくすることにした。先輩が地方の工場でサンプルを見て協議し、新しいパッケージを決め、ミレは既存のデザインを新しいパッケージに合わせて作り直さなければならなかった。

そのせいで数日間はちょっと忙しかったけれど、またどうにかこうにか乗り切って、再び少し余裕を取り戻した。メッセージが爆発的に殺到していたものの、ようやく小康状態となったミレシクサのSNSを管理し、あちこちのオンラインストアの入店に合わせた広報イメージを作ってアップしているうちに、数週間があっという間に過ぎていった。

いつの間にかシウォンとミレの恋愛も三ヶ月目に入っていた。相変わらずモドゥエオフィスでは誰にも気づかれていないようだ。

新しい月が始まると、二人とソリは、またスケジュール帳を手に集まった。前と同じく、デートの予定を決めるためだ。

ちょうど涼しい秋風が吹いてくる頃だった。ミレは秋が好きだった。だんだん短くなる季節だからこそ感じる切なさ、高い空、美しく色づく落ち葉も好きだけれど、何よりも自分の誕生日のある季節だからだ。子供じみているかもしれないが、どうしようもない。ミレの人生は秋に始まったのだから。

シウォンとは付き合い始めたばかりの頃に星座の話になって、お互いの誕生日を知った。シウォンの誕生日は初夏だったので、「最近だったんですね」と残念がったのを憶えている。六月生まれのシウォンは蟹座だったのだが、聞いた瞬間ミレはやっぱりと思った。細やかであたたかく、世話好きな性格が蟹座そのものだと思ったからだ。周りには、星座占いなんて信じないと言ってはいるけれど。

三十回以上も経験すれば、誕生日にもう大した意味がないのも充分わかっている。それでも恋人や好きな人ができれば、どうしても少しは期待してしまう。これも子供じみているかもしれないけれど、年に一度くらいは許してほしいと願ってしまうというか。

そんなわけで、新しい月のデートの計画を立てる場でミレは、いつも以上に緊張していた。やはり、シウォンがミレの誕生日を覚えていてくれることを期待していたからだ。

いつものように、モドゥエオフィス近くのカフェに三人が集まった。ミレがソリに会うのは数週間ぶりだった。しばらく会わないうちに、ソリのヘアスタイルは短めのショートカットになっていた。

「髪、素敵ですね」

ミレの言葉に、ソリは笑って答えた。

「最近短いのが楽そうに見えて。ミレさんもボブがすごく似合ってますよ」

二人が和気あいあいと挨拶している間、中央に座ったシウォンの表情が、いつもと違う妙な緊張感で強張っているようにみえた。

だが気のせいかもしれないと思い、ミレが彼の顔をもう少し注意深く観察しようとしているとき、ソリが先に口を開いた。

「シウォン、どうしたのそんな顔して？　仲間はずれにされたみたいで悲しい？」

冗談も交じえつつ、シウォンの気持ちと空気に気を配った言葉だった。

ところがその瞬間、シウォンの顔が余計に強張った！

「い、いや、そんなんじゃないから」

ミレは初めてみるシウォンの反応に戸惑い、ソリの顔は意味深な表情に変わった。「何て切り出そう」と悩んでいるに違いないソリの顔を見ながら、ミレはとりあえず心の中でソリを応援するしかなかった。相手の率直な本音を引き出すのはいつだって難しいことだし、この状況ではやはりソリが適任だったからだ。

しばらく三人の間に、短くも強烈な沈黙が流れた。

「ちょっと、ハン・シウォン……あなた今日なんだか……」

そして結局ソリが口火を切り、その上にシウォンの声が慌ただしくかぶさった。

「僕！　二人に相談があるんだ」

その言葉にミレとソリはどちらからともなく目を丸くして顔を見合わせた。そして再び同時にシウォンを見つめた。

口が乾いたのか、シウォンが少しだけ舌を出し、唇を湿らせた。

✦

「もう、何かと思ったら……」

ソリが舌を鳴らしながら苦笑いをした。

「おい、そんなに簡単な問題じゃないって……」

「かといって、そんなに深刻な顔して一人でどぎまぎするようなことでもないでしょ？」

言うことを言って少しは表情の和らいだシウォンとソリが、いつも通り冗談交じりのやりとりを交わしている間、ミレは一人ぼんやりと言葉を失っていた。

まあ、ソリの言う通りそれほど深刻な問題ではなかった。

ただ、ちょうど今年は週末と重なっていてなおさらうれしかったミレの誕生日と、ソリ・シウォンカップルの記念日が同じ日だというだけだった。うん、ただそれだけ……それだけだけど……で、つまり、どうするの??

ミレにとって一番気になる質問だったが、二人の会話はまったくそういう雰囲気ではなかった。やっぱりこの中でクールになれないのは私だけなんだと、ミレはちょっと意気消沈した。

そのときソリが言った。

「わたしは記念日とかあまり気にしないので。その日はミレさんの誕生日をお祝いしてあげて」

もしかしたらミレがもっとも望んでいた状況かもしれない。ところがなぜかその言葉を聞いた瞬間、そうではなくなった。

「いや、それは私が申し訳ないですよ。私もまあ、そこまで誕生日にこだわる方でもないです」

なんというか、リングに上がりもしないうちから不戦敗をした気分になったのだ。しかもリングに上がるかどうかすらまだ決めていないうちに、決める間もなく一瞬のうちに。だからか、とてもじゃないけれどこのまま終わるわけにはいかなかった。ソリだけが大人だと、言い換えれば自分だけが大人げないということになってしまいそうで。

もちろん最初にミレが望んでいたのは、シウォンと一緒に誕生日を過ごし、お祝いをしてもらうことだったから、後になって今の言葉を後悔するかもしれない。いっそ図々しく「ああ、そうですか。ありがとうございます」と言えればよかったのだろうが、できなかった。

これはあまり良くない兆候だという考えが過ぎった。心の中で望むことと、言うことが一致しない瞬間だったからだ。

そのときシウォンが言った。

「こういうことは初めてなので……実は僕もどうしたらいいかわからなくて。一人でもいろいろ悩んでみたけど、僕の思い通りに決めるのはおかしいし。僕だけじゃなく、誰か一人の思い通りに決めるのも違うと思うし……」

「あ、だよね。わたしが先走りすぎたみたい。ミレさん、ごめんなさい」

「ああ、いえいえ」

だが、シウォンが状況を整理してくれ、ソリがすぐに謝ってくれたおかげで、ミレはすぐにまた心のバランスを取り戻すことができた。

すると今度は、ちょっと恥ずかしくなった。さっきのソリの言葉は本心だったに違いないのに、自分だけよく見られようとして言ったわけじゃないに決まってるのに……。一瞬自分の気持ちの弱くて卑怯な部分が表れそうになって、他の人にそれをそのまま投影してしまったような気がしたからだ。

「うん、まあ――午前と午後で分けるという方法もあるにはある」

シウォンの言葉に、自動的にミレとソリの目が合った。相手の気持ちを読もうとする意思が垣間見えた。

「ふうむ……」

簡単に口を開けないあまり、ミレは自分でも気づかないうちに深く息を飲み込んでいた。

シウォンの言う通り、もっとも単純に考えれば、一日をきっかり半分ずつ、二人に平等に分け合うのが、もっとも合理的かつ民主主義的なやり方かもしれない。

だがなんというか、それはまるで、あの有名なソロモンの審判の最初の判決のように、微妙に気持ちの悪いところがあった。理性的に考えればあり得るけれど、なんだか穴があるような感じがして、快く受け入れられなかった。

いま二人はシウォンを排他的に所有してはいないのに、まるでしているかのように線を引くみたいだというか。今までそれなりにうまく保ってきた三人だけの関係が、一瞬で薄っぺらいものになってしまうようで抵抗を感じた。やっぱり、それは嫌だ。

「あ……」

「やっぱり……」

ミレとソリの言葉が重なって、二人の目が再び合った。

するとソリが目配せをしてミレに譲った。この二人の前ではよく照れ臭くなってしまうミレだったけれど、この瞬間は迷わなかった。

「この際……三人で一緒に過ごすのはどうですか？」

今度はシウォンとソリが顔を見合わせた。

二人の姿を横目で見ながら、ミレは目の前のカップを手に取り、コーヒーを一口飲んだ。そのときはじめて、喉がからからに渇いていたことに気がついた。このカフェに入ってからずっとやきもきしていた心が、ようやく楽になる気がした。

✦

「わあ、いい天気……」

そして、ミレの誕生日でありソリ・シウォンの記念日でもある秋の週末、三人はソリのSUVに乗って仁川《インチョン》へと向かっていた。「今度一緒にドライブしましょう」と言っていたソリの言葉が実現したのだ。

前日の夜、あれこれ考えてしまって眠れなくなったミレは「そういえばどういう席順で座ればいいんだろう」とすごく悩んだ。だが当日の朝に会ったソリが「シウォンに運転のサポートを頼みたいので、前に座ってもらいます。わかってくださいね」と了承を得てくれたので、すぐに解決した。車の旅では、運転者の利便性が最優先だから、ミレもクールに承諾し、すべてが自然だった。おかげで広々と後部座席を独り占めできることになったミレは、やっぱり正直に、確実に対話することさえできれば、全てのことが難しくないのかもしれないと改めて実感した。もちろん、いつもそんな対話をするというのが最も難しいことだけれど。

数週間前、カフェで。ミレの一言で最も難しい問題の答えを見つけた三人は、より簡単な残りの問題を一気に解きにかかった。

与えられた次の問題は、どこへ行くかだった。

同時にポータルサイトのマップを開いた三人は、どこへ行くのがいいか、かなりの時間にわたり激論を繰り広げた。坡州《パジュ》、金浦《キンポ》、江華島《カンファド》、水原《スウォン》、河南《ハナム》、さまざまな候補が挙がったが、三人とも行ったことのないところ、運転が長距離になりすぎないところ、美味しいお店が多いところ、とひとつずつ除外していった結果、自然と仁川が残った。

昔からチャイナタウンと月尾島《ウォルミド》の遊園地が人気で、メディアでも多く取り上げられてきたところなので、逆に今はブームが去った印象だった。だが十代の頃、ソウルの〝イケイケ〟の子たちが群れをなして地下鉄一号線に乗りはるばる遊びに出かけているとき、どういうわけか一度も機会がなかったミレ、シウォンと、ドイツから韓国のブログで見るだけだったソリにとっては、「今すぐというわけではないけれどいつかは行ってみたいところ」の長いリストに入っている地だった。

そんなわけで、誰かの口から「仁川のチャイナタウンは？」という言葉が出たとき、全員がすぐに賛成した。斬新で目新しい素敵なところに行く期待感よりは、思い出の地巡りの旅に出るような感じがして、余計に楽しそうだった。実際は一度も行ったことのないところなのにそんなふうに思うなんて、なんだか変な感じだったけれど、本当にそうだった。

雲がまばらにうかぶ、いつかのパソコンのデスクトップみたいな空と、ソウルから遠くなるほど次第に単純になっていく風景を見続けていると、心が晴れ晴れした。運転もしないし、車も持っていないので、こうして車窓から景色を眺めるのは、ミレにとって久しぶりだった。

カーオーディオからは聴きやすいインディポップが流れ、ソリの音楽の趣味が垣間見えた。考えてみれば車もまた、家ほどではないにしても、長い時間を過ごし、自分らしく整えた個人的な空間なわけだから、快く招待してくれたのはありがたいことだった。

一時間以上のドライブの間、特に車内での会話はなかった。後部座席のミレと前の二人が円滑に会話するためには、お互いに大きな声を出し、よく聞こえるように配慮する必要があるだろうと思ったため（それでも車の騒音や音楽のせいで、聞き逃す言葉もあるかもしれない）ミレは無理に会話を試みようとはしなかった。そして前にいる二人も、似たような気持ちだったのではないだろうか。想像に過ぎないけれど。

いつの間にかソリの車が、月尾島の駐車場にゆっくりと入っていた。

✦

その日、ミレは何枚も写真を撮った。

韓国移民史博物館で展示を見るシウォンとソリの後ろ姿。

月尾島にこんな博物館があることは知らなかったけれど、ソリが「気になるから入ってみよう」と言った。考えてみれば、ソリも長い間ドイツで過ごした〝移住者〟であり、両親は先にドイツへ看護師として渡り定着していた父方の叔母のところへ行ったので、結局ここはソリの家族の博物館も同然だった。

ソリの両親がドイツに到着した頃はまだ人種差別がひどく、辛い時期を過ごしたという。

今も完璧ではないけれど、ここまで変わったのを思えば、いくら厭世主義の自分でも認めざるを得ないのだと言った。

ソリの話を聞いて、ずっと昔に遠くの国へと旅立った船の搭乗名簿にある多くの名前を、ミレはわけもなく、ひとつずつ発音してみた。


月尾島灯台へと向かう道。


海と人、そしてカモメたちを同時にカメラに収めようと、何度もシャッターを切った。道沿いにこの島の歴史の説明書きが並んでおり、それを見ながらミレはなんだか悲しくなっていたのが、そのうちに前世紀の感性で作ったに違いないビキニ姿の女性の看板がでかでかと出ているのを見て、その気持ちが少し冷めた。

隣でカシャッという音がしたので見てみると、シウォンがスマホを持ってにっこりと笑っていた。

灯台には、こういう観光地にありがちな、たくさんの落書きがあふれていた。

ミレも心のなかで、書き残したい言葉を考えてみた。


あの有名な月尾島の「ディスコパンパン」[*29]に乗る人たち。

週末だからか人も多かったけれど、アトラクションもまた驚くほど狭い空間に密集していた。

一時期ディスコパンパンの意地の悪いＤＪが有名だったが、乗客たちへのからかいぶりは健在だった。いまだに十代の若者たちがたくさん乗っているのを見ると、思い出の中だけの空間というわけでもないようだ。もしかしたら、世の中の変化のスピードが速いのではなく、多くのものを思い出にしてしまうのが速すぎるのかもしれない。

それでもミレは十代の頃にそうだったように、三十代になったいまでも、自分からそこに行って注目を浴びたくはない。隣を見ると、シウォンもソリも同じようだった。ちょうどＤＪが大声でジョークを言った。ギリギリなワードだったけれど、この場の独特な雰囲気に酔って、三人とも笑ってしまった。

チャイナタウンのファドクマンドゥ[30]の店で、半分食べかけのマンドゥ三つで乾杯している場面。

火鉢で焼いたものは何でも美味しいというのがミレの持論だったが、他の二人とも意見が一致した。老舗店の主という感じの店主の顔からは信頼が感じられたが、やはり味も良かった。ものすごく熱かったけれど、だからよけいに美味しかった。その絶妙な味を表現しようと〝大層な修飾語対決〟が繰り広げられた。だいぶ食べてから、こんなに美味しいマンドゥは記念に残さなければと、みんなで食べかけを集めて写真を撮った。

チャイナタウンの坂の頂上で撮った三人の自撮り。

カンフー映画に出てきそうな華やかな飲食店の並ぶ路地を歩いていると、階段があったので上ってみた。かなり上ると意外にも山に出て、チャイナタウンから遠くの海まで一望できた。ちょうど日がゆらゆらと沈む時間だった。

各自少しだけ離れて、一緒に感傷に浸りつつ気持ちの良い風にあたっているときに、ふとミレが言った。

「一緒に写真撮りませんか?」

三人で一緒に撮った、初めての写真になった。

カフェでのケーキ三切れ。

＊29：安全バーやベルト無しで円盤上の椅子にぐるりと座り、ＤＪがそれを回転させる絶叫マシン。
＊30：ファドクは火鉢、マンドゥは餃子の意味。高温の火鉢で焼いた餃子。

この日の良かったことは、三人ともお祝いごとのある人たちだったことだ。だから、誰かが誰かに特別な期待をすることなく、みんなが同等にお互いを祝い合うことができた。ミレにとっては初めての経験だった。双子の兄弟姉妹でもいればまた別だっただろうけど。

前もって約束していた通り、三人は初めてのカフェに入って、お互いをお祝いするためのケーキをおごり合い、それぞれの分を美味しく食べた。

「おめでとうございます」

シウォンの言葉をミレがソリに回し、それをソリが再びミレに返してくれた。

仁川国際空港のロビー。

もともとは計画になかったけれど、仁川に来たのだから寄らないかというシウォンの唐突な提案で、思いがけず行くことになった。

夜遅い時間だったけれど、かなり多くの人が飛行機を待っていたり、会いたい人に会うためにうろうろしたり、座っていたりした。

シウォンは長いこと海外旅行に行けておらず残念なので、気分だけでも味わってみたかったのだと言った。

ミレも同じような理由で空港が好きだ。

だがソリはそれほど好きではないと言った。空港には別れの記憶の方が多いからと……。

✦

その日三人は、仲良し姉妹のように穏やかにおしゃべりをしながら、遠すぎず近すぎない距離感を保って歩いた。シウォンとソリは歩いている間ずっと、手を繋がなかった。シウォンとミレも同じだった。

手を握るのはもともとは温かい行為だけれど、異性愛を前提とする独占的な恋愛が中心の社会では〝売約済み〟のような意味で使われるのが嫌なときがあった。

それならシウォンをはさんで両側から手を握るのは？

結果的にはそれが三人の関係を直感的に最もよく説明できる図式ではないのか。その姿を見た人たちの好奇心は置いておくとして。

でも、やっぱりよくわからない。それならシウォンに手が必要なときは？

握るという行為は、必然的に相手が握られることを伴う。もちろんそれはこちらも同じだけれど。

やはり二本しかない腕を両側からしっかりつかまれているよりは、こんなふうに適度な距離感で、でも離れすぎないようにしながら一緒に歩くのが、今の私たちにはよく似合う。今日一日、ずっとそうだったみたいに。

誰かと特別な一日を過ごすのは、普通はその人が特別な人だからだけれど、時には特別な日を一緒に過ごすことで、その人が特別な人になることもある。

以前にも何度も会って話したことはあったけれど、ソリとミレがこうして長い時間を一緒に過ごすのは初めてだった。一緒に過ごすほどに感じたのは、〝ミレの好きなシウォン〟とソリの存在を、完全に分けて考えることはできないという事実だった。それなら、ミレが好きになったシウォンは、ソリと一緒にいて出来上がった姿ともいえるのではないだろうか。一人で独占できたとしてもここまで素敵ではないシウォンと、ソリと一緒の素敵なシウォン、どちらと付き合うほうがいいだろう？

家路についた、やはり静かな車内でそんなくだらない考えに耽っていたミレは、その日の写真がまた見たくなって、スマホの写真アプリを開いた。

✦

シウォンに見送られて家に帰った後、ミレは遅まきながら、届いていた誕生日のお祝いメッセージとeギフトのプレゼントをひとつずつ確認した。

ハナとダジョンからのお祝いもあった。少し前に誕生日の予定を聞かれてありのまま正直に話すと、またとても興味津々で不思議がられた。今帰ってきたと送ると、遅い時間にもかかわらず、二人ともすぐに返信してきた。

「楽しかったの？　何事もなく？」

思った通り、今回もハナは「何事か」を期待しているようなニュアンスだったので、思わずニヤッと笑ってしまった。

「うん。楽しかったけど、この感じ、何て表現したらいいかな。親しい友達と遊んだときと近いんだけど、恋人といるからときめきもあるみたいな？」

「その、恋人の恋人とは気が合うの？」

「もう何度も会ってるし、合わないとこは特にないかな。お互い常識のある大人だから……話してて楽しいよ」

「恋人の恋人と遠出はするけど、常識のある大人ね……ねえ、ほんと面白いよ」

「あ、だけど何を着ても似合うから、それはほんと羨ましいんだよね……」

「それだけ？」

「うん、まあ」

「どこで服買ってるのか訊けばよかったのに」

「いや、いいよ、ファッションは人それぞれだから……」

いつも通り冗談混じりのやりとりをしていると、ミレはふと、その日あったすべてのことが嘘みたいにも思えてきた。

「とにかく、本当に記憶に残る誕生日だったね」

だが、ハナにこう言われた瞬間、頭に浮かんだ過去の誕生日の記憶のほうがむしろ嘘みたいに思えて、すぐに現実感を取り戻すことができた。

考えてみれば去年は、本当に絵に描いたような、カップルで過ごす誕生日の典型だった。

平日だった当日の夜、スホの退社時間に合わせておしゃれなレストランで食事をし、プレゼントをもらって（Feat．花束）、その週末にはステイケーションを予約。

そういえば「来年の誕生日にもこうして一緒に過ごそうね」と甘い声で囁かれたような気もするが、こうなってしまうのだから、本当に人ってわからないものだ。

「来年のミレはどんな誕生日を過ごすのかな？　今から楽しみじゃない？」

寝る準備を終えてベッドに横になってからも、ミレはハナからのメッセージをひとしきり見つめていた。

ミレ自身も、とても気になるところだった。

12 ―― 嘘、みたいな時間

良くないことは、いつも突然やってくる。

なかなか秋らしくならなかった気候が、ようやく肌寒くなって来た頃の月曜日だった。ミレはウインドブレーカーを持って来て正解だったと思いながらシェアサイクルを降り、オフィスに向かっていた。運が良ければ、シウォンと会えたらいいなと思った。朝送ったメッセージに、まだ返信がなかったからだ。もちろん忙しければあり得ることだけれど、心のどこかではなんとなく胸騒ぎがした。数ヶ月間変わらない、ミレとシウォンの朝のルーティンだったたから。

シウォンからもらったカードキーをタッチしてラウンジに入ると、妙にざわついた雰囲気だった。見慣れた顔の人たちがうろついているのが見えて、ガラス張りの会議室では、シウォンが同僚のマネージャーたちと深刻な顔で話をしていた。どうやら会社で何かあったようだ。ひとまず無事を確認できたから、何事かは後で訊くとして、自分のオフィスに閉じこもり、たまった仕事を片付けなければと思っていた。

その言葉が聞こえるまでは。

「ミレさん、あの書き込み見ました？」

隣のオフィスのスルギだった。

「え？　何の……？」

ミレが聞き返すと、スルギは待ってましたとばかりに、自分のスマホをミレの前に突き出した。


モドゥエオフィス麻浦《マポ》支店マネージャーのハン・某氏を告発します。恋人がいるにも関わらず他の女性と同時に交際し、オープン・リレーションシップという名目で両方の女性にガスライティングをし、結果的に二股をかけています。これは女性の搾取にあたり……


ミレはその文章を、一度で読むことができなかった。

文字が目の前であちこちに飛び散った。誇張された表現と刺激的な単語から、明らかな悪意が感じられた。

結局人のだということも忘れて、スルギのスマホをかなり長いこと握っていた。

「これ……何ですか？」

「昨日、モドゥエオフィスのアプリのコミュニティ掲示板に、誰かが書き込んだんですよ。夜中に。わたしは暇なときによく見てるから、すぐに読んだんですけど……。昨日が休みの日だったから、運営側が見てなかったみたいで、今朝までそのままだったんです。麻浦支店のマネージャーで姓がハンなのって……シウォンさんしかいないじゃないですか。びっくり……」

「いや、まさか。シウォンさんがそんなことするわけないですよ。証拠もないし、一方的な中傷です」

頭の中でははっきりとそう答えているのだが、言葉が出なかった。

私はどうすればいいんだろう？

行って何か言うべき？　黙ってるべき？

この書き込みは誰が、何の目的で投稿したんだろう？

多くの疑問符が瞬間的に銃弾のように頭に撃ち込まれたが、何一つ簡単に答えが出せなかった。

「ああ、ミレさんショックなんだ……シウォンさんと仲良かったですもんね。でしょ？よく一緒にご飯も食べてたし」

スルギの最後の言葉が引っかかった。

誰にも気づかれていない自信があったけれど、やっぱり人は言わないだけで見ているものなのだ。

スルギさんはカマをかけてるの？　それともすでに頭の中ですべてのストーリーが完成してる？　私を浮気者に引っかかった可哀想な女だと思ってる？

誰か、オフィスの人に見られていたのだろうか？

シウォンとソリがオフィスに遊びに来た日、仕事を手伝ってくれて一緒に飲みに行った日。それか近くのカフェでの三人の会話を聞かれた？　それとも、仁川で見られたの？

それかもしかして、スルギさんが？

あまりに突然襲ってきた悪意のせいで、ミレの警戒心が極限まで高まっていた。

そして心の中からは、もうひとつの恐怖が消えなかった。

書き込みに、私の話は本当になかった？　名前、いや小さな暗示も？　私が（理由はどうあれ）恋人のいる男性と付き合っているという事実も、この人たちに知られるんじゃ？

そしたら私は……どうすればいいの？

シウォンが既に窮地に立たされているこの状況でも、自分の身の安全の方を心配する心の狭さに自分でもがっかりだったけれど、どうしようもなかった。ハナやダジョンのように近しい友人たちに話すのは、もちろん勇気が必要ではあったけれど、まだ大丈夫だった。耐えられることだった。だが不特定多数の人にこの関係の特殊性を深く理解してほしいと要求する時間も、説明の機会もなく、雑な〝ファクト〟だけで魔女狩りに遭いたい気持ちは微塵もなかった。いつか見たインタビュー記事の、攻撃的で露骨なコメントの数々が思い出された。その言葉が自分に向けられることを想像すると、ミレは両目をぎゅっとつぶるしかなかった。

ミレの早急な心配とは裏腹に、会話をすればするほど、スルギはその書き込みが削除される前に見たほぼ唯一の利用者として、このゴシップに興味津々なだけだということが確認できた。

投稿者を明らかにするには、IPアドレスを追跡するなりしたほうが、早く正確なはずだ。今は理性的な推測ができる状態ではない上、何の手がかりもない。「そういえばアプリ内の掲示板は、会員しか利用できないクローズドなコミュニティのはず」と思い、投稿者のIDは何だったかと訊くと、スルギがスクリーンショットを再び開いて見せ、〝admin〟、つまり運営者アカウントだったことを確認させてくれた。その〝誰か〟は、この投稿のためにハッキングまでしていたのだ。

スルギが普段挨拶を交わす仲の他の利用者たちにもスクリーンショットを見せ、同じ説明を繰り返すのをぼんやりと聞きながら、ミレはしばらく何もできずに立ち尽くしていた。会議室で同僚たちと何の話をしているのか全くわからないシウォンのシルエットを見るミレの心は、ただただ複雑だった。

そのうちに、ふとある考えが、閃光のようにミレの頭に過ぎった。

✦

誰もいないオフィスに入ってドアを閉めたミレは、〝ブロック済みユーザー〟のリストをひっくり返し、通話ボタンを押した。コール音を黙って聞きながら、ミレは喫煙者ではないにもかかわらず、こういうのが「吸いたい気分」なのだろうと思った。

「も、もしもし？」

勤務時間中なのでどうかなと思っていたのだが、相手はすぐに電話に出た。

「ねえ、チョン・スホ」

「……え？　ミレか？」

スホの声が震えている理由はいくつかあるだろう。前の会話をたどってみると、スホはブロックされていることを知っていたので、意外な発信者に驚いたからという可能性が最も高い。だがいまこの瞬間ミレの頭の中では、ただ自分の仮説を裏付ける根拠として分類されるだけだった。

ミレはしばし呼吸を整えた。

「あの書き込み……まさかあんたが書いたの？」

「え？　書き込みって何の？」

スホが訊き返した。はじめから認めるとは思っていなかった。それは当然のことだ。ミレの頭は、多くの可能性で複雑になってきた。スホと付き合っているときはどうだった？　嘘が上手かったっけ？　嘘をつく時の癖みたいなものはあったかな？　だがこんなに久しぶりで、しかも電話の声だけでそれを見極めるのは難しすぎた。

「ミレ、何かあったの？」

スホの質問に、ミレは思わずきつい言い方になった。

「またくだらない心配はやめて、訊いたことにだけ答えて。本当にあんたじゃないの？　どうせすぐにわかるよ。IPアドレスを追跡するらしいから」

この部分では確実に相手を脅さなければという意図で、ミレは不確かなことを大げさに言ってみた。

「何のことかさっぱりわからないのを見ると、俺じゃないみたいだけど。ここ数日は自分のSNS以外には何も書き込んでないよ」

だが、スホの声は落ち着いていた。

「本当、本当なの？」

「うん……聞きたかった答えじゃないみたいだから残念だろうけど、俺じゃないよ。信じてくれないかもしれないけど、それでも信じてほしい」

「……」

ミレは何も言えなくなってしまった。あまりにももどかしかった。スホの簡潔な「違う」の一言に、反論の根拠として打ち出せるものが何もなかったからだ。

過去に交際していた彼のことを思えば、違うと信じたかった。

だがわずか数週間前のスホは、信じられないほどあきれた思考で、ミレの家の前で待ち伏せをしていた。

あのときのスホなら、こんな行動だってしかねないと思った。

犯行の動機は充分だ。

でもずっと問い詰め続けるのも良策とは言えない気がして、ミレは呼吸を整えた。

「わかった……ひとまず信じる」

二人の間に沈黙が流れた。しばらくして、スホが口を開いた。

「もしかして、あの人と関係あること？　あのとき君の家の前で会った……」

スホのその言葉に、ミレの全身が緊張でこわばった。

「……どうしてわかるの？」

ミレがやっとの思いで低く吐き出したその言葉の後には、大方このような文章が省略されていた。

そうだよ、だから早く認めて。あんたがやったって。だがスホが落ち着いて答えた。

「なんとなく、それで電話したんじゃないかなって気がして」

「……答える義務はないと思う」

そう言った瞬間、答えになってしまったのはわかっていた。だがどうしようもなかった。

「あの日突然押しかけたこと、ほんとに悪かった。後から考えてみたら恥ずかしくなったよ。俺は正直、オープンとか、そういうのは全く考えたくもないし、いまだによくわからない……だけど、ミレには幸せでいてほしい」

「……心配してくれなくても、私幸せだけど？」

再びミレの口からきつい言葉がぴしゃりと発射された。今切実に聞きたい言葉は他にあるのに、無駄話を続けるスホがだんだん憎たらしくなるばかりだった。

「だよな。これからも、そのまま幸せにな」

だが、返ってきた言葉は意外なものだった。

「……え？」

「あのときはミレがオープン・リレーションシップをしてるって聞いて……正直腹が立ったんだ。俺はベストを尽くしたのに、誰かみたいに他に恋人もいないし、君だけに集中して良くしようと本当に頑張ったのに、どうして俺じゃダメで他の人はいいのかって、それが悔しかった。だからあんなことしたんだ。ミレのためだっていう口実で。ほんとはただ、自分の努力が報われなかったことに腹が立ってただけなのに……」

「あ……」

「今さらだけど、言えてよかった」

「……そう」

「とにかく役に立てなくて悪いな、何かはわからないけど、無事に解決することを願ってるよ」

その言葉を最後に、スホとの通話は終わった。

ミレは長いため息をついて、額を抑えた。

そして通話の内容を、落ち着いて再び反芻してみた。

電話をかけた意図とは裏腹に、期待もしていなかったことを言われたのは収穫といえば収穫だけれど――一方では余計疑わしくもなった。聞こえのいいことを言って、疑いを晴らそうとしているだけなのでは？

あのいまわしい再会の後、スホも考えを重ねた末、少しはいい人になったと、ミレも信じたかった。だがいまシウォンに襲いかかったこの残酷な状況の前では、そんな楽観も贅沢に思えた。

できるなら、スホのスマホの履歴をどうにかハッキングして、残らず明らかにしたかった。

そんなスキルのない自分の無能さが恨めしかった。すぐにスホの会社に押しかけて、拷問でも何でもして真実が知りたかった。もっと問い詰めて認めさせられたらよかったのに、相手のペースに巻き込まれてうやむやに電話を切ってしまった自分が情けなく思えた。すべてのことが、自分のせいのように思えてならなかった。

暴走する思いにつられて呼吸まで荒くなり、深呼吸をしていると、そのときシウォンからメッセージが来た。

「今日仕事が終わったら会って話そう」という内容だった。

✦

どうやって過ごしたのかわからない一日を終えて、ミレは久しぶりにバスで街中に向かっていた。シウォンが住所を送ってくれたのは、いつも会っていたオフィス近くのカフェではなかった。やはりああいうことがあった後なので、充分納得がいった。

二十分ほどバスに乗り、さらに十分ほど歩くと、こぢんまりした個人経営のカフェの並ぶエリアでは珍しい、四階建てのカフェに到着した。そのカフェの規模のせいで、わけもなく余計に緊張する気がした。

連絡を受けた通り三階に上がってウロウロしていると、すぐに見慣れたシルエットが目に入ってきた。

シウォン、そしてソリだった。

ソリも一緒に会うことはすでに聞いていたため、特に驚かなかった、シウォンにあんなことがあったのだから、ソリもこの件の当事者であることもまた当然だ。むしろ驚いたのは、ここがあの、シウォンとソリが初めて会ったカフェだという事実だった。

「こんなに大きなカフェでマネージャーをしてたんですか？」

「ああ、もちろん一人ではなかったですよ。他にも数人いました」

「わあ、それにしても……本当にすごいですね」

おかげで、少し空気が明るくなった。

「さっきオフィスで……ミレさんもすごく驚いたでしょう？」

「あ、ああ……はい」

だがやはり、今日この場に集まった用件を出さないわけにはいかない。

「スルギさんのほかにも、あの書き込みを見た利用者の方がいて、問い合わせがあったようです。マネージャーたちは大混乱で……」

「でしょうね……」

「だけど……考えてみたら本当におかしな話じゃない？　その人の書き込みの、ガスライティングの部分は真偽を追及しないといけないとして。それ以外は冷静に見ても、二股が犯罪ってわけではないでしょ？　それがどうして職場で告発されないといけない話になるの？　わたし、韓国人のそのロジックが本当に理解できない」

少し興奮したソリが、そんな中でも頑張って声を落とそうとしながら言った。やはりこの件が皆に影響を与えているのはたしかなようだ。良くない意味で。

「まあ、韓国だから……結局本社に報告が行ったんだ。同僚たちに謝られたよ……」

「だから、そんなことがどうして報告されるわけ？」

「それで人事部とも面談をして……ありのまま正直に話したんだ。そういう関係にあるのは事実だけど、全員同意のもとだし、誰も騙したり害したことはないって」

「全部信じてもらえましたか？」

「ひとまずは……信じると言っていました」

「それで何、どうするって？」

「プライベートなことで懲戒処分にするのもおかしな話だし、このままにしておこうっていう結論。もし休暇が必要なら数日休みをとれってさ」

「そう。その程度ならまあよかった」

シウォンの話を聞いて、午前中から苦しくて重かった心が、ひとまず少しは軽くなった気がした。だがそれも束の間にすぎない。職場で不利益を得たり、もっとひどい目にあったりして苦しまずに済んだのは不幸中の幸いだけれど、シウォンはこれから、すべての人に色眼鏡で見られることになる。どうやっても、あの一件の前に完全に戻ることはできない。

「知らない人にいきなり職場で〝アウティング〟されてしまったんですね。この場合、この表現を使っていいかどうかわからないけど……」

「そういうことですね。本当にひどい……。大丈夫、シウォン？」

「大丈夫といえば嘘になるけど……まあ仕方ないよ。時間が経てば大丈夫になるだろ」

「そういえばミレさんは大丈夫でしたか？　誰かに気づかれたとか」

「私がシウォンさんと付き合っていることまでは、知ってる人はいないと思います……。でもよく一緒にご飯を食べたりして、親しくしてることは知られているみたいでした。意外と見られてるものですね」

「そうですか……それは本当によかったです。僕はまあ、仕方ないとして……この件でミレさんまで困ったことになったら、本当に辛かったと思うから……」

シウォンの瞳が一瞬赤く潤んだが、またすぐに落ち着いた。

ミレが自分の身元が割れる可能性を心配している間、すでに大変な状況に陥ったシウォンがこんなにも心配してくれていたなんて、申し訳なかったし、とてもありがたかった。

「一体誰がこんなことしたの？」

哀れみと悲しみの表情でシウォンを見ていたソリが、不満そうな声を出した。

ミレが悩んだ末、おそるおそる口を開いた。

「私、一人心当たりがあるんですけど……シウォンさんは誰のことかわかると思います。とりあえず、本人は違うと言ってるんですね。でも、その人かもしれないじゃないですか……

どうすればいいかわからないんです」

その数言を言う間、自分でも気づかないうちに涙がぽたぽたとこぼれていた。

驚いたシウォンが、隣でミレの肩を抱き寄せた。気になる顔をしているソリに、ミレが泣きながら説明した。

「少し前に……私の元カレが家の前まで来たんです。私がオープン・リレーションシップをしてることを知って、そんなのやめろって忠告しに。そのときちょうどシウォンさんと一緒だったから助けてもらえたんですけど、今日電話したら何のことかわからないって……前に押しかけたことは恥ずかしいと思ってる、とは言ってたんですけど……わからないです。むしろ疑われないためにそう言ってるのかなって気もするし……」

「そうだったんだ……ミレさんも辛かったですね」

「そんなことないです……シウォンさん」

「じゃあ、それも可能性のうちの一つね」

ソリが低い声でため息をつきながら言った。

「え……？」

少し落ち着きを取り戻したミレが聞き返すと、ソリも辛そうな顔で口を開いた。

「わたしたちもちょうどミレさんが来る前に、心当たりのある人を考えてたんです。すごくたくさんいるんですよ。もしかしたらシウォンの元カノかもしれないし、わたしと少し付き合って、良くない別れ方をした人かもしれないし……だいたいが、わたしたちみたいな人を嫌うじゃないですか。この関係を知られた瞬間、大きな弱みを握られたも同然で、ずっとそのリスクを背負って生きているわけだから……結局、知るすべがないんです」

あ……ミレは言葉を失った。

すごくたくさんいる、大きな弱み、リスクを背負う。

ソリが出した言葉が脳裏にはっきりと残った。

シウォンがわざと明るく言った。

「内部のＩＴチームで、できる限りのことはやってみるとは言ってたけど……見つけられるかはわからない。名誉毀損で訴えてみようかな？　サイバー捜査隊にまかせる？」

「耐えられるの？　そしたらまたこの関係を弁護士、警察、すべての人に説明しないといけなくなる」

「……やっぱり無理か」

シウォンが苦しそうに言って笑った。ミレはその姿があまりにも気の毒だった。

「こんなに一方的に黙ってやられるしかないなんて……」

「本当に。悔しすぎます……だけどほとんどの人が、事の顛末を知ったらわたしたちに『当然の報いだ』って言うはず。でしょ？」

「……だろうな」

「プライベートがちょっと変わってるってだけで、わたしたちみんな頑張ってそれぞれの居場所で自分の仕事をして、税金も納めて、真面目に生きてるだけなのに……」

「僕はできるだけ、人に正直でありたいのに。それって悪いことじゃないだろ？　だけどこうして刃を向けられると、萎縮してしまう。本当にそう考えたくないのに、結局これが弱みになってしまうんだ。あの書き込みをだれが書いたのかはわからないけど、たぶん僕を社会的に葬りたかったんだろ？　幸いそこまでにはならなかったけど、大きな打撃なのは事実だし……こういうときはほんと……キツイよ」

シウォンが疲れきった様子で身体を前にかがめ、大きな手のひらに顔をうずめた。

それほどドラマチックなジェスチャーではなかったけれど、ミレはその姿に、いつもしっかりとしているハン・シウォンが、初めてゆっくりと揺らぎ、崩れていくのを見た。

その状況で唯一幸いだったのは、そんなときにシウォンを一人にしなくて済んだことだった。今のシウォンの絶望と孤独を最もよくわかっているソリと一緒に、彼の側にただいてあげることのほかには——ミレにできることは何もなかった。

そして一方で、実感していた。やっぱりこれは容易いことではないと。大きな勇気と犠性を伴うことだと。社会の基準を超えて自由になろうとすると、すぐに「自分勝手だ」「異常だ」のようなレッテルを貼られてしまうから。

同年代の、話が通じると感じる友達にならまだ、ことの一部始終を打ち明けられるけれど、例えば……お母さんには？　このオープン・リレーションシップの経験とそれに対する感想を正直に話せるだろうか？

「そんなに結婚したくないなら仕方ない。一人で頑張って生きなさい」と言ってくれるお母さん。

そんなお母さんに、すでにその世代の基準でいえばごく進んだ考えの人だとはいえ、これも理解してほしいと言ったら、どんな反応を見せるだろう？

もちろん、長い時間をかけてゆっくりと生き方を見せることで説得すれば、不可能なことではないだろう。すでにそうやって周囲の理解と祝福の中を生きている人もいるはずだ。だが、かといってそう容易いことではない。とても険しい道程だということは、想像に難くない。異性愛を前提とする独占的恋愛を全宇宙が支持し奨励しているのとは正反対だ。それだけに、中途半端な態度では到底できないことだという実感が全身にこみ上げてきた。シウォンの身に今日起きたことは、ミレの身にもいつ起きてもおかしくない。

誰もが簡単に口を開けなくなっていたそのとき、ソリが言った。

「いいことにしろ悪いことにしろ、起こるときは重なるって言うけど、本当みたい……」

シウォンとミレが同時にソリの方を見た。

「何のこと?」

「ちょっと……うん、まずは気を楽にして聞いてほしいんだけど。会社で、フランクフルトの本社にポストができたそうなの。行く気はないかって訊かれた」

考えてもみなかった言葉だった。ミレはとても言葉が見つからず、何も言えなかったので、ただ黙って聞いていた。

いつの間にか身体をまっすぐに立て直したシウォンが訊いた。

「え? それで?」

「すぐに返事をする義務はないから、考えてみるって言った」

「行くの? 行きたい?」

「前からシウォンにも話してた……狙ってたポストなの。もちろん行きたいよ」

ソリのその言葉で、シウォンの目から、なんとか引っ込んでいた涙がふたたびあふれそうになった。

「ソリがそんなに……行きたいなら……それなら行くべきだけど、なにも今、今回じゃなくても」

今日あまりにも深く傷ついた人にしては、ごく理性的な答えだった。ミレが心の中で感嘆の声をあげていると、ソリが答えた。

「そこでなんだけど、シウォン。あなたさえよければ、一緒に行かない？　社宅も提供してくれるの。わたしと住めばいい。そんな陰険な人のいるところで、ストレスを感じ続けることないよ。一緒に出て行くの」

しばらくの間、シウォンとミレの口が丸く開いた。

「……そこで何の仕事をするんだよ？」

「あなたは素晴らしいバリスタでしょ。とりあえずその仕事から始めればいいんじゃない？」

「じゃあミレさんは……？」

そのときソリとミレの目が合った。

「それは、二人で決めてもらわないと……わたしがどうこう言えることじゃないと思う」

その瞬間ミレは、笑いと涙が同時にこぼれそうな気分だった。ハナの言う通り「自分に酔ってる人たちの遊び」に巻き込まれていたのだろうか？

でも近くで見てきたソリは、絶対にそんな人ではなかった。ただ、状況がこうなってしまっただけだろう。理性的に考えてみれば充分理解できる。だけど……だけど……。

「そう……いますぐには答えられないな。ゆっくり考えてみよう。会社はいつまでに決めろって？」

「長くて一週間？」

「わかった……」

「ミレさんも一緒のときに言うべきだと思って。今日この場じゃなかったら、また機会を作らないといけないから……あんなことがあったばかりなのに、こんな話をして、二人には申し訳ないと思ってる」

「そ、そんなことないです……状況が状況なわけだから……」

ミレはからからに乾いた口で必死に答えた。そして考えた。

結局シウォンは、ソリの提案を受け入れるのではないだろうか？

そうやって二人とも行ってしまうのではないだろうか？　いくら考えても、その姿のほうがイメージできた。ドイツにいる二人の姿は、想像の中でもとても自然だった。

ソリの言う通り、シウォンはそこでも仕事を見つけられるだろう。

「じゃあミレさんは？」

シウォンのあの一言が、ミレの頭に残った。

よくよく考えてみれば、この状況でも自分の望むことはあるはずだ。いつもなら、三人でスケジュール帳を片手に気楽に話せばいい。でももうそれはできないし、私の望みも叶わないなら、今からでも自分から離れる準備をしたほうがいいのでは？

ここまで来れただけでも、充分楽しかったし、意味があったんじゃない？

シウォンの身に起きたことはひょっとたら、もう潮時だという警告みたいなものだったのではないだろうか？

そんな思いが、ミレの頭から離れようとしなかった。

13――一人で一緒にいる人たち

およそ一ヶ月後。あるゆったりとした日曜日の午前。

ミレは分厚い冬物のコートを来て、仁川《インチョン》国際空港へと向かっていた。久しぶりに乗る空港鉄道だった。最後に空港に行ったのはわりと最近だったけれど、そのときは電車ではなくソリの車だったから。シウォンとソリと、三人で一緒に。

ミレは今日、二人を見送りに行く。

手首のスマートウォッチが振動した。スマホを開くと、スルギからのメッセージだった。


「ミレさん、空港に向かってるところですか？　お気をつけて……シウォンさんにもよろしくお伝えください」

シウォンの掲示板事件から数週間後、オフィスのITチームから届いたメールによると、残念ながら犯人は見つからなかったとのことだった。

大して期待していたわけではなかったので、シウォンとミレ、ソリの落胆は束の間で済んだ。ところが数日後、全く予想外のところで、思わぬ手がかりが出てきた。

スルギがシウォンにメールを送ってきたのだ。

自分の隣のオフィスを使っている、大学のロゴ入りスタジャンを来た開発者チームの人たちが怪しいという内容だった。その人たちにしょっちゅう会話を盗み聞きされたり、オフィスを覗き見されたりして不快に思っていたところ、周りの人たちと話をしてみると、数ヶ月前から同じような経験をした人たちがいたというのだ。この前の掲示板の一件と関連があるかもしれないと思い、悩んだ末にメールしたと、密かに調べてみてはどうかとのことだった。

そこから先は一瀉千里だった。

シウォンが同僚のマネージャーにその件を伝えると、彼の状況を不憫に思っていた同僚は一計を案じ、彼らと面談をした。「IPアドレスの追跡結果を受け取った」と、ちょっとしたカマをかけたのだ。その戦略が功を奏したのか、結局は自白を引き出すことができた。

犯人はそのチームの一員で、いつも遅くまでオフィスに残っている存在感の薄い男だった。ミレに好意を寄せていたという。挨拶すら交わしたことのないミレからすれば、思いも寄らない事実だったけれど。それでシウォンとミレの間の空気もいち早く察知し、ときどき暇つぶしに二人の後をつけていたところ、ある日シウォンとソリが一緒にいるところを見たらしい。それで腹を立て、二股なんて言語道断なので、皆に知らせるべきだと思っただけだという。自分は何も悪くないと、むしろ悪いのはシウォンの方だと開き直った。いったいどうしてそんな奴を懲戒処分にもせずそのまま置いておくのかと、モドゥエオフィスにもがっかりだと言ったそうだ。

そんな彼にシウォンの同僚はこう言い放った。

「もういいから、さっさと退去してください!!」

✦

仁川国際空港第一旅客ターミナル駅に到着すると、両隣から同時に人波が溢れかえった。大きなスーツケースをゴロゴロと転がす人たちを横目に、一人何の荷物も持たずにスタスタと歩くのは身軽でよかった。だが一方では、その代わりどこにも発てずに、すぐに反対方向の列車に乗るのだと思うと、ほろ苦い気持ちにもなった。

実際、発とうと思えばミレにはそのチャンスがあった。シウォンがひとしきり悩んでいるときに、ソリから一緒にドイツに行かないかと言われたからだ。今はオフィスに〝通勤〟しているとはいえ、もともとミレはフリーランスだと聞いたと、一緒に行って新しい環境で挑戦してみるのはどうかと、それなりに真剣に提案してくれた。自分が力になれることが多いはずだからと言って。

後からハナとダジョンにそのことを話すと、すぐに「気は確かなの？ ミレを引き立て役か何かだと思ってるんじゃない？」と言われたけれど、ミレにはそうは思えなかった。ソリとしては、悩んでいるシウォンのために、選択肢を与えたかったのだろう。ミレにもできればいいことがしたかったはずだし。ソリ自身は、別の国で生きることに慣れているから。しかもすでにこういう恋愛に挑戦し適応している人としては、韓国で生きるのは楽ではないとわかっているから。シウォンとミレのために、自分ができる最善の提案をしたのだ。そう思う。

いっときは皆が〝脱・朝鮮〟を語っていたくらいだし、拠点をヨーロッパに移すのは、ミレにとっても素敵なことに思えた。いち早く海外に移住した友達が羨ましかったことが何度もある。単純に恋愛だけではなく、韓国で当然とされていることが、ミレにとっては居心地悪く感じることが多かったから。もしかしたらこれは、思いがけないチャンスなのかもしれない。全く新しい文化圏での新しいスタート。より多くの可能性との出会い。

だが結局、ミレはその提案を断った。

一番の理由は、そうやって人生の拠点を移した瞬間、どうしても今よりずっと二人に頼ってしまう気がしたからだ。

シウォンと付き合い、ときどきソリとも会うのは、ミレにとっていつも楽しいイベントだったけれど、かといって離れて暮らす母とのたまの電話や、ハナとダジョンといった友達と会う時間、そして自分だけの時間が比重が減ったわけではない。

でも突然二人と一緒にドイツへ行くことになれば――しかも再びそこで自分の人生の基盤を作るとなれば、とても長いこと、二人に全面的に頼ることになるのがあまりにも明らかだ。そうなったら今よりももっと苦しいだろうと思った。

いつか海外に出たいという欲求と、二人との関係をできれば維持したいという欲求。その二つはどちらも間違いなくミレの中にあるのに、それが同時に叶うかもしれない機会がやってきたとき、むしろ快く選べない選択肢になるというのは、皮肉なことに思えた。

ソリとミレのそれぞれにとって、この関係の意味するところに確かな違いがあったようだ。誰かをこれほど好きでいながら、必要なだけデートだけをして、それぞれの居場所を守れるというのが、ミレにとって一番いいところだった。だがソリにとっては、自分らしいすべてのこと、つまり他人に対する新しい欲求と好奇心をありのままに受け入れてくれる深い信頼関係が、最も重要なことに見えた。

ソリが自ら話してくれたように、二人が築いてきた絆と特別な関係は、他のどこにもないものだから。だから、どこかに行きたくなったときにいつでも行けるようにとオープン・リレーションシップを始めたソリは、今度はシウォンに一緒に行かないかと提案したのだ。さらには、シウォンの恋人であるミレにまで。初めて関係を始めたときの二人なら、考えもしなかった状況だろうと思った。

ミレは自分のほうが、シウォンと出会ったのも遅かったし、一緒に過ごした思い出や時間も圧倒的に少ないと自覚していたけれど、だからといって特にソリと自分を比較しないように頑張ってきた。この関係の特徴を完全に理解してからは、誰かにとって〝一番〟大切な存在になりたいという欲求を、少しは調節できるようになったからだ。その一つの座を巡って争うよりも、いま感じるあたたかさを心地よく享受するのが、ミレにとってこの関係を保つ秘訣だった。

だが突如決まったソリのドイツ行きは、シウォンにソリかミレのどちらか一人を選ぶという選択を迫るものに思えた。ミレには、そう思えてならなかった。今のように皆がソウルで過ごしていれば、シウォンが二人のうちどちらのほうを愛しているかを考える必要がないけれど、ソリを追いかけて遠く離れた地へ行くかどうかを選択しようと思えば、選択の根拠が必要だし、その根拠を見つけるためには、自ずと二人への愛情を比較することになると思ったからだ。

ミレとしては少し悔しい部分もあった。自分が全く予測することも、介入することもできない理由でこういう状況に置かれてしまったから。

そして正直に言えば、逃げたかった。シウォンが決断する前に、早く、美しい退場をしたほうがいい気がした。シウォンへの愛がないからではなく、充分すぎるからこそ。

だがミレは逃げられなかった。正確に言えば、逃げる必要がなくなった。

それは、シウォンの選択のためだった。

✦

「あ、ミレさん、来てくれたんですね」

シウォンに教えてもらった航空会社のカウンターへ行くと、シウォンとソリが、手続きを終えて身軽になった手を振っていた。彼らの手で、パスポートに挟んだ搭乗券がひらひらと揺れた。

「せっかくのお休みなのに、わざわざ見送りありがとうございます」

「当然ですよ。しばらく会えないんだから」

「ミレさんはわたしに会いに来てくれたの。でしょ？」

シウォンとじっと見つめ合っていると、隣でソリが冗談っぽく付け加えた。

「そうですよ、ソリさん……数日間、準備でほとんど休めてないって聞きました。少しは寝れましたか？」

「まあ、飛行機でたっぷり寝れば大丈夫ですよ」

「どんな気分ですか？」

「うーん、トッポッキと冷麺を置いて行くのはちょっと残念ですね。でも、大丈夫です。もといたところに戻るだけだから」

ミレはソリの顔を正面から見た。言葉通り、穏やかな顔だった。

「飛行機の時間までもうすぐじゃないですか？」

「そうですね。そろそろ行かないと」

その瞬間、しばらくぎこちない空気がながれた。ミレとソリが初めて会ったときでさえ、こんなにぎこちなくはなかったのに。シウォンが二人の間で空気を読もうとしていると、ソリが口を開いた。

「ミレさん、わたしたち友達ですよね？」

その言葉に、ミレがにっこりと笑って応えた。

「もちろん」

「韓国を離れる前に、ミレさんみたいな人に出会えたことが、わたしにとってどんなに大きな意味か、わからないでしょうね」

「私にとっても、ソリさんは特別です」

「わたしたち、また会えるから……」

「もちろん！」

ミレが二回も力をこめてもちろんと叫んだので、ソリの目が潤んできたように見えた。そして、ミレをナチュラルに抱き寄せた。そう、ヨーロッパ式にハグ、ハグ。ミレも何気なくソリの背中を軽くたたいた。

「また会える日まで……元気で」

ソリはそう言うと、シウォンに目配せをして先に離れて行った。二人のための気遣いのようだ。シウォンがソリに向かって頷くと、ミレの前に立った。

しばらく何も言わずに見つめ合っていると、こういう二人だけの時間がかなり久しぶりに感じた。実際あの一件があってから、時間が本当にあっという間に過ぎた。

「行ってきます」

シウォンが言った。

ミレはゆっくりと頷いて笑った。

✦

約二週間前、シウォンが久しぶりに手料理をごちそうしたいと家に呼んでくれたとき、ミレはとうとうその日がやってきたことを直感した。

シウォンに自分の決断を告げられるんだ。たぶん、ソリと一緒に行ってしまうんだろう。

シウォンとソリがほぼ毎晩会って一緒に悩んでいるという話を聞いて、ミレはいっそ自分が先に誘って別れを切り出そうかと、数十回は悩んだと思う。

だがある時から、それでは今までベストを尽くしてきた自分自身に失礼だと思うようになった。

シウォンが行くと言うなら、それを受け入れよう。三十四年間生きてきて、酸いも甘いも知っているのだから、今更フラれるのなんて、どうってことないって。

実際、関係が始まって間もないころだったらたしかに、最も恐れていたことだったかもしれない。不器用に噛み合わないまま終わってしまったら、なんだか二人に利用されたみたいな気になっただろう。（間違いなく、自ら選択したことなのに！）

だが、そういう段階はもう過ぎた。だから全て受け入れる以外ない。シウォンとソリがミレを、お互いを、ありのまま受け入れたように、この関係が呼び起こす全ての感情を最後まで誠実に受け入れられたなら、どう終わろうと、きっと意味のあるものになるはず。ミレはそう考えるようにしようと、何度も自分に言い聞かせた。

一方では、もしかしてという気持ちで、ドイツへ行った二人と、遠距離でこのオープン・リレーションシップの関係を保てないかと想像してもみた。時差があるとはいえ、今の時代はメッセージのやりとりもビデオ通話も、いつでも可能だから。でも……。

それでもやっぱり直接会って一緒に過ごし、触れ合うことはできないから、寂しさの方がずっと大きいだろうと思った。しかももう一人の恋人であるソリは向こうで一緒なのに、ここで遠距離で〝恋愛〟をすることに意味があるのかと考えてしまいそうな気がした。そうやって考えると、もう本当にシウォンとの関係を続けられる可能性は希薄に思えた。

そろそろ終わりを迎える準備をしないといけない。

それはつまり、ミレの人生で、短い間とはいえ初めての経験だった、このオープン・リレーションシップという関係も終わりだということだ。再びこんな関係が持てることがあるだろうか？　こんな人たちと出会えるだろうか？　もちろん別れのたびに「こんな人にはきっともう出会えない」という感想を持つ人をミレは数多く見てきたけれど、「今度こそ本当」と声を大にして言いたかった。

ミレとシウォン、そしてソリ。三人が作った安全な区域の外では、依然として〝オープン・リレーションシップ〟なんて、理解されないものだから。悪意をもつ人にとってはいつでも弱みになり得て、一日で周りに知られてしまう。

では、ミレはこれからどうすればいいのか。二人なしで、一人ここに残ってオープン・リレーションシップを試してみる？　それとも、再び〝次善〟の恋愛に戻るしかないのだろうか？

そんなことを考えて眠れなかったミレは、いつも以上に明るい黄色のセーターを着て、シウォンの家に行くことにした。どうしてかはよくわからない。ただ、悲しみを少しでも和らげたかった。

次の日、ミレはシウォンお手製のミートボールスパゲッティとワインを前に、ついに席についた。妙に会話が途切れるのが気になって、頭の中で必死に話題を探しているとき、とうとうシウォンが口火を切った。

「ミレさん、今日は僕、話があって……家に呼んだこと、わかってますよね？」

その一言で、食べていたミートボールを詰まらせそうになった。その危機をかろうじて免れたミレは、必死に笑顔を作りながら答えた。

「あ、はい……」

「その……今日、飛行機のチケットを予約しました」

「え？　あ～そうなんだ。はい……行くことにしたんですね」

「はい。ただし、往復で」

「ああ……オープンチケットみたいなやつですか？　たしかに片道より往復のほうが安いって、前に友達が……」

ミレがほとんど無意識のうちに、高速で口だけを動かしながらどうにかリアクションをしていると、突然シウォンがにやっと笑って言葉を挟んだ。

「そうじゃなくて」

「はい？」

「十日ほど向こうで過ごして、戻ってきます。ソリの家族がいる地域ともまた違うので……初めてのいろいろな処理とか、引越しを手伝ってくれる人がいたら助かると言われて」

「はい？」

「僕、行きません。ソウルに残ることにしました」

危うくもう一度「はい⁇」と聞き返すところだった。

ミレは急いで口を閉じ、自分が聞いた話を思い返してみた。

シウォンが……行かないって？　ここに残る……？　シウォンはソリじゃなくて……私を、選んだの？

未熟な反応だとわかっていたけれど、どうしようもない喜びの感情が少しずつ湧き上がってきた。そうなるなんて、いや、なれるなんて思ってなかったのに、もしかして、私、勝ったの……？　じわじわと漏れ出る笑いを必死にこらえていたのだが、結局シウォンにバレてしまった。二人はしばらくの間、わけもなく笑った。

「どうしてそんなに笑うんですか？」

「正直……思ってもみなかったから。当然行っちゃうと思ってたんです。そしたら私、遠距離は嫌だから、もう……シウォンさんとはお別れだなって……そう思ってて……」

「心の準備もして？」

「……そうですよ。仕方ないから」

「ハハ、ごめんなさい。ミレさんも不安で、いい気はしなかったこと、わかってます。だけど状況が状況だったので、それに短い時間で多くのことを考えて、決断しないといけなかったので……その過程でもたくさん話せたらよかったけど、できませんでした」

「理解できます」

シウォンが遠慮がちにテーブルの上に手を伸ばし、ミレの手を握った。ミレは、もうすっかりなじんだ彼の長く美しい指を撫でながら、ここ数日自分が想像した、シウォンのいない一ヶ月後、数ヶ月後、次の季節の日々をゆっくりと消して、再び一緒の姿で満たしていった。

別れなくていいんだ、少なくとも今は。

その事実を実感すると、思わず深い安堵のため息が漏れた。もう少しで涙も出そうだった。

「ソリさんは……大丈夫って?」

少し余裕ぶった質問だったかもしれないけれど、純粋にソリが心配になったのも事実だった。ミレにまでドイツに行こうと提案するほど、ソリはシウォンの同行を望んでいたのだから。

「大丈夫です。充分話し合いました。お互い、好きで大切なことに変わりはありません。だけど同じくらい大切なのは、僕の人生の方向性だから。ソリがそれをわかってくれないはずがないので」

ミレはシウォンが直面した選択が、ソリとミレの二人のうちどちらかを選ぶものだと思っていた。時間が経ってから、そう思っていたのはミレだけだったことが明らかになった。

ソリにとってそうであるように、シウォンにとってもソリとの関係がとても大切なのは事実だ。だがそれと同じか、それ以上に大事なのはシウォン自身だった。どこに住むかという問題は、人生で最も重要な条件のうちの一つだから。

シウォンによると、ソリはシウォンの決断をありのまま尊重してくれたそうだ。その話を聞きながらミレは、「もし自分がソリだったら、本当に寂しく思わずにいられるだろうか」と考えさせられた。世界でたった一つの大切な関係だと、お互いよくわかっているのに、自分にははっきりと、二人一緒にもっとうまくやっていける道が見えてるのに。それが嫌だと断る恋人を、薄情だと思ってしまうのではないだろうか？　こういう選択をされても、変わらず愛されていると信じられるだろうか？　確かに、シウォンの立場でもまた然りだ。「本当に自分を愛しているなら、ドイツに行かないで」と要求することもできたかもしれない。

でもこの二人はお互い、そうはしない。そして相手の選択と生き方を、自分への愛情の有無と関連づけることなく、独立したものとして、疑うことなく信じ、尊重する。

「モドゥエオフィスに初めて入った時から、計画していたことがあったんです。あと数年、この仕事をしながら、会社と一緒に成長したい。もちろんドイツへ渡るのも、魅力的な提案だったけど……今回じゃなくても、機会はあると思うし」

「あ、それじゃあ二人の関係は……」

「それもすごく悩みました。僕たちが大好きな映画があるんですけど、そこでは二人が、たまに連絡を続けて、うやむやになるくらいなら、いっそここで終わらせようと言うんです」

「あ、何の映画かわかったかも」

「だけど結局、僕たちは続けてみることにしました。あれは九十年代の映画だから。今とは全く状況が違うから」

「それもそうですね」

ミレは笑って、シウォンの手を握った指に力を込めた。口ではそう言っていても、不安や心配があるだろうに、それでも頑張ってほしいという気持ちで。

遠距離恋愛は簡単ではないけれど、やってみないとわからない。それに何より、この二人の関係はそれほど容易く終わるものではないだろうと感じた。少なくともこの二人は、他の人を好きになったり、恋人ができたという理由で別れることはないから。お互いに対する気持ちが変わらない限りは。

これから先どれくらいシウォンのそばにいられるかわからないけれど、ミレはできる限りこの人たちを見守っていたいと思った。どんな分野でも、境地に達した人たちというのは目が離せないものだ。

空港から戻って早めの夕食をとり、ミレは飛行機を見ただけで旅行した気になって疲れたのか、早々に寝落ちしてしまった。そして目が覚めた翌日の朝方、二人がドイツに無事到着してホテルで荷解きをしているというメッセージを受け取った。

シウォンは時差ぼけで頭がぼうっとしていると、明日からすぐにソリの会社が提供する社宅の候補を見て回ったあとで部屋の契約をし、必要な生活用品を買いに行くと言った。そのすべてが無事に済み、ソリの新生活がスムーズにスタートすることを心から願いながら、ミレは再び眠りに落ちた。

✦

「ミレシクサ」は完全に安定した段階に入っていた。蓋を開けてみれば、代替食品の競合ブランドはあまりにも多かったけれど、言い換えればそれだけ市場が大きいということにもなる。さほど悪くないデビューを飾ったのち、既存の製品のアップグレードバージョンと、いくつかの新商品を準備中だった。

先輩は相変わらずソウルのオフィスにはたまに来るだけで、ミレは相変わらずモドゥエオフィスを利用していた。今でもシェアサイクルに乗って通勤していることは言うまでもない。

今日ミレは、久しぶりにオフィスにやって来た先輩と一緒にランチを食べるために出かけた。先輩が「今日は辛いものが食べたい気分なんだけど、どこか美味しいお店知らない？」と訊くので、以前シウォンと一緒に行った麻辣湯のお店に案内した。今更あのときのふわふわした気持ちを思い出した。

「今日はあのマネージャー、いないね」

「ん？」

「ほら、あの好印象の……ミレの好きな人」

二人で楽しく選んだ材料がたっぷり入った美味しい麻辣湯を食べながら、先輩が唐突に言った。その瞬間、ひょっとしてあの噂が先輩の耳にも入ったのだろうかという考えが過ぎったけれど、なにしろ他人に興味がない上、アプリにそんな掲示板があることすら知らないような人なので……ミレは余計な心配はやめて、心を空にすることにした。

「ああ、休暇だって」

「人から聞いたの、それとも直接？」

いたずらっ子みたいな笑いが、先輩の顔に広がった。

するとミレの中に再び、これまでのことをすべて打ち明けたい気持ちが込み上げてきた。

ここであの、綺麗な手の男性に会ったおかげで、人生で初めて経験する関係を始めたこと、一生関わることのなさそうなタイプの人と友達になったこと、自分の中に残っていたステレオタイプに絶えず気づき、感情の新しい領域を発見しながら、その関係を続けるのに果敢に挑戦し続けていること。もしかしたら、そのすべてが先輩のおかげかもしれないこと。

「もう、知ってどうするの？」

だが、いつものように何気なく返してしまった。すると先輩が言った。

「なんとなく。あたしはオフィスになかなか来られないから、ミレと仲良くしてくれる人ができたらなって思って」

丸い目を見開きながら言う先輩の顔が可愛くて、ミレは笑ってしまった。

「仲良い人もいるし、私はここでうまくやってるから心配しないで」

「それならいいけど」

大したことないというようにふと投げかけられた先輩の言葉が、不思議とミレの心に残った。

そう、それならいいよね。それならいいの。

食事を終え、お気に入りのカフェでテイクアウトしたアイスコーヒーのストローをくわえて戻る道で、先輩がふと尋ねた。

「ところでさ……もし、正社員として契約しようって言ったら、入る気ある？」

「うわ、もうそんなに安泰なの？」

「まあ、食品を増やして規模も拡大するなら、そろそろ人を雇った方がいい時期かなって……」

「あー、私はどこにも縛られたくないんだけどな」

「そう言うと思った。副業も言ってくれれば全部認めるから！　ね？」

「ほんと？　契約書に全部ちゃんと書いてくれる？」

「もう、うちらの仲じゃん～」

「そういうのはナシ！　書くの、書かないの？」

「じゃあ、書いたら入ってくれる？」

「考えてはみる～」

二人がそうやってふざけ合いながらラウンジに入ると、初めて見る人たちがいた。少し前に問題のチームが退去した後、しばらく空き部屋だったオフィスに、ついに人が入ってくるようだ。

シウォンがいないので、代わりに案内を任された彼の同僚のマネージャーが、奥の共用パソコンの前で見慣れない人と一緒にいた。誰かが椅子に座って、指紋認証の登録をするために親指をスキャンしているのが見えた。

「新しい人たちが来たみたい」

「だね」

「トイレ行ってから戻るわ」

「うん」

先輩がトントンとミレの背中を叩いて外に出た。

今日も打ち合わせすることが山ほどあった。でも重荷に感じるというよりは、ほどよく活力とモチベーションが得られるところを見ると、やっぱり今の労働条件は悪くないみたいだ。正社員は一度も考えたことがなかったけれど、「先輩みたいな人が社長なら、こういう緩い条件なら、悩んでみる価値はあるかも」そんな考えに耽りながら、ミレはプリンターを使うために、共用パソコンの方に近づいた。

そのときふいに、マネージャーと新しい利用者の会話が聞こえてきた。

「指紋がうすい方みたいで、反応しないんです。住民登録証を作るときもそうだったんですよ」

あまりにも身に覚えのある会話に、ミレは思わず笑ってしまった。するとその発言をした人が、ちらっとこちらを見た。

眉毛が濃く、目つきの鋭い印象だった。全体的に目鼻立ちがとてもはっきりしていた。普段ならミレが怖くて苦手と感じるタイプだ。「あんなにあからさまに笑うんじゃなかった！」内心自分を責めながら、ミレは素知らぬふりで慌てて会釈をした。いや、しようとした。

そのとき、その人がにっこりと笑うのが見えた。

全く想像できないような明るい笑顔だった。無表情のときとの印象がまるで違って、大きなギャップを感じた。

よく知らない人のプライベートな顔を予告なく見てしまった気がして、ミレはなぜかドキドキした。

「やっぱりだめですね。カードキーの残りがあるか見てきます」

指紋を何度もスキャンした末に、マネージャーが席を立った。

そしてどういうわけか、ミレは笑顔が美しいその人と二人、取り残されてしまった。

「ここの利用者の方ですか？」

思わず緊張していると、その人が訊いてきた。ちょっとハスキーな声が、耳にすっと入ってきた。

「はい、新しく入られたんですね。ここすごくいいですよ、ようこそ」

ミレが笑って答えた。まるで、立場が変わって、自分が過去のシウォンになったみたいな気分で可笑しかった。

するとで改めてシウォンにとても会いたくなったのだが、愛想よくあれこれ訊いてくる目の前の人に対する興味と好感も湧いてきた。その二つの感情は、とてもはっきりと同時に感じられた。

もしかすると再び、完全に新しい世界が開こうとしているのかもしれない。ミレの胸が高鳴り始めた。

今のこの気持ちが、初対面の人と会っている緊張感なのか、魅力的な相手に対するときめきなのか、初めての感覚に対する期待なのか、まだミレにはわからなかった。

でも気になると思ったのなら、これからわかるだろう。ドイツにいるシウォンと、夜に電話をすることになっているから、このことについても話してみなくてはと思った。シウォンが何と言うか、ミレは今から気になった。

その感情を追求し続けたら、いつかのシウォンとソリのように、ミレも誰かにオープン・リレーションシップというものについて、自分から話をする日が来るかもしれない。実は恋人がいるけれど、独占関係ではないと、そんな私と付き合ってみないかと。その状況を想像すると、ミレは全身の産毛が逆立つような気がした。どんな顔、どんな言葉が返ってくるか、今は怖さしかない。それほどの勇気が、私にもあるのかな？

でもいつだったかシウォンに訊いたときの答えを、ミレは憶えていた。

その勇気は自分の中から出てくるのではなく、相手がくれるものだと。ミレさんがくれた勇気だと。

つまりいつか時が来たら、そんな勇気をくれる人に出会うことになるだろう。

すべての人にそれぞれのタイミングがあって、それぞれの最善のロマンスがあるはずだから。だから今からそんな心配はしないことにした。その代わり今は、心の中に少しずつ広がる感情の波を、存分に感じてみることにする。こんな瞬間は、きっとめったにやって来ないのだから。


（完）

著者あとがき

ノア・バームバック監督作、2019年公開の映画『マリッジ・ストーリー』は、蓋を開けてみれば（ネタバレ注意！）〝ディボース・ストーリー〟、つまり離婚の物語だ。

だがこの映画を見て私は、幸せな結婚の物語を通して結婚の本質を語ることはできないということに気がついた。崩れ、揺れ動く過程ではじめて、本質が浮き彫りになるのだ。何であれ。

その日映画館を出るとき、オープン・リレーションシップの恋愛小説を書いてみなければと初めて考えた。

✦

私は相変わらず異性愛に強い関心を持つフェミニストとして、ある人からは「そんなに男が好きなのか」と言われ、またある人からは「そんなに男が嫌いなのか」と言われる。だが私が本当に気にしているのは自分の人生、そして女たちの人生だ。望まないことは拒み、望むことに欲求が抱ける人生。

どちらも依然として容易ではなく、これからすべきことも、言うべきこともまだまだ無数に残っているけれど、敢えて今回は、望むことについて書いてみた。

必ずしもこのかたちでなくてもいい。ただ、より良い恋愛、より悩み抜いた恋愛、当たり前のことなど何もない恋愛、そしてお互いにもっと尊重し合い、何より誰のものでもない自分のままで、自分の境界線を守りつつ愛し合える関係が、私たちには必要だ。

２０２１年の韓国社会で社会的合意の可能な唯一の恋愛、つまり（結婚を前提とする）〝異性愛独占恋愛〟が、今の時代といろいろな意味で合わなくなってきていることは自明の事実なのだから。

そろそろ〝恋愛〟というものも変わるべきだ。変わるべき時が来ている。

少なくとも、「男女間の健全な異性間交際を止めるフェミニズム」が叫ばれ続ける限り、〝非恋愛〟人口はこれからも増え続ける一方だろう。

そんな現実と比較したとき、この小説に描かれた世界は過度にロマンチックだと思うかもしれない。だがそれは何といっても、私自身がロマンチストなせいだ。まだ理想を夢見ているし、希望さえ持っているかもしれないためだ。

繰り返しになるが、ここに描いた恋愛だけが唯一正しいと主張したいわけではない。ただ、私はあなたの恋愛が知りたい。

何が楽しかったか、何に居心地の悪さを感じたか、十分話し合い、十分正直になれていたか。

この小説の中の恋愛が興味深いと感じたのなら、あるいは不快に思ったのなら、その理由はすべてあなたの中にある。

今度は、あなたが聞かせてくれる番だ。

2021年12月　ミン・ジヒョン

日本の読者の皆さんへ

「エゴマの葉論争」をご存知ですか?

2021年の末頃から韓国で流行し始めた〝インターネットミーム〟です。

エゴマの葉は、韓国人が大好きな葉野菜のひとつです。独特の香りが強く、肉を包んで食べたり漬物にしたりしますが、他の国ではほとんど食べないようですね。おそらく韓国で焼肉を食べに行ったことのある方は、生のエゴマの葉を見たことがあるはずです。

家庭ではこのエゴマの葉を、キムチや醤油漬けにして食べますが、薄い葉同士がタレでくっついているため、食べるときに一枚ずつ剥がすのがとても大変です。

この〝論争〟の登場人物は三人です。自分と恋人、そして自分の友人。三人で食事しているときに、友人がおかずに出てきたエゴマの葉をうまく剥がせず困っています。その姿を見た恋人が、下のエゴマの葉を自分の箸で押さえて剥がすのを手伝ってあげたとしたら

――怒るか、怒らないか?

これが「エゴマの葉論争」です。

この〝論争〟は、韓国で本当に大きなブームとなりました。テレビ、ユーチューブなどでも多くの芸能人が自分の意見を明らかにしました。日常生活でも友人たちと、恋人とこの問題について意見を交わすことが、ひとしきり流行していました。

おかげで似たような論争がさまざまなバージョンで次々と登場し続けていますが、どれも核心は「自分の恋人の行動が許せるか、許せないか」を論じるものです。

皆さんはこの〝論争〟についてどう思われますか？

この論争が始まった2021年の末は、韓国でこの小説が刊行されたのとほぼ同時期です。私は当時こんな論争が流行しているのを見て、改めて驚きました。

相手が誰であろうと、目の前で一緒に食事中の人がおかずをちゃんととれるように手伝うことは、客観的に見て性愛とは全く関係のない行為です。それなのにこれに対して「許せない」「腹が立つ」「絶対に嫌」、あげくに「殴りたくなりそう」という意見が、〝恋人として当然の〟ものだという空気が明らかだったのです。

もちろん、これは〝論争〟なので「許せる」「自分は気にしない」と答える人もいましたが、そういう意見は「クールなもの」として扱われていました。

こんなことが面白い〝スモールトーク〟の素材として、〝論争〟シリーズとなり、多くの人が「自分の恋人の行動をどこまで規制して当然か」と話すこと自体が、私にはとてもおかしなことに思えました。

では、この小説にも出てきた「安全離別《アンジョンイビョル》」という言葉は聞いたことがあるでしょうか？

これと関連のある言葉に「交際殺人」という単語があります。長いこと「デート暴力（日本語でデートＤＶ）」と呼ばれていましたが、数年前から「デート」という叙情的な言葉の入った表現の代わりに、「交際殺人」という言葉が定着しました。法的な婚姻関係にない交際相手を殺害することを指し、あるメディアの推算によれば、２０１６年から２０１８年にかけて韓国で発生した交際殺人事件の被害者は百八名です。十日に一人の割合で、女性が交際相手に殺害されたのです。しかし、この数値も氷山の一角に過ぎないというのが専門家の意見です。

年齢層はさまざまですが、交際殺人の被害者には、いずれもごく些細な理由で命を奪われたという共通点があります。

別れを切り出した、飲酒を咎めた、節約しろと言った、挙げ句の果てには他の男性に玉ねぎをあげたという理由で亡くなった女性もいます。

こうした交際殺人が起こり続け、しまいには家族まで殺害されるという惨たらしい事件も報道されるなか、交際相手と〝安全に別れる〟ことは韓国の女性にとって非常に重大な問題となっています。こうして登場した言葉が「安全離別」です。

「エゴマの葉論争」と「安全離別」は一見、かけ離れた話のように思えるかもしれません。ですが「交際殺人」と関連した専門家のインタビューを見ると、「加害者が被害者を所有物と考えること、それをはじめとするコントロールこそが暴力の始まり」だといいます。

恋人同士の関係で所有し合い、束縛し合うのが当たり前で、それが本当の愛だという概念が、いまだに多くの社会で、当然のこととして受け入れられているように感じます。

最も大きな問題は、このような考えに〝愛〟という素敵な言葉が伴うため、加害する方にも被害に遭う方にも、その本質がはっきりと見えづらいことです。

自分の恋人が友人のエゴマの葉を押さえてあげるのが嫌だと答える方々もまた、ほとんどが恋人を「とても愛しているから」と答えるでしょう。害したり苦しめたい気持ちなど微塵もないはずです。でもその〝愛〟は、誰のための愛により近いでしょうか。

もしかすると私たちは、そもそも誰かを〝愛〟したときにとり得る行動、とるべき行動、とってはならない行動について、全くの思い違いをしてきたのではないでしょうか。

さらに悪いのは、「独占的恋愛のみが正しいもの」と考える空気の中では、自分自身が本当はどんな恋愛を望むのか悩むのがとても難しいということです。それよりも、まず自分が相手をどうやってコントロールしたいかのほうにより集中させられてしまいます。結局、自分の欲求に真剣に向き合う過程は完全に省かれ、「相手がよそ見をするかもしれないことへの恐れと怒り」をなくすことのほうが、ほとんどの恋愛においてずっと重要な問題になります。これもまた、誰のための〝独占〟でしょうか？

〝愛〟という感情はあまりにも主観的で抽象的なものですが、恋人になってからの二人の間で守るべき〝恋愛のルール〟はそれと比べると非常に客観的で、具体的に共有できるものです。

この小説が、私たちがすでに合意したと思っていたり、合意を強要されたりしてきた異性愛恋愛のルールを壊して、新たにひとつずつ決めていくことができるような手がかりになることを願って書きました。

前作をたくさん愛してくださった日本の読者の皆さんに、この本がどう読まれるかとても気になるし、ドキドキしています。

流行語や新造語をたくさん使っていて翻訳が厄介な小説なのに、いつも最高にぴったりの表現を見つけて素敵に訳してくれる、頼もしい翻訳家であり親友の加藤慧さん、編集を担当してくださった安田薫子さん、刊行に向け力を尽くしてくださったイースト・プレスの皆さまはじめ、すべての方々に感謝の気持ちを伝えたいです。

今、あるいはこれまでの〝恋愛〟で居心地の悪さや違和感を覚えていた方のための、新たな考え方のヒントになることができたなら、それ以上望むことはありません。

2023年8月31日　ミン・ジヒョン

訳者あとがき

本書は『나의 완벽한 남자친구와 그의 연인（私の完璧な彼氏と彼の恋人）』（WISDOM HOUSE、2021）の全訳です。2022年1月には台湾でも翻訳出版されています。

著者のミン・ジヒョンさんは、ドラマの脚本家としての経験を生かした、映像が目に浮かぶような描写と、ユーモラスながらも鋭い切り口が持ち味の作家です。2019年に発表した初の長編小説『僕の狂ったフェミ彼女』（拙訳／イースト・プレス、2022）は日本でもSNSを中心に大きな話題となり、複数のメディアに取り上げられました。アンソロジー『모던 테일（モダン・テール）』（Safehouse、2022）には短編『신데렐라 프로젝트（シンデレラ・プロジェクト）』が収録されています。最新作『망각하는 자에게 축복을（忘却する者へ祝福を）』（Safehouse、2023）は、三十五年後の韓国が舞台で、脳内の記憶を再生し体験できるVR機器をめぐる二人の女性の物語を描いた、初のSF長編小説です。エンターテイメント性と社会性を併せ持つ作品を次々と発表しており、今後も活躍が期待され

ます。
前作ではフェミニストの恋愛の「絶望編」ともいえる現実を鋭く描き出しましたが、続く本作では、その問いに対するひとつの答えとなるような「希望編」の物語を書きたかったそうです。新しい概念での恋愛模様を描くことで、既成概念にとらわれない恋愛観を模索し、問いかける物語です。

オープン・リレーションシップというと一見非常に特殊なケースにも見えますが、相手を尊重しコミュニケーションを深めていく過程は、独占的恋愛や対人関係を築く上でも大切なことといえます。既存の型に自分たちを無理にあてはめるのではなく、自分たちに合うルールを自らの手で作り上げていく三人の関係性は非常に対等で、全てお互いの合意の下に進む心地よいものです。その姿は、社会が当たり前としているものに縛られず、自分の気持ち、望むことに正直になれれば、そして互いに信頼し尊重し合うことができれば、求める愛のかたちがきっと叶うという希望を与えてくれます。

主要登場人物の名前がすべて意味を持つ単語となっていることも特徴のひとつなので、初出時にルビで表記しました。また、章のタイトルがドラマや映画、歌、本などのオマージュとなっていますので、オリジナルを想像していただくのも面白いと思います。

登場人物の年齢は原文では数え年となっていますが、日本語版では満年齢に直して翻訳しています。（韓国では数え年を用いるのが一般的でしたが、２０２３年6月より満年齢に統一されました）

大切な友人でもある著者のミン・ジヒョンさんには、質問や相談に何度も丁寧に応じていただき、本当に感謝しています。また、韓国文学翻訳院で行われた「２０２３ 韓国文学翻訳家 力量強化プログラム」の翻訳実習で、訳文への貴重なフィードバックをくださった呉永雅先生と、ともに学んだ金敬淑さん、山口さやかさん、朴慶姫さん、須見春奈さんに感謝申し上げます。助言をくれた姜正敏さんにも感謝します。そしてイースト・プレスの安田薫子さんをはじめ、本書の完成に向けご尽力くださった皆さま、本当にありがとうございました。

２０２３年8月　加藤 慧

ミン・ジヒョン

小説家、ドラマ脚本家。西江大学校で国語国文学を、韓国芸術総合学校大学院で劇映画シナリオを学び、2015年「大韓民国ストーリー公募展」で優秀賞を受賞した。2019年テレビドラマ『レバレッジ 最高の詐欺師たち』の脚本を執筆。同年に発表したフェミニズム恋愛小説『僕の狂ったフェミ彼女』は2022年に邦訳され、多くの読者の共感を得た。その後、2022年にアンソロジー『모던 테일（モダン・テール）』に参加し、2023年4月には初のSF長編小説『망각하는 자에게 축복을（忘却する者へ祝福を）』を発表。十代の頃、ハリウッドのロマンティック・コメディ映画の大ファンだった。今は、当時憧れを抱いていていた世界が何を意味するかを知っている。まさにそれが理由で、21世紀の韓国を舞台にした恋愛に、依然として強い関心を持っている。

翻訳 加《か》藤《とう》慧《けい》

韓国語講師・韓日翻訳者。東北大学工学部卒、同大学院博士課程科目修了退学。大学院在学中に漢陽大学大学院に交換留学し、韓国建築史を学ぶ。現在はオンラインで韓国語レッスンを行うほか、二つの大学で韓国・朝鮮語の授業を担当中。訳書にミン・ジヒョン『僕の狂ったフェミ彼女』（イースト・プレス）、共訳書にアントイ『なかなかな今日　ほどほどに生きても、それなりに素敵な毎日だから。』（朝日新聞出版）がある。

私の最高の彼氏とその彼女

2023年10月12日　初版第1刷発行

著者　ミン・ジヒョン
訳者　加藤慧
装画　uyumint
装丁　山田知子＋chichols
校正　荒井藍
発行人　永田和泉
発行所　株式会社イースト・プレス
〒101-0051
東京都千代田区神田神保町2-4-7 久月神田ビル
Tel.03-5213-4700 Fax.03-5213-4701
https://www.eastpress.co.jp
印刷所　中央精版印刷株式会社

ISBN 978-4-7816-2257-6